U0458272

我是一个异乡人

宋远升　著

上海三联书店

目　录

从挖煤工人到法学教授（代序）

　　有人感叹,他简直是《平凡的世界》里孙少平的现实版。从私营煤矿的挖煤工人到国内知名的法律学者,这看似不可能的人生蜕变,华东政法大学教授宋远升靠不懈的努力和奋斗硬是使之成为了现实。

　　11月初的上海,秋意正浓,记者与宋远升相约在华山路上的一家茶馆见面。他身材瘦削,说话语速很快,言谈举止中散发出学者的儒雅气质。看着眼前的法学教授,很难想象他曾在地下几百米深处的巷道中匍匐爬行,浑身沾满了煤渣,只有仔细观察,才能发现挖煤在宋远升身上留下的印迹——因为受伤截肢,他端起茶杯的右手中指,明显短了一些。

　　是什么让一个挖煤工人成长为法学教授? 宋远升回答说,他的信念中天生就有执着的成分:"在繁重的体力劳动中,我没有向命运低头,只有不向命运低头,才有希望,只有有希望,才能照亮前行的道路。"

壹、生活甚至不如一头毛驴

　　接受采访前,宋远升受邀为上海政法学院 2018 年的新进教师做了一场讲座,主题是青年教师如何做好学术研究,旨在帮助青年教师更好地开展教学科研工作。30 多位名校毕业的青年教师原本以为会听到一场四平八稳的学术报告,可没想到宋远升的开场白就让他们深受震撼。

"我在复旦大学读博士时,一位校友是赶毛驴车出身,后来考上了复旦博士,引得大家唏嘘不已。我要说,我的少年生活远不如这位校友,我只不过如同那头毛驴罢了,甚至不如那头毛驴。"宋远升在讲座课件中写道。

怎么能拿人和毛驴相比? 有的青年教师感到不解,但宋远升这么说自有他的道理:"毛驴吃的草料比较容易得到,它能够吃饱,而我一直在与饥饿及贫困做斗争,挣扎在生存的最边缘之处。"

宋远升的老家在苍山县(今兰陵县)下村乡孟渊村,为了逃避饥饿,祖父带着全家到东北开荒种地。1974 年,宋远升出生在吉林。东北的冬天异常寒冷,患有哮喘的祖母无法忍受,于是一家人又搬回山东,如此反复了三次。"那时候没有存款,家里最重要的财产就是家具和一些瓶瓶罐罐,每次搬家只能扔掉或者贱价处理。"俗话说搬家穷三年,在东北和山东间的来回迁徙,让原本就贫困的家庭更加每况愈下。

宋远升 6 岁时,一家人第三次从东北搬回山东,生活也随之坠入谷底。对于贫困,宋远升有了最初也是最深刻的记忆。"用一贫如洗来形容我们家非常贴切,家里除了三间破屋,没有任何东西,就像跟水洗了一样,干干净净。"宋远升回忆说。

最困难的时候,家里断了粮,那时已是春天,但饥饿使宋远升感受不到半点春意。无奈之下,母亲拉着他到隔壁一个老村干部家借粮。

当时幼小的宋远升并不明白母亲为何带着自己去借粮，后来他曾揣测过母亲的心理："或许邻居看到一个嗷嗷待哺的孩子，会心生怜悯，又或许是有我的陪伴可以减少一些她内心的窘迫。"

黯淡的煤油灯光下，母亲哀求说："大爷，我们家确实断顿了，一点吃的也没有，你能不能借点吃的东西给我们家，等到秋天收成后马上就还。"

老村干部点燃手里的烟袋锅，顿了一下说："都是乡里乡亲的，我又是村干部，总不能让你们饿着。我家红薯炕发过芽的红薯扔了也是浪费，你明天挖出来拿回家烙煎饼吃吧。"听老村干部这么说，宋远升明显感觉到母亲很激动，她说了一些感谢的话，第二天到红薯炕里把红薯扒了出来，用袋子背回家，削皮、晒干、上碾磨粉，烙成了煎饼。

"用发了芽的红薯烙成了的煎饼，看着还算正常，但吃起来却苦不可耐。"宋远升说，那苦涩的味道一直缠绕在他的齿间，令他难以忘怀。

靠着母亲借来的红薯，一家人度过了最艰难的时光，但饥饿的阴影并未消散。因为穷困，父母还经常爆发争吵。"我几乎每天都在争吵的险滩和激流之中挣扎，也永远游不出饥饿之海。"宋远升曾如此形容自己的童年和少年生活。

宋远升上初中时，饥饿仍然如影随形。因为离家远，他带着红薯煎饼住校。夏天天热，煎饼很快就长出黑毛，宋远升不敢扔掉，他把煎饼放在太阳底下晒干，用毛巾掸去上面的毛，然后放进开水缸里泡上一遍，过滤掉发黑的水，再大口吃掉。可即便如此，宋远升仍然经常吃不饱，因为饥饿，他连说话都没有气力，声音小如一只蚊子。

穷苦的生活无法阻挡宋远升对知识的渴求，他酷爱读书，学习成绩优异，语文成绩尤其突出，作文经常被老师当作范文朗读。可连饭都吃不饱，把学业继续下去只能是奢望，上完初二，因为交不起下个学期15元的学费，宋远升辍学了。

贰、像老鼠一样在巷道中爬行

宋远升成长在沂蒙山区，那里是石头最茂密的地方，他感觉自己也像一块石头，这种感觉在读书时尤其强烈，"读初中时，我还是一块山地里的石头，即使体重不重，却不会被内心的风或者外部的风所吹起。"然而，辍学之后，宋远升感觉自己从一块山地里的石头变成了一片飘荡的羽毛，"有可能落在河的这岸，也有可能落在河的那岸，也有可能落在河水之中，更有可能被大风吹向远方。"

祖父母在邻近的枣庄做小生意，宋远升把那里作为了自己漂泊的第一站。他想通过打工来改变命运，在枣庄大柏庄卓山铁矿找到了人生中的第一份工作。

从采面上将沉重的铁矿石装满后，驾着用木棍做刹车的铁车向着远方的交接点疾驰，由于是重载下坡，铁车快若奔马，轨道旁一两米就是百丈悬崖……在铁矿的工作艰苦并且充满危险，和宋远升一起到矿山工作的有45人，三个月后，包括他在内只剩下了5个人。多年之后，宋远升故地重游，看到陡峭的悬崖，两股战战，心惊不已。但对当时只有14岁的宋远升来说，一开始的打工生活却是快乐的，因为能吃饱，"打工能够解决温饱，我感觉天地都宽了许多。"

宋远升在枣庄的第二份工作是在煤矿挖煤。"家有半碗米，绝不下窑底"，但煤矿收入要比铁矿更高，对于穷困的宋远升来说，并不需要深思熟虑，单单这一点就足以让他在两者之间作出选择。

"井下的巷道或高或低，或宽或窄，碰到低且窄的，人要像老鼠一样匍匐而过。"宋远升坐的沙发座已经很矮，他伸出比划的手比沙发还要矮上一截，"工作经常只能在 50 厘米的采煤面上斜卧着进行，那个姿势之别扭，无法用语言形容，那种环境别说工作八小时，就是什么也不做只待上八个小时，也很少有人能做到。"宋远升说。

井下比铁矿山上更加危机四伏，每时每刻都可能遇到瓦斯、冒顶、洪水以及各种各样的危险。宋远升记得，有一次，他独自在一个采煤面工作时，暴露在瓦斯之中，"感觉自己像一条搁浅的鱼，甚至还不如搁浅的鱼，鱼还有人捡拾，我躺在冰冷的井下巷道的浅水中，周围一个人都没有。"幸亏他的意识没有模糊，后来慢慢苏醒，自救成功。也是在这座煤井，宋远升在上井时不慎将右手放入吊车的铁缆中，永远失去了一节中指。

井下的光线暗淡，但宋远升心中的希望之光却从未熄灭，因此他特别注意降低工作中的风险，"我能从黑暗的煤井最终走出，原因之一在于我很早就学会了降低劳作风险的方式。"宋远升说，"譬如，我知道在放炮采煤时，需要等硝烟散尽才能进去工作。否则，空气中的煤尘就会使人得一种无法呼吸甚至窒息的疾病；回采煤炭是最为危险的时候，要用铁镐之类的工具敲打头顶上面的岩石，防止它们突然脱落；在满是泥泞的矿井下的铁轨上推不动煤车时，用腰或者背部比下面用力效果要好些。"

叁、只有读书才能改变命运

在枣庄从事了两份繁重且危险的工作，宋远升并没有挣到什么钱，为了改变命运，他决定到更远的地方碰碰运气。

同村有人在南京泉水采石场工作，说那里每月能赚到 400 元，宋远升听说后，只身前往南京。

这仍然是一份繁重的体力劳动，宋远升要把爆破后散落在山坡的巨石装车，再送到远处的碎石机中粉碎。"至今难以忘记那几百米高的悬崖、白花花的太阳和山上随时可能落下的大大小小的碎石。"对于当时的工作环境，宋远升记忆犹新。锋利的石头将宋远升身上划得遍体鳞伤，夏天伤口很长时间都不结疤，他没钱去医院，也不愿意去医院，"结果最后浑身都是未愈的伤疤，如同一个个勋章，一直到不再从事这份工作才逐渐痊愈。"

繁重的工作令宋远升"胃口大开"，他一顿能吞下五六个大馒头，可吃的菜却让他苦不堪言，"顿顿都是冬瓜，因为冬瓜便宜，才三分钱一斤。"宋远升说，一连吃了三个月的冬瓜，吃到了要吐的程度，以至于他现在还对冬瓜抱有强烈的意见，"冬瓜是蔬菜中的骗子，表面上是固体蔬菜，入口就变成毫无滋味的水。"

比起糟糕的饮食，更让宋远升失望的是收入，"当时说一个月能挣 400 元，其实是最能干的一个月能挣 400 元。"在采石场中，宋远升是最小的那一个，劳动能力无法和最能干的工人相提并论，一个月不仅不可能挣 400 元，还比他在枣庄工作时挣得要少。

"20 年前，同村有个小伙子到吉林下煤窑，现在已在那里安了家。"宋远升正在郁闷的时候,这样一个消息又让他看到了希望,他背着铺盖卷,一路向北,边走边打听,回到了自己的出生地。

宋远升最终没有打听到那位老乡的下落,但如愿在蛟河奶子山煤矿找到了一份打掘进的工作。这里的收入更高,每月工资600到800元。生活条件也更好,宋远升和两个老乡租住在煤矿附近村庄的一个小院里,当地牛油很便宜,他们一下买下很多,"牛油炒白菜很香,唯一的缺点是吃的时候要快,因为东北的冬天很冷,吃慢了嘴上就会沾满雪花般的凝固油脂。"

当初,宋远升离开家乡,四处漂泊打工,是想摆脱饥饿的威胁,改变自己的命运,在奶子山煤矿干掘进能实现他的愿望,他一度以为这就是理想的工作,直到一次意外发生。

"有一次,我们在井下工作累了,停下来休息,班长就坐在离我一米左右的地方,突然,一块非常大的石头坠落下来,正好打在了他的头上。"虽然已经过去多年,但在宋远升回忆起这件往事的时候,记者仍然能感受到他情绪的起伏。

生死一线之隔,给宋远升带来了强烈的冲击。"即使我能够赚到一点钱,但是我不能保证我自己能花到这点钱,因为我从事的是一项极其危险的工作,倒霉是个大概率事件。"宋远升感觉到这种生活不能再继续下去了,他要换一种活法。换什么活法呢? 去蛟河的时候,宋远升带了几本已经破烂的初中数学、英语课本,当时他并不知道这些破烂的书本能够改变一个人的命运,翻动它们只是为了打发繁重劳动之余的无聊,"在我眼里,这些书本只是衣衫褴褛的乞丐,一个乞丐怎么能够拯救另外一名乞丐呢? 最多只是互相陪伴安慰罢了。"这个时候,宋远升发现改变自己命运最好的方式是读书，"我辍学后一开始以为打工能改变命运，后来在残酷的现实中感悟到，只有读书才能改变命运。"宋远升说。

1992年，怀揣着打工挣来的600元钱，宋远升回到学校，重新读书，这个决定改变了他人生的轨迹。

此时，宋远升已辍学近四年时间，距离中考仅剩四个月时间，要考上高中谈何容易？"我只有这600块钱，没有试错的空间，必须要成功。"宋远升清楚自己的处境，拿出了玩命的劲头，经常在别的同学回宿舍睡觉后，在教室里用煤油灯通宵达旦地读书，他的鼻孔都因吸入煤油烟变成黑乎乎一片。中考成绩揭晓，宋远升如愿考入了县一中。

进入高中，靠着打工赚来的钱和姐姐、堂姑的资助，宋远升的经济状况有了很大改观，不再为吃饭发愁，他像初三一样拼命学习。经过三年不懈努力，宋远升以县文科第一名的成绩考上了西北政法学院（今西北政法大学）。

肆、不做书斋里的法学家

《平凡的世界》中的孙少平有自己"苦难的学说"："是的，他是在社会的最底层挣扎，为了几个钱而受尽折磨；但是他已经不仅仅将此看作是谋生、活命……他现在倒很'热爱'自己的苦难。通过这一段血火般的洗礼，他相信，自己经历千辛万苦而酿造出来的生活之蜜，肯定比轻而易举拿来的更有滋味。"宋远升没有一套类似的学说，他抱怨过曾经的苦难，有人却说："幸亏你有这么曲折的童年及多难的少年，才造就了现在的你。"他听了觉得很有道理。

大学毕业后并非一帆风顺，但和早年的困苦相比已算不上什么。现在，宋远升非常感激艰苦打工的生活给自己造就的强健体魄和坚韧精神，让他能一直笔耕不辍。14 年来，宋远升出版了 18 本法学专著，7 本文学著作，发表了 110 多篇法学论文，作品累计超过 500 万字。凭借过硬的学术成绩，宋远升逐渐成长为一位知名的法律学者。

不仅如此，宋远升的研究志趣也深受打工经历的影响。"我认为法律其实是一门社会学，不与社会结合的话永远看不清本质。"宋远升说，就法律而研究法律，生搬硬套法律条文，那是书斋里的法学家的做法，他不要做书斋里的法学家，因此更加关注法律中活的因素。宋远升的代表著作"法律职业主体系列丛书"包括《法官论》《检察官论》《律师论》《法学教授论》《警察论》《立法者论》等，有评论认为宋远升是在"以苍鹰之眼及青蝇之目综合考量法律职业"。

宋远升特别注重法律理论与司法实务的结合。因为他深知，法律的生命就蕴藏于法律实践之中。因此，他每年都接受全国各地司法机关的邀请去做法律讲座。同时，为了将自己所掌握的法律理论落到实处，宋远升作为兼职律师，还有选择性地在全国代理一些典型的案件，让这些现实中的法律问题更好地与他所研究的法律理论结合起来，从而完成司法实践到法律理论的哺育，以及法律理论到司法实践的反哺的良性互动过程。

宋远升希望通过自己的经历能够对他人，特别是年轻人产生一些激励。不论面对的是中学生、大学生、研究生还是青年教师，他都会用亲身亲历，提醒他们珍惜，勉励他们奋斗，去争取属于自己别样的精彩人生。

接受记者采访前一晚，宋远升写完了他的纪实性散文集《我是一个异乡人》，里面纪录的都是他亲身亲历的事情。宋远升说他是个喜欢寻找生活意义的人，"许多事情本来没有意义，无数人重复过无数遍都是如此。但是如果我能记下来，不让更多人去重复，那么这就有了意义"。

经过荒废的小学

壹

停泊在我面前的孟渊小学，就是一艘破旧的搁浅的船。我不知这艘船经历了什么样的时间风浪，能将它的外形毁坏如斯。这么大的一个院子，当年在我的印象中如同空间的巨人，现在只是萎缩地依偎在几棵巨大的杨树之下。当年的这几棵墙外的杨树不知为什么留了下来，在夏日里还在舒展着阔大的叶子，并没有老去。孟渊小学却彻底地老了。

这座学校的大院子以前是前后两排教室，前排的房屋中间留了一个过道。那时不仅教室的房屋墙壁是新的，四周围墙的墙石是新的。即使人也都是新的，都是没有经历时间过多揉搓的模样。

只要不是放假，这座学校就总是处于一片喧嚣之海中。老师们匆匆地从办公室带着书本走向教室，学生们则抓紧在操场上最后一分钟的嬉戏时间,然后飞一般地奔向教室。那棵歪脖槐树上的铜钟总是不合时宜,总是在学生们不愿意上课时响起上课铃声,盼望下课之时却迟迟不响起。

然而,不知哪一年开始,这座孟渊小学的学生慢慢就少了。像是一个池塘中的水,不知漏到哪里去了。在计划生育政策的剃刀切割之下,水流泄露越来越大。在一天接一天鞭子似的时间的捶打下,这个曾经巨大的人的池塘就干涸了,只是露出地面上多年磨得光滑的一些石头,清冷地闪着光。

孟渊村在周围一带属于大的村庄,但是本村的学生也不足以填满这个学校。因为没有了充足的学生,这个村剩下的学生就必须合并到其他生源更多的村庄去。我想这里的老师搬迁之时也一定是惶恐的。他们好像是手持镰刀的农夫,每年都在固定的季节收割金黄的麦子,在秋末,在晚霜将红薯的绿色叶子打得蔫头打脑之时收割红薯。然而,当他们照常来收割庄稼之时,却发现面对的是一个空荡荡的学校院落,即使镰刀再快也无法收割到一点庄稼。

当年的老师们可能转到这个乡镇的其他学校教书,然而,在一个自己耕作了十年甚至是几十年的土地上,忽然发现没有了庄稼,如同农人在劳作时,却只能面对一大片虚空。我能理解当年老师的荒凉,这种荒凉的面积甚至要超过他们即将离开的这座很少再有人前来的大院子。

贰

人是世间最不耐折的植物之一。我所认识的,甚至包括我非常要好的人,其中就有在这个学校和我同学五年的茂银,比这座学校更早地衰败了。他可能还没有到人之花开得最茂盛的时候。

　　很多人往往在人间走了一遭后，还没有看完自己想看之景，还没有说完想说之话，就匆忙走向无法回头之路。上苍的回收速度太快，快到无法让离去之人充分准备上路的行囊，快到无法为自己的远行唱一首离别之歌，快到无法为自己的墓碑写一份碑文。

　　仅仅是人这样吗？孟渊小学不也是如此吗？当年这座山坡之上的学校浸透了多少读书的声音，听到了多少次上下课铃声敲响整个院落，送走了多少个孩子到了远方。然而，它现在不可避免地衰落了，甚至比在这里上过学的多数人衰败得更快。

　　我猜那些在学校院墙外高大杨树上筑巢的喜鹊也是惶恐的。那么多年它们已经习惯了脚下喧闹的操场，也习惯了调皮的学生对它们吹口哨，然而，忽然这么多人一天之间消失了，不知被谁一起打包带走了。我想在所有人离开最后那一夜，那几家喜鹊一定是在彻夜不眠思考这个问题。由于它们这么轻而易举地实现了那么多年渴望的安静，这些喜鹊们可能会怀疑是脚下这座院落的人们设下了圈套。

叁

　　这些年我整日在南方谋生之地蝼蚁一样地忙碌，每日早晨在天色还是一片昏黑之时，就开始拱那些土壤一样的文字，总是试图从文字中找寻出什么有营养的东西来。文字能让我更加清醒一些吗？文字能如同钟声一样警示我吗？文字能让我内心安定吗？

　　等我再回到老家之时，再看到这座小学就已经废弃好多年了。当我经过小学的围墙之时，还是那座铁的大门，上面不知是哪年的调皮学生用石头留下了自己的印章,证明他们曾经在这座学校被老师训斥或者责打过。大门紧闭着,可能很长时间都没有被打开过,门上的铁锈无声地告诉我这里发生的一切。

这里以前四周没有一户紧邻的人家。在学校的西面,是坡地上的一片稍微平整的贫瘠土地,只能种一些耐旱的高粱。当年我第一次在这里读书时,由于我不喜欢到这个离家几里路的地方读书,曾经掠过这块高粱地逃学,父亲在后面呼啸着追赶打我。我至今还能听到那时迅速跑过高粱地的沙沙声。几棵高粱被沉重的脚步碾倒,附近更多的高粱目睹了这一切。

现在这座学校的四周已经有了不少人家。上午是夏日暑气还没有到最盛的时候,农人们会趁着一早的凉气在地里多干一会庄稼活。四周声音皆无,附近谁家的几只鸡也在安静地寻找着对它们有价值的东西,只是偶尔抬头警惕地看着我这个陌生人。

我伸出手指,如同伸出沉重的拐杖,小心翼翼地摸索这座小学周围的一切。围绕这座学校的还是那四周不太高大的石头围墙。这座围墙本来就是由不太规则的石头建成,多少年都在风吹雨打之下,现在更是显得面目沧桑。这让我有了似曾相识的感觉。围墙四周的白杨树还在哗哗地吹动着,它们是对我诉说什么呢?

我的手努力地伸出,试图抓住这里的一切,重新认识这里的一切,或者让这里的一切重新认识我。我小心地抚摸墙根的南瓜秧,试图确认一朵当年南瓜花的味道,如同盲人在触摸一盏灯。然而,我的手指所触摸到的感觉都不是真实的。我甚至不敢肯定经过这座围墙的人是我自己。那我又是谁呢?我是那个当年穿着破旧的衣服在操场疯跑的小小少年吗?我是那个下课后,在这座院墙的角落里观看蚂蚁上树的小小学子吗？

肆

在孟渊小学秋天看校是我最美好的记忆之一。因为我少时的美好记忆很少，因此，即使一般人并无多少感觉的记忆，也成为了我记忆中的珍宝。我不求这些珍宝能够换得什么，只要它们能够在需要之时点亮我灰暗的内室即可。

那时农村的学校都有秋假和麦假。秋假是帮助家中秋收，麦假是帮助家中收割麦子。在这片山地或者是在这片县域的所有农村学校都是如此。那时我还不知道更远处的世界，不知是否也是有秋假和麦假。特别是在这片山地的小学，不仅学生需要帮助家人忙秋，而且老师大都是民办的，并没有编制，在学校教书只是给他们稍微体面的一个外表而已，他们也主要得依靠土地为生。因此，秋假将所有的人都放归农村的宅院及田地，孟渊小学就变成了一个只是盛满黑夜和白天的空荡荡的大院子。

那时人都穷，为了防止有人溜进学校小偷小摸，学校就安排一个老师负责，然后找几位学生在夜里看校。至今仍然难忘那时夜晚看校的白月光，就是那么亮堂堂地漂在地面之上，它将围墙外的杨树影子从隔墙抛到墙内，我至今还能听见有东西轻轻落下的声音。

看校的只有我们四个年龄十岁多的少年，却守护着这么大的学校院子。负责的老师栗数晚上在家，并不过来陪伴我们。在这么大的院子之中，我们四个人在月下走动，影子就像是扫帚一样轻轻地挪移。然而，无论年龄多么幼小，只要是人多，心中就有了对抗恐惧的力量。

当时一位外地赵老师的家就安排在学校里面，秋收时他也会回老家帮着忙秋，我们几个人就集中住到两间办公室改造的他家之内。

在家中无事之时，我们白天也会呆在学校中。这是我梦寐以求的时候，即使没有什么吃的，只是在家里带一张红薯煎饼，我们也会努力在学校围墙根找一些赵老师种下的秋豆角，也没有油，就是胡乱炒一下，也绝对是世间难得的美味。还有什么比脱离家中束缚，沉浸在小伙伴的无拘无束的世界中更为美妙的吗？我在人世寻找了半生，至今还没有找到。

在三周的看校时间结束前的几天，栗数老师终于来了。原来看校这么多天能够获得十几元的报酬，他不好装到自己口袋里，于是用这些钱买来了几斤羊肉，同时发动大家到处寻找干柴煮肉。然后再到赵老师南瓜地里摘来一个南瓜炖汤。

那时栗数老师是一个狡黠的人，在羊肉没有熟之前，他就让我们把南瓜下锅。南瓜比羊肉能够更及时地满足四个饥肠辘辘的幼小肚皮。结果我们听栗数老师安排先吃南瓜后，等到羊肉熟了，却只能摸着肚皮望肉兴叹，最终的结果还是老师技高一筹，被他全部收入囊中。

不过我至今内心仍感觉这是一件极为好玩的事情，如同在正常的吃饭过程中加入了一些插曲。如果那时我们大家都将那顿羊肉分而食之的话，对于我逐渐衰退的记忆之手而言，能否将这段回忆打捞出来，还真的未为可知。

伍

我逡巡在这座紧闭的学校的四周,如同一匹在田野里劳作好久没有回家的老马。我努力地伸出鼻子嗅着周围的一切,看看周围还有没有我熟悉的气息。我伸长脖子,到处寻觅看还有没有我可以食用的青草。一切似乎都还是那个样子,一切似乎已经不是那个样子。即使学校周围的这些活的物体和原先的并没有多少差异。然而,它们可能已经是以前物体的子孙了。

然而,并不是我预料要灭亡的都死去了。在学校东北墙根有一棵大的柿树,还在孤独地站在那里,如同一个老人,曾经经历过无数喧闹及繁华的岁月。无数的学生曾从它的脚下跑过,还有调皮的曾经爬上它的肩头甚至头顶。它也见证过不少学生因为这些调皮举动被老师揪着耳朵提溜着回到教室。但是,那时是对老师敬畏的年代,即使是最调皮的学生也不敢表现出反抗精神,即使是最强悍的家长都不敢对老师呲牙抗议。

这棵老柿树年龄太大,腰已经表现出明显的佝偻姿势,它逐渐在向着大地屈服。然而,它还是努力地守卫在这里。我隔墙望着它,似乎它的树枝上面还有当年我扎的一个布条在迎风招展,也可能是其他的更小的学生扎的。它在那里仰望着等谁呢? 如果是等待我的话,这座大门已经封闭且锈蚀,我已经不是以前那个天真烂漫的学生了,已经无法进入了。

然而,对于这棵老柿树而言,最后一棵离开的树木不一定是幸运的,也可能是最大的寂寞。人也是如此。因为先走的还能赶上撤离时的喧哗,最后走的需要全力收拾一片荒凉的残局。

陆

有大风起了。多少年就是这样，每当大风刮起之时，就会卷起学校角落里的一些小的纸片。这上面可能就有我写过的文字。

由于那些年过于贫穷，为了怕把书皮用得破烂不堪，每年发新书后，我就到村干部那里央求几张报纸，整洁地包上封面。这样即使用过一年之后，书皮还是崭新。然而，用作封面的报纸还是会脱落下来，变成碎片，上面也写满了文字和数字。

父母也无法提供更多的纸张用来写字。我和同学茂银就想了个办法，就是写字写得非常之小，甚至小到蚂蚁大小一样，并且是正反面反复写，这样就可以节省纸张的使用。然而，由于这些字过于细小，就会使我的眼睛疼痛。

当风吹起之时，即使风不认识这些小字写的纸张碎片，我却认识。我茫然站在大风之中，四周草叶及细小的纸片乱飞。恍惚间我看见无数的少年和中年一闪而过，只是看不清楚是我的少年及中年，还是其他人的。

这些漫天飞舞的纸片，我触摸不到。那漫天飞舞的时间，我同样也无法触摸。在那棵静止的白杨树上，我看见白色的马鬃一闪而过。这时的恍惚，我的手指也同样接触不到。

那年的红薯

壹

我的故乡位于沂蒙山区，虽然接近于山区外部的边缘，但是，土地还是以山地为主，这种土地不耐旱，因此，最适合种的作物就是红薯。我们家那时刚从吉林的一个农村搬回山东老家。因为来回搬过几次，搬家三年穷，最后那次搬回老家时已经穷得不成样子。印象中那时已经是初春，然而，寒冬似乎却并未退去，残碎冰块还漂浮在记忆中的河流上，饥饿使得春意半点也无。如果母亲不去低下头到隔壁邻居家借那次红薯，我们一家可能难以度过那个漫长的春天，红薯也绝对不会那么深刻地镶嵌入我的内心。

我至今也不知道，母亲在那个晚上带我一起去隔壁村干部家借粮的真正用意，或许是考虑到邻居家看到一个嗷嗷待哺的孩子，会心生怜悯之心，或者是考虑到，有我的陪伴可以减少一下内心的窘迫。

那时村里家家户户都是点的煤油灯，即使是稍微有点钱的人家，也不敢将灯芯拨的很旺。在黯淡的灯光下，母亲说：大爷，我们家现在确实断顿了，一点吃的也没有，你能不能借点吃的东西给我们家，等到秋天收成后马上就还。那位老年的村干部没有马上回答，慢吞吞地将一些旱烟叶揉搓到烟袋锅里，然后缓缓点燃。我木然坐在旁边，他们家的二儿子将中午剩下的一点带荤腥的菜汤倒在碗里，狼吞虎咽，我看的五脏六腑都流出了口水。村干部的老婆子脾气不太好，在那里小声地唠叨着什么，明显不情愿的样子。

老干部顿了一下说：都是乡里乡亲的，我又是村干部，总不能让你们饿着吧。我们家的红薯炕开春发芽后，红薯苗子被拨了后种到地里了，那发过芽的红薯扔了也是浪费，猪也不愿意吃。不过削一下皮，烙煎饼可以吃，你明天自己挖出来拿回家吧。母亲明显表现得很激动。对于这种求人的事情，如果父亲来办，基本上都得砸锅。母亲相对而言在村里更有威信，于是说了一些感谢的话语，第二天用袋子将那红薯炕里的红薯扒出来，削皮准备做成煎饼给家里人吃。

我现在越来越深知母亲的不易，父亲无能且不通农村相处之道，结果在村中地位自然不高，于是就想用在家中的权威来获得弥补，结果与母亲就多有争执。母亲能让这种家庭维持下来，没有解体，本身就是一个不大不小的奇迹。母亲那时是在夜里烙煎饼。我在晨曦很浓之时醒来，透过窗户向外观看，可以看到黑暗中母亲正守着一堆火烙着煎饼。那次感觉母亲与火融为了一体，她本身也就是那堆烙煎饼的火，即使有风，她也不为所动，这是我们一家能够活下去的唯一保障。

靠着母亲借到的红薯，我们又坚持了一段时间。我的味蕾中至今还留着当时那种煎饼的味道。虽然红薯腐烂部分被削去后，如果不细看，颜色还算正常，但是，烙成煎饼却苦不可耐。由于那时我还经常跟着祖父母，在家里吃的不是太多，然而，那种苦涩的滋味却一直缠绕在我的牙齿及内心，直到今天仍然能真实地感受到那种苦到骨髓的味道。

但是，母亲却有一件事后来才告诉我们。由于当时是夜里烙煎饼，一只饿极的小老鼠跳到烙煎饼的盆里，不幸被淹死了，并且被困极了的母亲烙进了煎饼里。当然，我们也很不幸。母亲为了怕大家恶心不吃，就没有说出来，就把老鼠拨拉出来。然而，还是留下一些老鼠的毛没法全部弄出，难怪我后来吃的时候感觉煎饼里有一些异样。

贰

如同养育孩子一样，即使是种植庄稼也并不容易。红薯是相对容易种植的作物了。然而，在春天种下红薯秧苗只是漫长孕育的一个开始，这需要农民用汗水的浇灌，才能最终长成。众人都看的只是果实，没有人关注到果实是如何生长的。

我当年还比较幼小，但是，却已经知道了红薯对我的价值。我的故乡那里种麦子的土地很少。如果没有红薯，在当年那个特定时候，就可能会无以为食。粗糙的都是易于保存的，而精美的则是易碎的，也可能是更无法依靠的。在我家庭中就存在这种情况，由于我的三叔智力稍微比正常人低一点，也因此终生未婚。但是，在祖父最后的那些年月，三叔却是祖父最可以依赖的人。即使祖父在儿子中对他是最为严厉的，但是，最为依赖的却可能是最不受重视的。

将红薯从地里挖出后，切片晾干是一个必经的步骤。因为红薯放时间长了会腐烂，只有切片晒干后才能保存经年，甚至可以保存很多年。这些晒干的红薯干在当年我的故乡就是货币，可以为一个家庭消减饥饿之苦，换来荣誉。特别是红薯在秋天广阔的田地里被切开后，被一片片地摆在山间地头的碎石上晾晒之时，到了夜晚就成以红薯干为中心的盛宴。即使在夜里也并不寂寞，因为那时村里人还多。月亮从树的上空慢慢升高，周围还有夏天远去后留下的最后一片蛙鸣，有风吹动黄草发出的裙裾掠过的声音，在不远处，也有村里邻居捡起已经晒干的红薯干时的小声话语。在洁白的月光下，红薯干比月光还要洁白，散发着淡淡的白银的光芒。这就是农人家中的白银，守着这些白银，众多农人就会安然度过又一年。

饥饿是最好的课堂，即使是孩童都知道。在夏秋之交快下雨之时，只要能走路，最小的儿童都会在深夜被父母喊起来，和大人一起抢着在雨水到来之前将红薯干捡起来。即使是最小的儿童也不会反抗或者哭闹，因为他们也似乎隐约知道，这是他们家赖以为生的最为重要的珍宝。

叁

在红薯收获季节，儿童、少年们的乐趣在快收获完时才真正开始。那时大片的红薯都基本挖出来，父母们也没有那么大的压力了。少年们就会自己呼朋引伴，一起到地里去捡拾没有被收获完的红薯，这是少年们自己的私人财产，挖到后卖钱可以进入到个人纸叠的钱包中，父母一般也不会对此予以干涉。然而，捡拾别人落下的红薯也不是一件轻松的事。因为那时众人生活都很艰苦，对于用自己汗水浇灌的红薯都非常珍惜，不会落下多少。少年们可能得到的都是一些残缺不全的，或者是根须向地下延伸很长才找到的一块根茎。我们往往在地里挖出很深的小小洞穴，才最终能找到那块小根茎。真正的美好的东西都是看不到的。没有人会因此而喊累，我至今能感受到那种快乐在内心洋溢。

在外面捡拾红薯之时，如果走到山里太远，不能回家吃午饭，少年们就在地里挑一些较大的土块，用它们垒起一座小的窑炉。然后，在周围捡拾一些木柴，放进窑炉点燃，直到将其烧的红亮滚烫，把火熄灭后将红薯放进去，再把烧红的土块砸碎，上面再覆以一层厚厚的土，然后急不可耐地等着炕熟。在这个过程中，年龄大的有条不紊，年龄小点的手忙脚乱，大家都挥舞着烤的红萝卜一样的小手，如同夜色中跳跃的油灯火焰的影子。等到过上一段时间扒出来，红薯就可以享用了。这真是人间美味，没有厨师再能做出，时间已经将厨师永远地留在那片收割完的红薯地上了。

我那年将自己辛苦捡拾到的红薯，小心地让大人切片，然后晾晒干，就准备到集市上去卖。当时只有临乡一两家收购红薯干，我的七爷爷就是代替政府收购的人员，当时他是我们整个家族唯一与政府沾上点关系的。然而，母亲对到他那里卖却颇有些踌躇。"还是不要去了吧，七叔不愿意家里人过去卖。"父亲说："家里就这么一个在外面的人，不到他那里到哪里？"我将自己一个秋天获得的红薯干集中起来，也就是半个小袋子的模样。当我去七爷爷那里卖时，明显可以看出他的不满，"整个家里的人都过来坑我。"他大声吆喝着。我卑微地站在收购站的门前，感觉瘦小的身体变得更小。所幸最终他将红薯干收购下，这也算是我极为少数地沾了亲属的光了。

　　红薯一直都是种植在我内心最为重要的植物。无论我漂泊到哪里，都会想到当年曾躺在无边碧绿的红薯叶中间栖息，都会想到在秋天高高天空下烤红薯的红红火炉，都会听到当年伙伴们快乐的尖叫。红薯是一种很普通的植物，特别是种植在地里时，如果你们是城里人，即使见过多次也不一定认识。红薯又是一种有力量的植物，它的力量就生长在根部，生长在我们看不见之处。即使那些红薯再为粗糙，但是，毕竟在苦难的年头养活了我们。如同我的母亲，即使她对我的感情再为粗糙，也没有在最艰难的岁月里完全抛弃我，这也是我们以后能够逐渐和解的原因，也是我不会终生留下遗憾的原因。

三

少年的月光

壹

　　我一直对故乡的月光怀有深深的眷恋。这是让我在喧嚣中保持清凉的发光物体。月夜是上天赐予人间的珍宝。如果只是漆黑的夜晚，则可能意味着恐惧或者危险。有月的夜晚则恰到好处，既能给人以一种适度的安全感，又为夜色带来神秘之感。

　　月光给坚硬的尘世带来柔软，给嘈杂的人间带来轻灵。月光能将僵化肉身中的生灵唤醒。只有被月光之水所滋润，才会慢慢从内心生出花朵。月光不是捕捉，而是挽留。月光不是捆绑，而是温柔地解开。月光不是驱逐，而是释放。无论如何疲惫，少年的月光都会给我留下一枝树枝歇脚。无论如何愤懑，少年的月光都会让我暂时平心静气。如果有少年月光的照耀，即使鬓发皆白，即使身体衰败，然而，内心却不会衰老。即使时间的流水再为沉重，少年的月光也会让我浮在水面,不至于完全沉没。

我曾经在月光的河中游泳。即使月光是干燥的,然而,我却在后来很多年以后也能感受到被月光所浸湿。凡是被月光浸透之人都是有灵的。如果我本身有灵,这种灵也不是来自于我自己,只是月光曾经在我身上走过而已。

月光是一道长长的石头铺就的光洁山路,无论我在何方,都会伴随着我。我在异乡,月光还是会落在异乡的土地上。如同种子,落地生根,就能让我生出旧忆。即使我在异地漂泊,然而,沿着月光就能回家。无论我在天南地北,只要心中月亮还在,我就能和故乡的草木人物在同一片月光下栖息。月光是那盏少年时用过的风灯,无论原野中的风声有多么响亮,无论夜色有多么漆黑,即使我的两眼昏黄,它还是没有忘记我,还是能够送我回家。

贰

在我的少年时代,故乡基本上没有多少现代的娱乐,唯一能够让众人兴奋的是其他村庄传来放电影的消息。那时几乎没有通讯联系方式,放电影的消息是作为友好的表示告诉其他人的。电影是露天的。即使是如此,这几乎是周围村庄所有人的盛宴。在月夜,去邻村或者更远的村庄看电影往往要走上很远的路。现在已基本不记得所看电影的名字,以及到底是什么内容,留在记忆中只有简单的欢乐。幕天席地,在临时搭建的电影幕布前后,黑压压地坐满了这个村及附近村庄的人群。如果是本村的人还可以用白线或者石头之类的占个位子,如果是外村来得晚的话,只能是随便找个地方坐着,或者是在电影幕布后面看。这是当年看电影的神奇之处，正反面都可以看。

从村到村之间，从山到山之间，几乎没有直的去看电影的路。但是，无论多么弯曲，在少年们的脚下都是坦途。即使是有月光的夜晚，并不是月下的大地、群山及河流都被照得纤毫毕现，到处也都是黑黢黢的一片。河流如同偶尔闪亮的带子，带着小的响声向远方流着。群山如同蹲伏的黑色巨牛，再远处的天幕就是牛栏。少年们在去看电影的路上，都如同参加重大的宴会，兴奋之情充斥着村间道路。在看电影回去之时，则气势全无，慢吞吞地向回家的方向赶着。但是，如果谁突然说个有趣的事情，大伙马上就嚷作一团，此时即使是无边的夜色，也会立即喧哗起来。即使是无际的月光，也都会马上晃动起来，那真是一个浑身充满能量的年代。

夏夜月光下另外一个乐事就是捉蝉的幼虫了，我们都叫其为知了猴。因为那时农村普遍经济状况不佳，在捉住知了猴后用油烹煎后，绝对是一道补充营养的美食。正是如此，捕捉知了猴成为少年们竞争颇为激烈的行业。特别是村头、路边的高高杨树下，是知了猴蜕化成蝉的乐土，也是少年们捕捉它们的乐土。在我小的时候，故乡的大桥头经常听长辈们说闹鬼。在夜晚捕捉知了猴时，我也看到过远方田野里的磷火高高低低地闪耀。但是，即使是一个人，此时也感觉不到害怕，因为这被更大的乐趣之幕遮盖住了。平常我都是怕蛇的，但是，在捕捉知了猴时，都是在树下草丛中蛇容易出没的地方活动，此时也完全忘记了害怕。幸运的是当时我从来没有遇到过蛇。

即使夏天最为炎热，却是少年时最为美妙的季节，而夏天的月光则是美中之最美。夏天的月光清凉而不冰冷，皎洁而不发散寒光。夏天的月光里可以遐想任何之事,而少年又是易于遐想之时。

月光夜色能遮挡住世间的所有不平,使得山川的轮廓也变得柔和起来。月光可以为贫穷生色,可以为卑微镀光。在月光夜色下,所有的一切融为一体,弥补了彼此的高低与界限。夏天月夜对贫穷的少年们最为仁慈,此时白日的炎热慢慢退去,月光下的凉风慢慢浮起。在一望无垠的月光下,整个世界都是我们的了。夏天月夜中牛也不用再劳作,都在牛棚中安静地吃草。少年们也不要陪着家人劳动,可以成群结伴,任意而行,大人也不会过多干涉。那时都是这么粗放地长大的。如果晚上在外面玩得太晚,我们可以在村头的一座相对宽敞的石桥上睡觉。月亮在上空悠然地注视,月下少年们则安静地睡眠。当然,最美的时候是在其中一个伙伴的空闲房子中为其看家。在月光下,如同飞鸟一样,我们在树上搭了棚子。月光明晃晃地照在不平的地面,光中的少年们则憧憬着自己的未来。当时在武术最热之时,经常会热烈地交流着不知是哪宗哪派的武术。

叁

一切都是公平的,我现在城里过着精致的笼中生活,就享受不到山野中无拘无束的乐趣。所有的得失取舍不是用眼睛衡量的,而是用心衡量的。欢乐并不是看到的,而是感觉到的。

多少年在我的天空里,在夜深人静之际,经常会感受到当年的夜色如同潮水一样无声地蔓延。月光绸缎一样,光滑而绵延不绝地披在少年们的身上,如此的装扮,使我们都成为那个山村中的圣洁的神。夜色中月亮是有光晕的,它在温和地散发着光芒。特别是月亮在夏天夜空慢慢挪移之际,草木的气息也氤氲其中。如果仔细听,当时我们能够听到月光的脚步轻轻移动的声音,现在听到的却都是轻轻叹息的声音。

少年的月亮都是透明的,因为月亮与少年的心互相映照。只要少年的心还清明透彻,月亮也一定会晶莹剔透。我们曾经在月光中欢快地高声叫喊,不怕声音惊动山中的飞鸟。我们也曾在月亮下无所忌惮地奔跑,不怕踏碎一地的月光。成年人的月亮则被岁月所蒙尘,成年人月光经常被大风所吹散,这让我经常听到瓷器破碎的声音。

那时我不知后来生活的艰辛,那时我对一切都好奇,不像现在这么漠然。这是时间变的魔术,时间过去了什么都没有了。无论如何怀念,过去是永远回不去的地方。如同故土一样,出走了就很难回归。其实,故乡不回是悲,回去也是悲。那童年陪伴我的老人,我知道去了哪里。那些童年的玩伴,却不知道去了哪里。即使那年的月亮还在,那年月亮下的人已经不在了。即使那个村庄还在,也变成别人的村庄了。至今故乡变化并不大,还能依稀可以找到当年的旧迹,难以找到的只是少年的心了。我再也无法回到当年那个山村,再也无法沐浴同样的月光。当年我年幼无知,以为那样的月光随地都是,其实它真的一去不复返了。

年轻时的血还都是热的,岁月是刺骨寒风,将成年人的血都吹冷了。这么多年在岁月冰河里挣扎,即使我的心已经冷了,却仍然努力坚持着让血是热的。即使我周围处于暗夜之时,如果还能感受到月光不曾抛弃我,还在我心空中高高的辉耀,我的心路也就光明了。

　　人的一生都是在与自己搏斗，一生都是努力让自己在尘世的喧嚣中不被淹没，在时间的流上不被沉没。月光看似是无情的，却是有情的。只要月亮升起，月光就会冰冷地温暖我们，月亮是搭救我们的那艘遥远的船只。

四

暗恋

壹

我从小就想着让生活有一点意义。这是我天生的与众不同之处。然而，意义并不一定在于亲自去实践，在爱情之中就是如此。如果一个人自己陷入爱情之中，或者走进围墙之内，慢慢品尝情欲之欢，那就是去实践。而一个人在山水的另外一方遥望，想着一个人，慢慢地等着桃花落满了双肩，雾气浸湿了睫毛，这就是暗恋，是没有实践爱情的暗恋。

暗恋只是发生在最为纯净的时间及年代，只有那时我才是最为纯净的人。现在我已经不是自己了，然而，那些暗恋还是当初单纯至极的模样。

那些年的花朵也开在记忆深处，模糊却在传递多年还未结束的战栗。即使多少年后，我在记忆的深井之中，将这些陈年的暗恋之事打捞出来，它们还都是湿漉漉的，散发着水的光泽及鲜活的气息。

暗恋是我心中的月亮，它只是为我一个人照耀。被我暗恋的人甚至都不知道这些事，但是，她们至少照亮了我那些年寂寥的天空。她们的一颦一笑我都记得，只要想到她们当年的言笑晏晏，我的整个心之山坡上的花朵就都绽开了。

贰

自我上小学三年级开始，我就要越过一条河，攀过一段不高的山岭，到大村东边的一个坡地上的小学去读书。我住在小村，位于西山的南坡。小村是大村的儿子，大村因为儿子过多而无法安置，就将不被宠爱的儿子们安排在西边更为贫瘠的山坡之上。

大村对于我而言，就类似于在农村遥望城镇。大村的路更平坦，我所住的小村路多石而更加坎坷不平。那时在我生长的村庄道路之上，就预见了我将来的不平之路。大村人更多而喧嚣热闹，小村人少而显得清冷。这也是我目前性格的塑造者之一。因此，无论是谁，都不是原先的产物，我们都是被身外各种因素慢慢改变了。

我们被时间所改造，我们被经过的道路所改造，我们被周围的地形所改造。我们被父母所改造。我们任何一个在时间流上飘荡的，任何在地形迷宫中被困住过的人，都不是最初的那个人，都是时间和地形的保存者，也是被修改者。

只有暗恋才是最初的，因为从来没有被真正动过，因此，就能保持纯美如初的样子。即使花容年龄和我一样都很小，在我记忆的花园之中,她最初就是从大村的某个地方走来,从小她就有着柔和的面孔和温柔的笑容。

我记忆已经衰退,在过去的那些年中,那么多的事情过于繁琐和沉重,不幸都掉落到记忆之舟旁边的汹涌水流中,再也不见。

然而,花容和我一起上小学时的衣着和神态我还能记得,我还能记得她微笑时唇边绽开的一粒小小的美人痣,也能记起她碎花的的确良的夏天上衣,我能记得风将她的头发轻轻地撩起,她又轻轻地放回的样子。我还能记得那时我的衣服外面爬上了一个虱子,她也没有嫌弃,反而认真地将其捉下,放在手心让我看的样子。这是一只历史上最美好的虱子,所有的虱子都应当为它自豪。

其他的事情在记忆深处浮浮沉沉,或许以后还能记起,或许永远不能记起。然而,我不能太过于贪婪。如果我能在记忆中保存这些珍宝,就已经是一个大财主了。即使是真正的大财主也会比我贫穷很多。

叁

即使处于乡镇所在的村庄,杨梅的家是石头的房子,也是石头院子,唯一比我老家的山村更为舒展的是门前依偎着一条沙石的土路。在杨梅家的院墙里种植着几株桃树,一到春天之时,就会安静地在院内开放。院墙外边的几株桃树也是如此静谧。它们只是暗暗传送着心思,从来都是不急不躁。

那时道路没有现在这么宽,车辆没有这么喧嚣,人也没有这么匆忙。那时一天可以只做一件事,也可以一件事都不做。

我是一个不喜欢走平常路的人。即使沿着杨梅家前面的那条砂石路向东能顺畅地回家,但是,我每次都在杨梅家门前的那条路转到山路上,向着山的更高地方走。从那时起,我就隐约感觉更为遥远的群山中一定藏着我不知道的事情。

杨梅是我的同学,每当夏天我经过她的门前时,她都会笑眯眯地看着我,让我到她家里喝一些水缸里的井水。她说:你星期六放学总是向山上走,那里有谁等你吗?你这样什么时候才能到家?说着她露出了洁白的小小牙齿,眼角里的花朵都绽开了,我甚至能闻到她身上花朵的芬芳。

她的母亲也在旁边和蔼地笑了起来。我猜想多年后杨梅也是对女儿这么和蔼地笑着。一切都是轮回,只是换了不同的分身而已。

肆

在我大学毕业工作以后,慢慢知道了以前不知道的爱情规则。即使这些规则并不一定是写在书中的,然而,却真实地站立在那里,并且有力地调节着恋爱中的人们。到了此时,我就不会再去暗恋。

我庆幸自己在一个懵懂无知的年龄,还保留了对暗恋的记忆。因为这些暗恋之事是永远不可能再回来了,它随着那个特殊的时间一去不复返了。

那时我眼睛里还有淙淙流淌的泉水,因此,也能感受到那些素美女孩的眼睛中的泉水。在我们互相凝视时,都能感受到泉水流过。

慢慢我对爱情看得更为明白,甚至能够通过衣服看到肉身,通过肉身看到骨头。在爱情之中，最为重要的是骨头，这种骨头是爱情双方建造房屋养育后代的屋梁。在爱情之中，关键是二人要有一条互相流动的河流，这是活水。否则，二人的爱情生活就会陷入死水之中。在爱情之中，应有不断燃烧的心火作为火把，如果二人之间的灯火燃烧所需的油脂尽了，那么，爱情将会陷入永夜。

政治有政治的规则，法律有法律的规则，爱情有爱情的规则。对于农村出身的贫寒的我而言，后来进入爱情田地却不懂耕种的规则。只是如同蛮牛，凭借着真心与蛮力，结果只是将爱情田地毁坏。因此，如果最初的家庭是穷人家，爱情方面也可能是弱者。即使以后依靠学历获得知识，却不一定能获得爱情的知识。即使懂得学习的规则，却不一定懂爱情的规则。

在现代人的爱情之中，庸俗往往意味着是爱情中的真知。作为插曲，我曾经在课堂上讲过男女之间的爱情要讲究门当户对。有的学生还对爱情抱着至纯的感觉，则是对这个观点嗤之以鼻。我就对他们说："如果你爸是村长，你女同学的爸是省长。如果你们爱情之河能够顺畅流淌下去，我就跳入河中淹死。"贫寒之人与稍高阶层之间男女的爱情，更多只是存在于文学之中。门当户对不是庸俗，而是经历过几千年验证的真理。

然而，这些只是实用主义爱情规则，等我彻底了解恋爱的这些庸俗实用的规则后，暗恋的泉水就彻底干涸了，只是剩下水底的石头，在太阳下闪耀着赤裸裸的光。我不会再去暗恋，暗恋死了，在我成熟而世故的时候。

伍

自小之时，我就没有得到过一件家人送的玩具，可以玩的玩具只有那片连绵不绝的山地，长年不息的渊子河。然而它们太大了，我无法进行把玩，也无法将其在睡梦时真正放在枕头旁边。

我的一些天然的玩具是在渊子下河找到的，这是一些被无数年代反复冲刷过的小小鹅卵石，玉石般晶莹光滑，能将圆润传递到我粗糙不规则的内心之中。

这些暗恋就是我玉石般鹅卵石的玩具。我将它们藏在记忆的最深之处，多少年之中反复地摩挲，因此，就有了更晶莹的色彩，让我黑暗的内里之室更加光亮一些。

我的手具有多动症，就是有想将一切所见所想写下来的冲动。我的手屡次三番地敲打我的心之门，通过各种利诱让我的心妥协，交出这些保存至今的暗恋往事。

一直到了现在，我的心才和手才达成了一致，心允许手将这些最为纯净之事写出。我的记忆现在已经有了下降态势。如果不把这些事情写出，这些曾生长于我内心的活生生的生命可能就永远泯灭了，永远地死去了。人世就没有人知道这些暗恋曾经在世上活过。

对于过去那些年看起来可能更为重要的事情，已经陷入了记忆的流沙之中，看不到一点我在其上曾走过的痕迹。然而，那若隐若现的暗恋身影，还会在我多年后的梦境中闪现，从不会在岁月的暗尘中沾上尘垢。因为未经世事的东西本来就是一尘不染的纯洁之物。

陆

我有时恨自己，为什么还会去探寻旧人，将这些逝去的往事保存在脑海不是更为美好吗？所有的寻找旧人都可能是一场新的埋葬。

我在堂姑家复习考研之时，经常看到一位做邮递员的初中同学，每日骑着一辆老旧的摩托车，穿梭于各个村之间。除了送报纸以外，他还顺带卖一些日用之物。因为现在邮电局都经营惨淡，单靠信件、邮件已经难以维持正常生存了。

在那个村头的大杨树之下，邮递员同学将车放在一边短暂地和我闲聊，我也有意无意地问及杨梅的事情。因为我初中没有毕业就去煤城打工了，以后与杨梅的交往河流就全部断流。这位邮递员同学告诉我，在杨梅毕业以后，通过说媒介绍给了同村的另外一个同学。然而，杨梅本人好像并不太愿意这桩订婚之事，后来准备退婚。然而，架不住男同学的寻死觅活，后来自杀好不容易才抢救过来，最终杨梅无奈嫁给了他。

当我回老家之时，每次经过杨梅当年住过的院落，都会有意无意地看上一眼。当年总是坐在门口做针线活的杨梅的母亲没有再见过。在一次旧历新年之时，我只是偶尔看见一位穿着绿色羽绒服的小姑娘，如同冬天的绿色蝴蝶一样，在大门里外来回如同蝴蝶般穿梭。我内心就认为，看这眉眼一定是她的女儿。当年她也是这么喜欢穿绿色的衣服。然而，我有必要再进门找水喝吗？现在已经是隆冬季节，随便喝水缸中冷水的时间已经过去了。

在花容为人妻为人母很多年后，我也偶然见过。她已经是一个厨师的妻子了。面容依稀还有当年的模样，然而，无论是围裙上，还是脸上，到处都可以看见烟火色。当年那个如同芙蓉般开放的女孩儿去了哪里呢？

无论是花容还是杨梅，我和她们都是纯洁至极的关系。她们甚至还不知道当年有这么一个羞涩而衣着寒酸的小男孩暗恋过她们。当然，我也不想再让她们知道。

我猜想，在农村生活，几乎所有的女孩都没有两样。即使是婚嫁以前再漂亮，在结婚几年之后，枯燥而繁忙的生活会将她们的面容磨砺得如同粗鹅卵石那么粗糙。我后来遇到的绿色衣服小女孩的妈妈想必也是如此。如果见过一个农村生活的妇女，就等于是见了无数个。她们都是被固定在那个狭小的生活之磨中，反复不停地转动，直到被耗尽了最后的一丝容颜。然后，如同她们的母亲一样坐在大门口做着针线，一辈又一辈，周而复始。

然而，花容还是在我小学上学路上遥望的那个婀娜而行的小女孩，杨梅也还是我初中上学路上经常见到的那个绿色鲜艳的少女。在我的心中，无论是花容还是杨梅，都没有被生活反复揉搓过的痕迹，身上和脸上都没有油烟，还是当年纯净的模样。

五

夜行人

壹

我的童年和少年大多时间都是在黑夜中度过的。我的黑夜好像持续的时间比白天更长。黑夜可以掩盖我惶恐的内心，使我和周围之人凭空多了一道无形的黑色屏障。黑夜是一个喜欢黑夜之人的最好的同谋。黑夜可以掩盖无数的事情。然而，黑夜却也是无法选择的选择。不论你是否愿意，只要太阳将西方的山染成一片火红的炉灶，再将西方山顶染成一片红晕，最后将树木染成黑色的影子，黑夜就会不邀而至，即使是最有权势之人也不能阻止。

从童年和少年开始，虽然祖父母家和我家只是相距不到五百米，一个村东一个村西，但是，我就如同独自飞行的候鸟，不停地在两个家庭之间迁徙。候鸟知道冬天将至而转移到温暖的地方，它们都有翅膀。我却没有翅膀，没法选择，只是在大人们的心情与手势之中来回迁徙。

在童年和少年之时，我深陷于家中吵闹和打骂的险滩和激流之中，被困于饥饿的大海深处。基本上我每天都要在险滩和激流中挣扎，也永远游不出饥饿之海。有时我把以后岁月中的所有不顺都归结于这段家庭苦旅，说我需要用终生去寻找良药来治愈童年。然而，有人却说，幸亏你有这么曲折的童年及多难的少年，才造就现在的你。我一听似乎也有些道理。我是一个固执的人，但是，对有道理的话却天然没有抵抗力。

与一般人的童年不同，我的童年是从黑夜开始的，并且是孤身一人的黑夜，是与父亲为敌的黑夜。即使很多年后我在阳光下持续暴晒，也无法照亮这个最初的黑夜。自从那个最为恐惧的黑夜之后，即使我口头不愿承认，内心深处却有一个声音在暗暗告诉我，我的父亲在黑夜里出去了，他是一个夜行人，永远在回家的路上。现在他已白发苍苍，我也已经两鬓斑白，却永远不见他回家。

在那个最漆黑的夜晚，在老家几间简陋而空洞的房屋之中。那两扇木门被父亲无情地关闭。我如同被封闭洞口的漆黑洞穴中的唯一一只幼鼠，无助地匍匐在门槛下面，手指抓着地面，试图扒开门槛逃走。门槛是简单的松木做的，还散发着淡淡的忧伤的香气。然而，即使这道门槛不太坚固，对当时还是儿童的我来说，这就是一道牢不可摧的城墙。

我想父亲一定害怕孤独。因为长时期与母亲打斗争吵，更让他加重了这种感觉。由于他固执且懦弱，在村中他只有三个稍微好点的朋友，都是村中稍微正直一点的人，且都是不以他的反常举动为怪的人。这三人中的两人我都曾经在其他书中提到过，一个是朋老师,一个是和我一起到奶子山煤矿及大柏庄铁矿打工的增哥。现在这两个友善的人都早早去了天庭。朋老师死于出血热,增哥间接死于一场矿难。我们那里都说这叫做好人不长寿。我却认为人间太苦,上天不愿意良善且多难者受苦,就让他们早早归位于天庭。

在父亲一次和母亲争斗以后,母亲愤而回了娘家。为了使得自己的孤独变成两个人的孤独,或者使一个人的孤独变成另外一个幼童的恐惧,父亲就把我独自一人锁在夜晚的屋里陪他,他却深夜不归。即使我选择了与自己和解,但是,自从那夜后,在我心中,他就成了一个永远的夜行人,永远再难以回家。

那么,是不是夜色太深,深得父亲找不到回家的方向了呢?是不是道路太过曲折,父亲没法找到回家道路了呢?是不是雾气过浓,父亲看不到我的面目了呢?即使再深的夜、再曲折的路、再浓的雾气,你也应该不会忘记我吧。我是你在大地上遗失的一粒种子。

如果你从东方来,就应当沿着垂直渊子河的方向,迈过那条古老的石桥过来。如果你从西方来,虽然西山不是太过伟岸,但是,也可以为你指引方向。你可以推开大门进来,顶门的那棵木棍只是虚设的,里面的机关从来不提防最亲近之人。你可以从墙头跳过来,那只衣服破旧的黄狗不会忘记你的模样。你可以从天空中来,我还是在家中一人沉睡,沉睡于一个最深沉的梦中难以醒来。

贰

祖父在童年的我心目之中是一个大人物,是一个能在我危难之际驾着祥云来救我的人。在那个最漆黑的夜晚,不知是我在黑暗房屋中的凄厉哭声让他从村东家里听到,还是隔壁的一位老妇人听到后去告诉他的。祖父就真的如我想的那样来了,就像在我以后艰难困苦之际想他时一样。祖父找来了父亲,狠狠地咒骂着他,要到了钥匙打开门后把我领到了他的家里。

祖父经常告诉我,他在少年之时,经常跟着太祖父赶着牲口贩卖粮食,也经常在夜里赶路。那时天可能黑的更长,夜里灯火也更加稀少。他们都是选择土匪更少出没的山路上夜行赶路。那几头骒马和驴都是家里喂熟了的,都很温顺地在黑夜中向前走着。在那些漆黑的夜里,在地上由太祖父掌握方向,在天上由北斗七星掌握方向。由于太祖父是个稳妥的人,祖父也不会过于担心,有时扶着牲口走着走着就能睡着了。

如果实在绕不过土匪出没的道路,太祖父就让大家在最漆黑的夜晚通过。每个人都不准出声,连驮运粮食的牲口蹄子下面也包裹着棉花。即使是最多嘴的骒马也不准鸣叫。太祖父就是那个小小队伍领路的骒马。他必须小心,因为一大家的安危全部维系于他一人。太祖父一共生下八个儿子及两个女儿。如果这位领头的骒马完了,整个大家庭就全完了。虽然只是听祖父讲述,我仍然感觉太祖父是一个好父亲,是一个在漆黑夜路中可以值得依靠的人。

叁

父亲是一个没有父子感情之人。无论我如何说服自己,然而,如果只是从情感上看,他就是一块冷冰冰的石头,顽固且无情。

我在几十年中一直努力思索这个违背人之本性的问题，以至于以前在夜里也梦到与父亲争斗。我想找一个彼此都能接受的体面的解释。由于祖父母是姨哥及姨妹结婚，这属于近亲，是否因为这种原因父亲智力受到影响了呢？然而，父亲对三纲五常，三朝五代都能讲上一番，虽然不是特别准确，但是，却似乎有模有样。在农村之中，相比较其他村民，这无疑属于智力上等人士。

那么，是否因为贫穷影响了他的父亲天性呢？我不敢否认这个原因。在附近的邻居之中，虽然我家属于贫穷者，但是，可能还有更为贫穷的呢？我发现，在邻居家还是明显地体现出父亲对儿子的舐犊之情。

那么，父亲是否因为受过外伤，影响到大脑的感情输出了呢？我的姨父那时在公社门市部工作，是当地最早有自行车之人。姨父一次载着父亲下一个很大的陡坡，父亲从后座上摔下，姨父却浑身不觉。一直骑车下坡几里路后，才发现自行车后座的人没了。等回头在路边找到父亲时，他已经血头血脑的，不得不开颅进行手术，并且从此后留下了癫痫的毛病。然而，在经过多年的治疗后，父亲的这个毛病就没有再犯过。并且言谈举止与以前没有什么两样，依然是那么冷漠及固执，依然是对历史典故口若悬河。

父亲的这种疾病来得突然，痊愈也非常突然，虽然我帮着拿过无数次药，但是，却不知到底是哪副药起的作用。如同旱天快要枯萎的禾苗，一场大雨将其救活，然而，却没法查证到底是哪一滴雨发挥了最关键作用。

我不止一个晚上夜行到附近村庄去替父亲请一位乡村老中医治病。那时的冬天比现在更冷，冬雪也比现在更为长久地凝结在记忆的树枝之上，至今还能听到雪在枝头凝固发力时的咯吱声音。由于母亲得在家照顾半昏迷的父亲，我独自携带着幼小的身体到老中医的村庄去求医。

仅存记忆中我去找老中医的那场雪太大，几乎从路边的沟壑蔓延到土路之上。在整条土路上只有我一个人，月光将我的身子对比得更加瘦弱。我走过一条两边有十多年生的杨树的路，再走过一条冰封的河，经过几个村庄，最后才用冬风中颤抖的枝条一样的声音敲开老中医的门。

与夏天很多人敞开大门迎接凉风不同，由于那年天气实在太冷，这里的人将大门全部紧紧关上，试图将冬天也关在门外。在此时，村中的狗都会自动躲进一些更为温暖的地方。当我穿过粗糙的村庄街道之时，脚下积雪的声音暴露了我的行踪，它们就在温暖的暗处一起狂吠起来。在村口的一棵老槐树上，我听见一只夜鸟被冻折的树枝惊飞，接着又惊吓到一树的雪花。

然而，那时我不知害怕，也不想失去父亲。他的存在与否似乎与我关系不大，然而，至少在心理上我有个父亲，即使这是仪式性的存在，也能让我比失去父亲的一个小伙伴更加体面一些。再退一步说，这可以让我在和其他少年的骂战中不落下风，他们也没有理由骂我是缺爹的货，而那个失去父亲的小伙伴每当此时就无任何还手之力。

肆

太祖父是一个有养家责任感的人。那时的父子伦理要比现在重要得多。我不知道太祖父和祖父的关系怎么样，但是，我至少知道太祖父是一个安全的父亲。当然，也可能太祖父对祖父过于严厉，祖父就将这种感情树枝落下的巨大阴影笼罩到父亲身上，父亲再把这种不良感情逐步向我蔓延。在祖父三个儿子中，他最不喜欢我父亲。祖父没有给父亲正常的父爱，同样，我也丝毫没有感受到父爱。这种互相缺爱的链条是一种可怕的心理暗示，我强烈希望这不会一直持续下去。

我和祖父之间的夜行之路显然要更安全一些。这是他从他的父亲那里获得的夜行经验。即使那年已经改革开放了，然而，农民私卖自己的私人物品仍然如同惊弓之鸟。在一个无星月的深夜，祖母让祖父拖着排车，将家中的一些木头运到隔壁县去卖，那里管制得相对更为宽松一些。祖父决定在夜里出发，这样可以躲过检查站的检查人员。本来祖父不想让我去。但是，祖母说：蚂蚱再小也能爬山，就让他跟着你一起去长个眼吧。

我和祖父的夜行记忆往往都是在夏天。那一次却是在冬天夜行，然而，我也能感受到夏天的记忆。原来祖父之爱可以让我翻越过隆冬，也可以让我爬上陡坡。在那个冬夜里，由于祖父没有牲口用来拖一整车的木头，他就把自己套在车辕的中间，在旁边给我系上了一根绳子，让我在他上坡时帮着拽一下。我不是任何牲口中的一种，我的身高比地排车高不了多少。但是，我仍然认为，即使我那根拉车的绳子没有力气，祖父也照样会感受到有人在帮助他拉车上坡。在那个冬天的夜晚，不仅我感受到自己不是独行的夜行人，祖父也可能有这种感觉。否则，他也不会同意让我和他一起去走这么远的夜路。

与有血缘亲情的人一起夜行是感受不到孤独的，因为孤独只是一个人的。和祖父一起拖车也感受不到太多的劳累。在我陪祖父卖木头的路上，即使距离天明还有一段时间，然而，慢慢可以听见最近村庄公鸡的叫声次第响起，附近冰冻的原野似乎也应和起来。

天色再亮一些，在我们前行的路边，隐约可见村庄有人在反复地推动着石碾。就那样周而复始，推碾的人都用坏了无数代，石碾仍然没有被用坏。即使是现在我经过那里也是如此。

我弯下的腰几乎与陡坡的地面平行，我甚至可以看感受到眼睛里的温热将地面的雪融化，这甚至可以氤氲在我的眼睛里。这种用力的方式与力度，与我以后和命运拔河十分相像。

我知道，即使我的力气还弱小，如果帮着祖父再加上一把小小的力气，就有可能翻过那个长长的陡坡。何况周围的黑色逐渐被稀释变淡，东方也有鱼肚白逐渐出现。"你看坡很长，要慢慢地走，走着走着感觉都是平地，再翻过一个坡就天明了"，祖父说。

伍

对于父亲，得到父爱的人可能不知道其中的滋味，然而，即使得到父爱，很少有人去感激这种滋味。对于得不到父爱之人，他们知道其中的滋味，却不知去感激谁。

可能没有父亲的人就会对我说，你有父亲就应该知足了，我还没有父亲呢？相比较失去两只脚的人而言，有两只脚的人可以对脚感恩，但是，父亲到底是不是两只脚，是否能帮助其子女走夜行之路，这还真的不好说。

每个得到父爱的人，都是获得上天祝福之人，即使是夜行都如同白昼。每个失去父爱保护的人都是夜行人。对于这些人,白天也是黑夜,即使有无数人陪同,实际上却可能是独行。

即使是最为亲近的父子血缘之间,父亲都可能是我们面前紧闭的门,他可以打开门让我们出来,但是,却可能终生都无法打开门让我们进去。即使在父子之间,都可能隔着一道厚厚的墙。父子都在墙的隔壁向另外一侧张望,却总是看不到自己想要看到的结果。于是我们就一直夜行,尽管彼此就在身边。

六

算命人

壹

那时我有大把时间可以浪费。我可以整日趴在祖父母家门前的那棵老梧桐树下,看蚂蚁们从远方将一只巨大的虫子挪到窝前,特别是站在虫子头部指挥的那只蚂蚁,和一个瘦削的司机驾驶一辆巨型卡车没有什么区别。我可以花费一上午的功夫,将下河的那条溪流的水引到濒临死亡的一棵矮小树木那里,因为我那时隐约感觉到,每个弱者都是我的同类,它们的死亡就是我身体一部分的消逝。我可以连续多个夏夜到不同村庄追看同一部露天电影。那时我是一个虚设的人,有权利虚度时光。

不像是现在,每天起床之后,得花费一些力气从尚未完结的积压事情中爬出来。事情骑在时间的上面,势如千钧,稍不留神,更多的事情又如同奔马一样碾压过来。几乎每天我都在处理各种不同事情，但是，事情总会改头换面再来。我的后半生就是与事情较量的半生。五味杂陈，胜负参半。

在回忆的山重水复之地，印象中的水澈就是那时进入我的记忆。他是我宗族的长辈，和父亲年龄相当，辈分上却比我父亲还要大上一辈。在势力均等的情况下，在门户大的宗族中，辈分较高本身就是一种优势。在农村之中，无论一个孩子年龄再小，另外一个年龄再大，可能年老的却要管年轻的叫爷爷。在血缘流淌的河流之上，辈分长的占据了自然的优势，而水澈的辈分在村中就是占据了上游。特别他的宗族门户大的情况下，这种优势就更加明显。

在此之前，我不知水澈来自哪里，他就像是突然出现的村中大人，然而，我不知这位红脸膛的大人是在哪里出生的，在哪里长大的。由于他突然在村中出现，像是忽然长大，并且在村中具有威势，这使整个村庄的空间忽然变得有些狭窄起来。

我本质是一个内心悲凉之人，需要更多的阳光把我身体内的潮气晒透。因此，对于内心有着火的人，我本能想去接近取暖。水澈就是这种内心能够烧红的人，从他的红脸膛就可以看出。他不仅能够烧红自己的内心，也具有将周围之人吸引过去的引力。

这种内心的火炭和年龄没有关系，即使是年龄较小，也可能其内心具有让他人愿意贴近的热度，对深处寒冬过久的成年人也具有如此力量。这种热度可能是遗传的河流上漂流而来的，也可能是被父母火炉所烤热的，也有可能是上天将火炭不小心落在一部分人心中。我是一个内心沧桑的飞蛾，本身就有着趋光的本性。这也是我愿意接近水澈的原因。

贰

水澈是一个算命人。不仅如此，水澈还能以说大鼓获得谋生之资。水澈的赚钱之路很是遥远，多少年他们一家不在老家那个村庄居住，这是因为他们将吸钱的触手伸到了南方省一个叫南山里的地方。

村中人都传言水澈会灯下问的算卦术。灯下问之算卦法是找到羊、马属相者，可以通过其生辰八字来判断运数和前程。我隐约记得，在我上初中的那个乡镇逢集之日，有次我经过集市的一个几十棵白杨树丛生的角落，多少年这里就是算命打卦的传统地点。这里在逢集之日会聚集着众多的或站立或蹲着的庄稼人，在这些人围拢的中间，往往是一个口若悬河的算命人，其中就包括水澈。

那时水澈正迎着正午的太阳，这让他的面部红的更加发亮。一位年老妇女带着女儿前去找他算命。水澈查了一下女儿的生辰八字，念念有词道：你女儿属相马，寅马在申，日柱支暗合马。他边说边紧盯着老妇女的脸和眼。在这伙人的外围，悄悄地站着水澈的老婆。两个人在众人不注意之际悄悄交换着眼神。然后水澈在众人之间站起，将老妇女偷偷拉到远离人群的一个角落。我在远处可以隐约听见水澈似乎是说：你女儿这卦象不是吉利之卦啊，这卦主你女儿未婚先孕。年老的妇女似乎就更加紧张，更是将声音压到让我没法听清的地步了。

我本性喜欢这些阴阳八卦之事。因为万物皆有其灵性。以我的观点，算命不过是以人之灵通达万物之灵而已。不仅是水澈会算命，即使是我，有时也可以预测初识之人的运数。即使是我本人的运数,在常年累月的与命运周旋中,我也基本能够了解命运的走向。我知道我的运数如此,也终日在与运数做着斗争,然而,命运之所以诡谲,就是知道也不一定能够隐藏或者闪躲。

叁

水澈曾经长时间担任过老家那个村的村长,并且是给那个村最能打上个人烙印的一个村长。水澈当村长具有天然的优势。在我老家的村中,主要人口都是来自和他同一姓氏,同时这个姓是村中的大姓,而水澈又是宗族中辈分很高者。这等于在村上的隐形权力链条中占据了一定的天然优势,一般就见人大三分。因为大部分人辈分都比他低一辈或者两辈,都管他叫叔或者爷爷。谁好意思对自己的叔或者爷爷找茬呢?

即使有其他姓氏者意图挑战水澈,但是,在动这个心思之前,都会掂量一下,是否能够撼动这个有那么多村民称呼他为叔或爷爷的人。

在村中确实偶尔会有确有实力给他造成权力竞争威胁的人,但是,如果单独摘出一个,却好比一架不配套的驴车,有好牲口,却没有好车。或者有好车,却没有好的驾车者。村中有人具备一定的知识,却在宗族势力上不如水澈。有的人具备宗族势力,也具有一点知识,却在谋略上不如水澈。在整个村中,只有水澈是以研究人为谋生方式的,对那些以研究庄稼为谋生方式的人而言,这些人甚至连庄稼都还没有研究明白呢,当然不是他的对手。

在我老家那个村,其他众人都是羊,特别在权力面前更是如此,大多是温顺而沉默的绵羊。即使是个别调皮的山羊,也难以在水澈面前炝蹶子。水澈随便一个炝蹶子就比他们积攒半天力气的还要高。

水澈在众人之间好像被谁拔擢而出，在人群中具有了一匹马的优势。村中众人都是羊群，从来不会像马一样，迎风舒展开自己的鬃毛，使自己的嘶鸣之声让更远之人听到。这些羊们只是喃喃私语几声，被夹杂在风声中更像是叹息的声音。

然而，即使是羊也有熬倒驴或者马的可能。因为羊只是心无旁骛地吃草，减少了意外减损的可能性，也因此延续了自己的生命。当然，羊永远也是羊。

肆

不知哪年水澈当上了村长，我只是记得他当了很多年的村长。这是一个对权力有本能理解力的农民。即使只是一个村的权力。水澈知道，只有流动的水才能产生力量，否则，即使储存一个海的死水，也不能漫过岸边最小少儿的脚。他深知，只有权力能够运转起来，才叫真正的权力。在水澈以前有那么多任村长，没有一个人比他当村长令所有村中活着的和期间死去的人印象更为深刻。

那时农村的东西什么都不值钱，农村的劳动力也是如此。在农村稍微值钱的物件当中，权力是最为值钱之物。当然，不仅在农村如此，在哪里不是如此呢？水澈比我们村中所有人更了解这些。于是就用权力把农村的劳动力变为值钱之物。

水澈应该是在年轻时经历过新中国成立后那场最大运动之人，因此，那时的轰轰烈烈的运动火焰一定还闪现在他的心里。那时由于村中劳动力富裕，到处都充满着贫穷而旺盛的精力，水澈就采取运动化的方式让这些精力得以安放。那时我们村有很多沉睡多年的山地都被重新惊醒。在冬天,无论是哪家都要求出一个劳力为村里做义务工,从事的是不拿钱白干活的那种劳动。

在冬天晨曦尚未完全消失之时,在山地之间,整个村的老少都像是从地底下冒出来一样,都睁着懵懂的像东方太阳一样尚未睡醒的眼睛,在村里民兵的监督之下出义务工。虽然我那时年龄不是很大,但是,也算一个出义务工的人头。在每家所分到的地段之上,大家都不停跺着脚,揉搓着双手,口中骡马似的喘着热气,无论是抱怨还是默默忍受,却都得完成所分的义务工段。

当然,并不是每家都必须出义务工。如果是宗族和水澈更为亲近之人,或者是在村里担任职务的人,抑或是家中有在外面上班且有势力之人,则属于豁免之列。虽然我家与水澈属于血缘不太远的同一宗族,然而,我父母的实力却与义务工豁免权相距遥远。

水澈采取雷霆万钧之势整治村中所有不规矩之人。其中有被整治得服服帖帖的,也有采取反整治策略的。风墙就是后者。在一个初冬之时,风墙不知从哪里弄来了火药做成了爆炸物,将其埋在水澈房屋的后墙外点燃导火线。然而,报复也是一个技术活,爆破就更需要一定的技术含量。在风墙点着引线没来得及跑远之前,火药爆炸后炸飞的石头速度更快地追上了他。

在闻声赶来的村里众人的眼皮下,直到日上三竿,像一只破旧的麻袋,风墙就一直窝在冰冷的初冬土地上。在他躺着的不远处,水澈的房屋后墙被火药炸开了一个不规则的洞状体。在风墙的前胸相对应部分,也有一个不规则的伤口。三十年前的冬日阳光与现在没有任何区别,冷漠而散漫地照在风墙变得更小的躯体之上。

忽然他的嘴唇动了一下说："我要喝水"。围观的人群都后退了一步。显然被这不大的声音惊了一下。人群很快向水一样再次围拢近前，但是，我却没有见到一滴真正的水最终递到风墙的嘴边。

伍

算命者都难以给自己算准命。他们也一般不会为自己算命。他们知道，命就在那里等着他们。无论是否算准，他们必定是命的盘中餐，是命的猎物，因此，即使算准了也无法逃避。

如果说预感是算命的一部分的话，或者说预感是算命的直觉，而算命是预感理论化的话，我也会算命。在渊子河大桥下游的水流不深之处，在多年前的夏天，即使在夜里也会人来人往地洗澡。我那时大概读初中。即使我和水澈有着较近的宗族关系，我也预感他的正午慢慢过去了。在那年夏天，我在那个洗澡之处曾经说过：即使水澈现在看似正午，村里人也对他的行为敢怒不敢言，但是，太阳正盛之时，恰恰是从盛转衰之时。村里众人表面附和他之时，也就是墙倒众人推之时。我忘记了当时一起洗澡的大人有谁。只是旁边有人不置可否，有人一笑而过。

以水澈这么聪明之人，又在外面闯荡那么多年的经验，以及管理周围这几个村庄的历练，他应当知道自己最后的命运如何。这是一个算命人，难道还不知自己的归宿吗？然而，他也深知，命定不可违。如果真是命中注定之事，无论如何挣扎，不过是在更大的网中挣扎而已。无论如何躲避，只是在一个狭小的空间内的躲避而已。

风墙在用火药爆炸水澈家的后墙之时，却计算错了地方。水澈睡觉的床放的位置并不在爆炸位置，这让他躲过一劫。当然，他自己说是算出有人要暗害他，因此，才改变了放床的位置。爆炸者风墙被爆炸反噬，当天就死去了。然而，这声巨大的轰炸其实已经在水澈的坚固的房屋之上炸出了裂缝。此后他诸事不利，终于逐渐退出了老家村庄的政治舞台。

即使水澈被撤职后重回算命老路，我怀疑这也在他的算命之中。我想水澈一定算准了后事如何，因此，才能以豁达的方式面对。水澈知道我性喜算命及运数之事，在一次外出算命之时，也乐意带上我一起。那时他的一条腿已经半残疾了。当然，他的那辆老旧的摩托车也属于残疾者，零件也没法拼凑齐全。在他用车载着我之时，我的心好像被紧张地绑架在这辆破车上。不过水澈倒是一点不担心。他笑着对我说："你知道我得罪了那么多人，我一定要慢慢开摩托车。他们越咒着让我早死，我就越要活得小心"。

后来我到了南方一个城市谋生，与水澈见面的机会也越来越少。他见我后来运势可以，也想给我再算一卦。我说："我自己也能给自己算命。如果你能给我算准，也是你一直看我的眼睛。我的眼睛是叛徒，它们可能背叛我。如果我的眼睛浑浊了，我的前途就浑浊了。如果我眼睛还在清亮着，说明我的心还在清亮着。眼睛就是我的一盏灯"。

陆

多年前在我尚未到那个南方城市谋生之时，曾到一个堂叔开办的裁缝学校找他办一件私事。在等堂叔从外面回来之际，旁边一位正在学裁缝的眉目姣好女生问我的职业，我就半真半假地说：

算命的。她忽然来了兴趣，停下手中的学徒裁剪工作过来问我：那你算一下我吧。此时，更多的学裁缝的女生围拢过来，我看着这位女生的眼睛。她的和善笑容在满脸之上雀跃跳动着。

由于闲着也是无事。我说："看你的面相，你应有个弟弟，或者至少命中有个弟弟。你应当谈过男朋友，并且现在关系应当很好。你家庭以前条件不错，不过后来可能出现变故。"她好像被谁触动了心弦，声音明显与我声音弹奏的节奏一致起来。她说："简直神了，你是不是打听过我，怎么知道的这么清楚。"

我心中暗笑，这不是我打听过，而是我的直觉，并且这是我直觉驾驭下的分析结果。同时，她的眼睛也泄露了她的秘密。眼睛是最大的帮手，与其找算命人预测自己将来的运数，还不如求教于眼睛。

在我们那里重男轻女的现象严重，这个女生为人大方而不娇蛮，就可能不是独女。我见过不少有弟弟的女生都是这副神态和举止。如果女生说没有弟弟，那么我说命中至少有弟弟，这也没有错，我只是说的她命中有弟弟而已，这句话留着后手呢。看这位女生虽然衣着不是特别好，却穿着得体，明显看出以前家庭不错。现在却来做裁缝学徒，这说明家道可能会败落。此外，对于这么漂亮和善的女生，性格温柔。一般而言，和男友相处都比较好。哪一个男人会舍得对其做出不好的事情呢？男女朋友感情好也是自然而然的事情。

性格就是命运的来源之一。这位女生的性格就是她的命运，我的性格就是我的命运。性格是命数最可靠的控制器之一。

柒

野心能让一个人飞升,然而,野心也同样会让人坠落。水澈是一个有野心的人,这种野心就会怂恿他的内心,蒙蔽他内心之眼,让他内心的血液不知恐惧地燃烧。水澈的野心最终兑现为合法管理了周围几个村庄好几年。然而,即使他是一个在江湖上闯荡多年之人,即使他有运动式的发动群众的方式。毕竟他只是几个村庄的控制者,是在一个玻璃罩中玩耍塑料球的蝼蚁。即使是一只稍微大些的蝼蚁,然而,毕竟还是蝼蚁。

由于在玻璃罩中,水澈难以觉察外面的风雨寒暑,不能确切认知周围气候发生的变化。最终他与乡长发生了矛盾。即使他是附近几个村庄的霸主,然而,乡长则是更大的霸主。他作为一个野路子出身的下级,当然没法与严格官僚体制内摸爬滚打训练出来的乡长相比。在水澈被乡长撤职后,他到处举报,结果把自己举报到监狱里。

等六个月的拘役被释放后,水澈的腿就半残了。有人说是在监狱中被打的,有人说是遗传。我相信这是在监狱被人打残的,他也可能暗中同意我的看法。但是,如果是被打的腿残,则彻底毁掉了他在这附近乡村立足的根本。我估计这是他经过权衡,一直没有因腿残而上访的原因。

由于故乡的一个生意人到南方找我,从他那里我知道了水澈的消息。生意人说:我知道你和水澈是同宗近门,他已经不是以前那么风光了。我在煤城做生意之时,曾经看到他作为残疾人趴在地上向路人乞讨,见着我让我不要告诉其他同村人。不过回到村里他还是装得很体面。

即使如此，我仍然相信这种结局是在水澈的算卦预料之中。他只是知道无法躲避，而对命运顺势而为罢了。我何尝不是如此呢？在多次与命运反复试探之后，我已经隐约知道命运最终的目的是什么。即使我数次改变外在装束，命运还是从万千人中将我认出，强行让我沿着它预定的轨道前行。

命运就是让我在一个光滑的陡峭崖壁下滑，那下滑的趋势就是冥冥注定的力量。即使我看到也感觉到下滑，却无法阻止这必定坠落的趋势。

即使我能够基本估计自己将来的运数如何，然而，却没有从教训中吸取经验，吸取的还是教训。

我的初中

壹

那些年我没有什么方向，也没有什么动力，很多时候我都是被时间抬着走的。我的身子前面有一个时间负责引路，后面有一个时间负责驱赶。

我还能怎么样呢？谁也不能对一个总是衣衫褴褛、食不果腹的少年有更高的期待，谁也不能对一个心还没有在家人抚爱中长大的人有更多的要求。事实上，少时的发育不良，导致我耗费一生都在去努力长大。我的一生大多都无谓浪费在重新生长情感了，以至于经常在其他道路上迷途。

我上初中也是如此，如同夹杂在一条激流之中，后面的流水向前推，前面的流水向后引。我本来是不愿意到一个更加陌生的地方去读书，因为我那时缺乏应付那么多人的能力。也是因为需要住校，吃饭等问题也将会更加凸显。

我第一次的初中是在大炉中学读书的。在那段时间里，除了原先在小学一直一起读书的茂银比较熟悉外，在同学中，我没有什么要好朋友。我不怨他们，谁愿意去关注一个整天穿着邋遢，经常到处借同学画册、文学书却从来没有钱买，书桌抽屉里整天堆满红薯煎饼碎片的男生呢？

即使是红薯煎饼，那时也是绝对不能轻视的角色，这直接决定着我们的死活。在逢大炉集时，母亲有时会过山过水从我家的那个山村到学校给我送来。这些煎饼是真正的生命之源，在我们那片山地多少年都不可替代。

现在回想起来，送煎饼的母亲，因为不幸的婚姻困在我的家中，整日又当女又当男，让那个险些在大浪中翻船的家庭能够勉力前行，不也是那片山地中一个家庭的红薯吗？即使她外表并不美丽，但是，却也是我的生活中不可或缺的食物。

当我在这里读初中时，几乎没有任何菜蔬，每周的食谱都是非常稳定，除了红薯煎饼就是咸菜。咸菜是最耐腐烂的食物，也可能是时间之手最无可奈何的食物。对于和我同去读书的同学茂银而言，由于他家里父母会养蚕，也比较会算计着过日子，因此生活相对好些。

在茂银带菜的罐头瓶子里，我第一次吃到了当时堪称美味的蘑菇。这让我多年后还一直念念不忘。我辍学几年后重回高中读书时，茂银高考两年没有考上，还在高中等着我呢。由于两个人吃一份菜可以节省一些，我们又在一起合伙买菜，此时蘑菇已经成为廉价的蔬菜了。那时，连着几个月，只要我去食堂打菜，都会去买蘑菇,结果茂银被迫禁止我再去买这种让他痛苦万分的菜蔬。

无论如何不情愿,我们那时都还得每日面对红薯煎饼。必须尊敬这些能够让我们勉强活下去的食物,即使快要变质腐烂之时,我们对待它们也表现出应有的礼节。

当年我们大多都带着煎饼住校,由于夏天天热,几天后带的煎饼就长出了黑毛或者红毛。但是,没有人敢随便扔掉,还是敬若神明地将这些变质的火纸一样的东西挂在阳光下晒干,用毛巾掸去上面的毛,然后放入开水缸子泡上一遍,过滤掉发黑的水,最后囫囵吞枣地吃掉。没有什么其他东西可吃,不吃纯粹是和自己过不去。

贰

每次母亲给我送煎饼之时,我最怕她隔着窗户喊我的小名。母亲那时面如土色,穿的也是破烂不堪。虽然别人的父母也并不富裕,但是,至少那时感觉比我母亲体面多了。

然而,我现在忽然感受到母亲带来煎饼的体热,这是她走了接近十里的山路给我送来的。忆及此处,相隔千里之外,相隔那么多年,我忽然感觉到自己僵硬、冰冷的内心开始复苏。回忆母亲之爱不仅是对她的救赎,也是对我的救赎。我经常在努力回忆她的点滴之爱。即使是点滴之水,然而,却可以让我在干渴至极时不被渴死。

每次回忆到母亲对我的好处,都是对我内心的巨大安慰。多少年中,我被幼小之时缺少父母之爱的坚硬、粗糙的绳索紧紧捆缚,特别在面临巨大考验之时更是如此。因此,每次回忆到母亲之爱,就是对我一次慢慢地松绑。然而,我无数次试图回忆父亲,每次都是收获更大的失望。

父亲是一个无能且固执的人,虽然智力并不低,但是,他的智力主要用于和母亲争斗之上了。他在外面不通人情世故,无力保护家庭,让我被暴露在白眼与欺负的风浪之中。然而,他在家却成为内战内行之人。多少年我一直没有问母亲,也不再有力气问母亲,是否她因为我们姐弟二人没有最终离开这个家庭,我知道她几次都做过类似的尝试。没有让这个家庭在多年前解体,我如今开始慢慢能体会到母亲的不易。

我一直对上苍对我的家庭安排抱有深深的不解。为什么别人都能过一种正常的生活,我却被放逐于家之外呢?我是触犯冥冥中的天条而被惩罚吗?因此,我喜欢在夏日之时,长时间在阳光下疾走暴晒。因为那么多年的寒冷刺骨,不仅让我的肉身变得冰冷,而且也冷到骨髓。我也试图接近父亲,但是,却一次又一次被莫名的东西推开。父子之爱不是天性吗?这是上天降临的规则,什么力量这么巨大阻挡住了父子之爱。

对于一个长久没有感受到父母关爱的人,是很难将关爱反射到父母身上的。我如同被缺爱打蒙了一样,长时间也丧失了关爱父母的能力。特别是很多年我的经济也不能支撑关爱之心,我也没有能力关爱父母。

我的父母是幸运的,在我的爱心复苏之前,他们还仍然健在。我也是幸运的,在我对母亲的爱复苏之前,她还仍然健在。不像是我的祖父母,等我真正了解到他们的深爱,也愿意去关爱他们之时,他们已经走到再深沉的爱也难以抵达的地方了。在我的内心深处,我是将对祖父母之爱转移到父母的身上。即使我内心纠结,然而,这是一种必须的和解。

在最喜欢我的祖母去世之前,我正处于大学读书之时。即使我知道祖母当时患有气管炎的重病,但是,我不是医生,也没有金钱,因此,对此束手无策。如果是现在,我会将祖母安排在有暖气的房间里,她能够再多陪上我几年也好啊。而对于祖父的挚爱,也只有在他去世的前几年我才慢慢感受到。然而,他没有几年也远行到无法回归之地了。

叁

在初中读书的那段时间,夜晚我们都是依靠煤油灯来照亮的。那时可以从供销社买到煤油,我们就用墨水瓶将煤油灌上,然后在墨水瓶盖上钻一个小小的孔洞,将棉花灯芯从煤油中扯到孔洞以外,在晚自习之时,这就能照亮我们那些年的夜晚,照亮那些初蕊般的小脸。至今这些油灯的光亮还在我的内心中闪烁。一些光亮是无法熄灭的,因为它是与我共存的。

不仅是初中学校夜晚使用煤油灯,就是家中也使用煤油灯。在我们那三间简陋的石屋里,在悬挂煤油灯的地方,往往会留下一片黑的油烟痕迹。当我住在家中的时候,母亲有时也会细心一次,怕打扰我的休息,在山墙的另外一侧做一些白天没有做完的农活。往往在夜色浓厚之时,由于屋中的山墙中间垒的不好,还会有煤油灯的光线渗透到我睡醒的脸上。我那时就会想,如果灯光总是这么不熄灭多好,如果母亲总是这么温暖多好啊。

多少年我都回忆那些油灯,这些能够照亮我们黑夜的点点微小光亮。那些年它们几乎是那片山地之中夜晚的最重要的主宰。但是，这些油灯最终去哪里了呢？它们就像是为我们流过血汗的先人，却没有享受过一声号啕大哭，就彻底地消失了。即使我后来在当地贫穷之家都没有找到。人总是易忘的，仿佛这种当年照亮我们那片山地夜晚的微弱光明从来没有出现过。

如同煤油灯，即使母亲的光亮微弱，然而，这是她能发出的最大光亮了。我还有什么理由要求一位贫穷一生的母亲能给我更多呢？她被绑架在不幸的婚姻独轮车之上，即使努力推动，也会不停地左右摇摆。当然，我也是她的婚姻的陪绑者。

然而，世上有诸多无奈，上天又何必在意多一桩呢？我能理解母亲的暴躁。谁和父亲绑在一起过一辈子，能不发疯就是奇迹。至少母亲能够使这个家庭维持下去，没有让家庭的缝隙越扩越大，让我可以保留最低体面面对后来的一切。

每次在父亲与母亲争斗之时，母亲多数都是护着我。她的一句话我认为是至理名言：宁要要饭的娘，也不要做官的爹。然而，无论是爹还是娘还是能选择的吗？我不是驾着云头而来，不小心掉入我们家的院子。我是被预谋带着来的，只是不知是谁的预谋。

肆

在我的初中记忆中，我感觉黎生老师是一个急躁热情的人，时间好像永远不会在他身上慢下来。他总是显得着急的样子，连说话都着急得有些结巴。他整天急急忙忙，他在追赶什么呢？难道有谁在通往他家的道路上等着吗？不可能是女朋友啊，那时他已经结婚。他姐家和我家同住在那个小的山村里，我比其他同学更了解他的底细。

　　我现在忘记了他教过我什么课。其实，在那么多年的时间反复冲刷后，我的记忆堤岸也逐渐废弛、毁坏，能够记住一个人已经是不容易的事了。一个人一辈子需要经历多少事情，一个人需要多么努力才不会被经历过的那些事情赶上，淹没，淹死。人的一生经历的事情太多，可能只有 1％的事情是能记住的。在这能记住的 1％的事情中，至少有 99％是值得记住的。

　　这么多年我见过很多聪明的人。我不再相信言语，甚至不再相信一次两次的行动，却更愿意相信直觉。有时直觉比经验更不会骗人。凭直觉，黎生老师是一个好老师，即使不少人可能对他风言风语，我也不是曾受到如此对待吗？然而，我至少能感受到我和他的心意是相通的。

　　在初中时我因为一个学期的 15 元学费没能交上，当时就准备辍学了，后来黎生老师也是唯一的一个为我出学费的人。至今我犹记得他的脸涨得有些发红，语言也被内心促动散发出温热。他说：这 15 元钱就算我借给你的。你以后有钱了再还给我。黎生老师还是唯一由于我辍学到我家找过我的人。然而，那时我已经到煤城去了。他没有找到我，我也没有办法再还他的钱。因为后来听说他患上了精神病，并且还打了校长。

　　那么，这位黎老师为什么要动用武力呢？想必是用语言没法商量的问题，就用拳脚去商量。这也是男人的做法，然而，这是否是精神病人的做法呢？无论如何，凭我的直觉，这是一个好人，这也可能是他患上精神病的原因吧。好人如果不得精神病，那么，还有更合适的病可以得吗？

伍

在读初中之时,我还是一块山地里的石头,即使体重不重,然而,却不会被内心的风或者外部的风所吹起,我当时的心愿只是降落在那片山地的村庄中,最多如同蜻蜓一样,到河面上展翅飞翔一会。我没有更多的野心,野心不是为我那种孩子准备的。

我那时只是停留在孟渊村附近,最多是到乡镇上去,就等于进了一次城。在那时,在乡政府里上班的任何人我都感觉高不可攀。即使我知道乡政府大院的乡长和这里上班的临时工可能不同,但是,对于我而言,这种差别没有意义。即使是临时工也是遥不可及之事,我的想法不会那么奢侈,以至于想到以后做个乡长。

然而,自从初中辍学以后,我忽然变成了一片河中飘飘荡荡的羽毛,有可能落在河的这岸,也有可能落在河的那岸,也有可能落在河水之中,更有可能被大风吹向远方。

后来我知道一定有一阵大风吹过,但是,却不确定是哪阵大风将我刮走。我知道大风将我刮走,却不知到底把我刮到哪里去。或者说我知道自己将被刮到哪里去,却不愿意相信这是最终的方向。然而,即使大风不把我刮走,我难道就不是一个孤独的天地客了吗?

让大风吹走就吹走吧。我在孟渊村呆了那么多年,没有什么是我的。即使是布满土石的凹凸不平的街道,也不是属于我的。我只是偶尔经过,我的脚步过轻,还无法留下一点印记。父母那几间简陋的房屋也不是我的,我没有添加过哪怕一块泛黄的石头,因此,这几间房子不留我,我也无话可说。

当然，我是一个随遇而安的人，即使让我的根扎在哪里都可以生存。即使是漂浮的根，也可以将根扎在漂浮之上。即使生活对我曾经如此刻薄，我还是努力找到生活温暖之处。难道我是靠着刻薄活下去的吗？

即使初中那些年的饥饿如影随形，那些红薯煎饼不也是陪着我走过来了吗？即使初中那些年夜晚更黑，煤油灯不也是能照亮我幼稚的面孔和笑容吗？即使那些年人情炎凉，不还是有黎生老师能够雪中送炭吗？我还有什么不满足的呢？

我的一世要求不高，不过是安全地活，安全地死。即使我一生波折不断，现在看来，对于安全地活，算是基本上完成了任务，剩下来就是安全地死的问题了。

拳师武广

壹

那时的少林寺似乎是建在夜晚的，也似乎与我们村庄距离并不遥远，因为那时农村都是夜晚放电影，白天需要干满足胃的事情。

自从电影《少林寺》风靡全国，在我们那片山地的村庄里，很多少年一夜间都被少林武术所打败了。在夜晚明晃晃的月光之下，总是几人聚集在一起交流着拳法。可以想象，如果不练习武术，那么多的人不会那么晚聚集在家外，夜晚的村庄就会变得比人更荒凉。那时年轻人最大的浪漫就是练习武术，以至于还有村中的少年从家中偷跑出去学拳，多年后也没见回家，也不知最终拳法学得如何。

武广就是那个时候开始学习拳法的，至于他到底是练的什么拳,其实我并不知道。之所以我称武广为拳师,并不是他的拳术多么高明,也不是他的拳术多么低劣,只是在我的印象中他是一个以拳术为标记的人。如同有的山羊要以弯曲的犄角为标志,有的土狗以眼睛血红让我记住。

我至今不记得武广从哪里学来的武术。不过他的身体素质确实超过我们村的其他人一大截。在我记忆的黑夜,我只能想起他的湿漉漉的面孔,在一个夜晚的湿漉漉的池塘边为我和堂叔兴旺练拳。这些池塘边的雾气,我不知道到底是多年前池塘的潮气,还是记忆中的雾气因为岁月遥远而泛起。

那时武广跟着堂叔兴旺正在学习裁缝,他的武术不足以让他养家糊口。他在村中东北的一个角落承包了一个鱼塘。在那个夜晚为我们表演拳法之时,我不仅能看见他健硕的肌肉,而且可以看见他闪着星光的眼睛。无论是农村还是城镇,在这个年龄都是眼眸闪亮,眼中都是星光闪烁。而农村中的男人和女人到了中年,眼睛中的星光也就基本上落尽了。如果到了晚年,则眼中一片昏黄,即使是最炙热的远方消息,也只能让他们的眼闪烁一下,然后,瞬间就陷入了无边的黑暗。

贰

那时兴旺堂叔开办了一个小型的裁剪学校。他是我们家族中最为英俊者,英俊到当时没有过门的妻子都可以为他跳河。即使是现在,我还记得他那位后来的妻子在记忆的水中溅起的大片水花。

因为兴旺堂叔的这个未过门妻子是一个并不健硕的美女,这不符合未来公公的眼光,这是一个买卖牛驴的经纪人。如同买卖牛驴一样,他要的是牙口好,身子骨结实,能拉车,能上坡,至于儿媳妇是否漂亮,则与他的职业无关。这也是他坚决反对这门婚事的原因。

兴旺堂叔在周围村庄中是一个有本事的人,那些年他是其弟弟和我真正的心中偶像。他的弟弟佛旺说:"你大叔在很多银行都有银行卡"。兴旺堂叔排行老大,我们那里都这么称呼。那时银行卡对我而言是一个遥不可及的事情。尽管我不知道当时兴旺堂叔银行卡里到底有多少存款,但是,也是足够我仰慕的了。

我在大学毕业以前从来没有过银行卡,甚至连钱包也没有过,因为我的钱的数量根本不需要浪费钱包。在我从奶子山镇打工回家复读那年,当我在火车站买回家车票时,一把掏出来全部的几百元钱家底,结果卖票的大婶非常吃惊。不是因为我的钱多,而是因为我的大胆。那时东北地区的火车站就是盗贼的乐园,我竟然直接把钱放在兜里,并且胆子大到众目睽睽之下拿出来。幸亏卖票的大婶好心地劝我收好。

武广那一段时间就跟着堂叔学习裁缝。武广并不是一介武夫,他有着比同龄人更为细腻的心理。我现在猜他之所以跟着堂叔兴旺学习裁剪,一定是有着特定的目的。因为香芹那时也在里面学习。在那个时候,有心思的未婚男子会选择多种方式增加和心目中女子接触的机会。除了一起参加裁缝学习班外,在西山以西的那片草木繁茂的山地,也是附近村庄少男少女恋爱的好地方。有的男子甚至会利用参加宗教场所的机会,从而追求到念想的女子。

叁

那些年农村如同一座水草丰美的池塘，因为当时没有其他门路到乡镇更远的地方去，于是很多健美的青年男女就滞留在农村，如同有很多姿势优美的鱼儿游弋于池塘。香芹就是周围几个村庄中游姿优美的一尾鱼。她有着杏仁般的眼睛，温润的笑容，只要是一听到有趣的事情，她的笑容就会突然游来，然后又慢慢游到脸庞的深处。她就住在大村的中央，门前有一条村中最主要的道路，从远方而来，再到远方而去。

因为香芹的存在，走这条路的青年比平常时多了不少。特别是香芹在村子中的路边开了一家裁缝店以后，那附近几家的水井里的水似乎也不够喝了，甚至很远地方的青年男子都会绕道这个裁缝店门前，借口问喝水的时机和香芹搭讪一下。那时农村的夜晚黑的都比较早，然而，由于香芹开着风灯在晚上做裁缝活，在她的裁缝店附近，夜晚也变得更加光明起来。

至今想想，武广经常喊着我晚上去香芹的裁缝店，只是将我作了掩护。因为那时我还是一个小小少年，还不会对女子有吸引力。我不知道武广和香芹在哪一次确定的恋爱关系。然而，毫无疑问，他们就是在这家裁缝店里好上的。

那时生活在农村的人们一般都不外出，却不要以为香芹没有见识。即使在一个村或者几个村的青年男子之中，她天性中的直觉告诉她谁有资格可以享受她的美貌。

那么，香芹是看重武广哪一点呢？看中他的拳脚吗？看中他对着她打口哨所展现出的淳朴的轻微放荡吗？然而，这不是使武广在众多追求者中被拔擢而出的明显原因啊。可能喜欢一个人不需要理由,恨一个人却需要理由。

尽管香芹和武广互相喜欢不需要理由,但是,如果他们真的要走在一起,特别是对女方的家长而言,在那片山地的农村,却无论如何没有同意的理由。

即使这里的众人不知儒教到底长的什么样子,但是,儒教中的一些绳子还是在暗中捆绑着他们。

我们村里同姓占大多数,最早都是同一个祖宗用扁担从百多里外挑来的。然而,这个村子在这里生长了几百年,到我小的时候,从来没有两位同姓的男女成为夫妻。武广和香芹并不是同姓,然而,武广却和香芹母亲同姓。在村中的辈分中,香芹得叫武广舅舅。即使二人并没有直接的血缘关系,武广和香芹之间的恋爱也遭受到了香芹家人的强烈反对,因为几乎整个村庄的眼光都紧紧地压着他们,让他们不得不有所行动。

肆

在一个傍晚,我看到香芹的两个哥哥带着镢头和铁锨等农业武器包围了武广家的大门,然后,看见武广夺路向西山山顶跑去。在夜色之中,他好像一只被谁惊扰了的野兔,很快就被夜色吞没了。后面跟着黑压压的一群人,如同一片更沉重的夜色。

忽然我的脑海中听到一声不祥的声音,如同一块沉重的石头从山顶悬崖落下,然后碾过荆棘遍布的草木,将西山悬崖半腰那几棵不知长了多少年的矮树压断,又如同失控的石头一样向着悬崖下滚去。我这个不祥的预感很快在山上得到回应，有人大喊："武广跳崖了，快到山那边去找找看"。于是几个和他同宗族的人和附近邻居一窝蜂地向山的另外一边跑去，不一定是去找他，那时可能大多人都想到了是去找他的尸体。

一生之中，我很少看到奇迹。否则，奇迹就不叫奇迹了。即使我祈祷过多次，事物还是按照事物固定的轨道前行，最终到达事物通常的结局。然而，那次武广在夜色之中从悬崖上跳下没有摔死。这是我见证的奇迹之一。

之所以武广能够从那么高的地方跳下没有被夺去生命，可能是他经常在那片悬崖上攀爬跳跃，从而和那片悬崖有了友好的约定。当然，这也可能和他练过武术有关系，他有着超出常人的体质。这我多次亲眼见过。

那时父母也不管我，在不少夏夜，我整夜跟着武广在横跨大村和小村的石桥上乘凉。在石桥之上有几个水泥高台，这是为了控制渊子河洪水而建的闸门。上边仅能睡两个人，我和武广躺着聊天都不敢翻身。那时月光真的好轻，小小的脚在狭窄的高台之上一寸一寸地挪移。那时的风也很轻，一点点从我们年轻的面孔上抚摸而过。这真是一个梦幻般的岁月，因为岁月下躺着两个被梦幻所滋养的人。

在这个高台上，我不止一次亲眼看到，武广从三米多的高台跳到大桥石板上而毫发无伤。在这么大的一个村子，能够做到这点的好像只有他一个人。这也许是武广在夜色茫茫之中，从悬崖上跳下只是受了轻伤的原因。

伍

爱情来了,即使是再宽大的河流都能横渡,再高的悬崖也可以毫不犹豫地跳下,再顽固的儒教伦理也可以跨越。在武广伤势好了以后,他还是在一天夜里带着香芹私奔了,据说是到了一个叫新疆的遥远地方投奔了亲戚,多少年再也没有回头。

如果武广与香芹的爱情有了一个美好结局的话,或者是我从此不知道他们结局的话,那也可以让我的心纯美下去。然而,有一年武广母亲去世,他独自从远方回来吊孝。武广当时穿着整齐的中山装,然而,五官及身材不再有当年的整齐。即使他躲到新疆那么遥远的地方,岁月照样找到了他。就是在这次,我听说武广和香芹有了两个孩子后离婚了。

武广是家里最小的儿子,也是最得宠的那个。然而,即使母亲去世,他的脸上并没有透出过多的忧伤。即使武广和当年他那个最爱的女人离婚了,也没有感觉到他有多少伤感。他只是更加沉闷,在经过以前岳母家的房屋后面时没有一丝动容。

人最大的失望之一就是,当年拼命保护的,后来却恰恰是拼命想逃避的。当年武广甚至可以为了香芹不惧生死,现在为何却用一种更加决绝的冷漠面对这一切。武广回老家时会想起当年和香芹一起走过的路,一起爬过的山吗?难道这不会引起他的任何伤感吗?然而,他的身上还是浑然一体,并没有看到悲伤伤及他的身体一角。看来人真是一个耐悲伤的动物,除了自己的生死,什么都不是大事。

陆

我不喜欢看悲剧，因为我的内心经常悲凉，需要用喜剧来温暖一下身子。然而，这个当年能为香芹跳悬崖的人，却主动选择了离婚。这本身就是一个最大的悲剧。我往往想象曾遇见的人和事结局的美好，却被一个个猝不及防的事故所击碎。这就是命吧，谁都希望自己是喜剧，然而，现实往往成为悲剧。

当年武广和香芹的纯真爱情被什么夺走了呢？我不是他们中的任何一个人，他们也不是我，我们并不互相知道对方的悲欢。他们都有了两个孩子还是选择了离婚，难道孩子加上当年那么炽热的爱情也经受不住尘世之水的冲击吗？

在很多年前月亮皎洁的夏夜，武广和我呆在一个普通村庄的高台之上。我们俯视着时隐时现的远处村庄中的灯火，无边无际地诉说心事。他现在还记得这些吗？看他和我见面时的漠然样子，似乎满脸只有庸碌生活的烟火之色。可能我们之间的这些记忆早已无法在他的脑海里立足了。他的脑子里还有自己的要紧事要去做。

那么，为何我还对当年这些旧事念念不忘呢？到底我是不愿忘记那些旧事，还是不愿意忘记那白月光下的心呢？

无论如何，即使那时岁月清贫而朴素，但是，这种素美的光泽却是生命的本色。我们后来都是矫饰过了。如果可以选择，我还是要选择那些年的时光。我想在更老之时，就会喃喃一人说："我后悔了，让我回到以前那些时光吧，让我少时见到的武广和香芹的纯净爱情再回来吧。如果可以让我再过一次那种简单而干净的生活,我宁愿将我目前费尽心血所挣的一切再退回"。

　　然而,我的这种声音过于微弱,天地辽远,大风吹起,无人能够应声。已经走远的将走得更远,还未走远的已准备启程。我就处于这些的中间。

九

西山以西

壹

西山在我印象中属于最为美好之山。即使它甚至没有多么醒目的名字，只是位于故乡村庄的西面，从而命名为西山。然而，这座山不大不小正好，增之一分显大，山过于巍峨则压抑人之存在；减之一分显小，山过于小则无山之趣味。西山有众多山之神韵。西山虽小，却有众多藤树葳蕤生长，有众鸟高飞而使之动静皆宜，有悬崖高耸可以延展幻念，有村庄临近可以提供安详。西山如同乡村少女，不施脂粉而天然滋润。西山如同一枚文玩核桃在手，圆润而好把握。

西山以西只有一户人家，这是整个山麓的中心。即使并不是故意如此修建，这座破旧宅院的主人只是因他的其他房屋倒塌，无处居住，才选择了这个看山的破屋，进行了简单改造后搬来居住。

然而，在我的感觉中，这里的山川草木都围绕这个院子而建，是这座院子给了整个山麓灵气。其实，这个院子只有一个人居住，此人名叫牛拉。不过这并不是他的真名，至于他的真名叫什么，时日一长，则无人记起。

即使整座西山以西的山麓只居住一人，然而，牛拉并不孤独，孤独只是我们所看到的孤独。在夜晚他可以高声歌唱，有天上星月作为观众。在白天，周围不少砍柴、割草的人在休息之时，也围拢在他的偏僻的院落旁，或者攀着他那座众多乱石垒成的墙，探过头去和他天南地北地聊上一气。在天气炎热晴好之日，周围山川万物的一切都向他敞开，牛拉也会寸缕不挂地走出那个破旧的庭院，与众人谈笑风生。周围附近有不少割草的妙龄女子，拿着镰刀笑着向他示威，他也不以为忤。后来女子们也逐渐不在乎，只是远远地笑着向这边观望，倒是成为西山以西的一景。

自从牛拉多年前在西山以西的山麓定居之后，在他的家园附近，这里的山石及草木都被塑入了他个人的颜色。牛拉会就着山势，将附近的石头按照不同方式组合起来，或高或低，或立或卧，或动若惊兔，或静若处子。并且每块形状不同之山石，牛拉都给起了一个神的名字。高兴之时，他也会为众人讲解这些神的来源及典故。同时，牛拉将自己的大门入口处建造了一个山洞，多弯多岔，低矮不及一人身高，进入时曲折难行。然而，每日他却能手捧汲水的瓦罐出入，轻松自如，让人惊叹不已。

牛拉不是我的任何亲属，然而，我却对他有莫名的亲近感。从老家的石头庭院出来上山之时，牛拉的小院及用石头摆开的阵势是我的必经之处。即使不是向他的住处方向而去，然而，由于在心中形成了习惯,出门上山时,大脑就会自动指挥脚步径直向那里而行。当时西山以西还密密麻麻地生长着各种树木,必须低头才可以看见远方。在无山路之处,树木幽深,杂草丛生,更生几多荒凉之感。然而,即使我独自一人前往,内心只要有这位怪人的存在,便也不会感觉寂寞。有时我漂泊在外多年,回家时本来以为他已经不记得我。但是,当我在他的院墙外向里张望之时,他还能清楚记得我的名字,并会说一些有趣的话语,他会说:这么多年没有见,长高了啊。你现在赚大钱了吧。我估计至少每个月能赚三百元。由于长时间不出这座西山以西的山麓,他已经与世隔绝很久了,我不知他的记忆停留在哪个年代。牛拉是附近最为贫穷之人,然而,即使他整日衣食无着,我却从来没有见过他的悲伤。他或者是高歌,或者是沉思,或者是扛着汲水的瓦罐昂首而行,即使当地的达官贵人前来看他,他也视之为过客而不顾。

贰

在天气不冷的早晨之时,我经常要到西山西侧悬崖边的那块卧牛石上读书。当夏日晨曦尚未完全消散之时,清风在怀,朝霞满面,我就开始读很喜欢的那首古诗《子衿》:"青青子衿,悠悠我心。纵我不往,子宁不嗣音?青青子佩,悠悠我思。纵我不往,子宁不来?挑兮达兮,在城阙兮。一日不见,如三月兮!"此时,就可以看见附近有晨雾袅袅升起,牛拉在远处沿着山路汲水归来。

附近村的人都说,之所以我读书那么好,是因为在这座山读书时吸收了天地的灵气。其实,对于这一点我倒是真的从内心不否认。特别在夏秋之日,有书在手,有云在头,有树在侧,有水在眼。

在悬崖的下面，便是一条蜿蜒不绝的河水，不知流了多少年，在我脚下的悬崖处拐了一个弯，将灵气带给我，又将少年之梦幻带向了远方。在山下河流的一侧，只见村落数个，能看见人形走动，能看见做饭的烟火升起，能看到田间斗笠点点，能听到远处车声依稀。远山如黛，远路如带，似梦非梦，似幻非幻。

在我读书的山石下面，向下行十几米处就有一山洞。然而，能到达此洞也非易事，须攀援细松枝干，牵引绿藤枝条，作猿猴行，作狸猫跳。这个洞并不太深，但是，形状却十分别致，外粗内细，呈牛角状。我们当地人都称之为牛角洞。一到夏日，便有潺潺泉水从洞的深处流出。有村里老人说，早先在村中人口稀少之时，有时会看见一白蛇过来饮水，粗达碗口状。更有夸张者，说在某日下雨雾气升腾之时，见一白衣女子在洞口附近徘徊。呼叫也不答应，等雾气消散，人也不知所踪。当然，这都是村中老人们所言，他们如今大多都不在人世，我已无法核实。然而，在我少年读书之时，即使停留这片山坡占了我不少的时间，朝夕曾在此，晴雨曾在此，也曾屡次想到一位白色纯净女子如同《聊斋》场景中出现，但是，始终没有遇到，以至于遗憾至今。

即使是《聊斋》中的女子并没有遇到，然而，这片西山以西的山麓却是当年的快乐之地。每当下午时分，就有附近村庄的美丽女子前来割草喂羊。因为那时农村出去打工者很少，因此，周围村里就有诸多豆蔻年龄之少女，以及血气方刚的少年留在家里。在农忙之际少年们会帮助父母打理农活，在稍微闲暇之时就会到这片山麓割草或放羊。即使这也是一份劳作，然而，有着那么多的美丽少女远处可见，即使是空寂的山麓也会灵动起来，即使是单调的山石也会多彩起来。因此,即使路程较远,一些村庄的少年们也会赶来。不为其他,就是为了多一点和少女们搭话的机会。如果运气好,偶尔也会有私订终身者。

即使这里是一个恋爱及青春洋溢的场所,但是,绝大多数人并不是像现在这样耳鬓厮磨,最多是互相打趣逗乐,只是在割草、放羊之际放松一下而已。然而,即使如此,对于村庄的那些少年男子来说,如果与哪位隔壁村的美丽女子能够搭上讪,或者多说了几句话,回家必定是多吃几碗饭,晚上可能会回味半夜才能入眠。

叁

只有回忆中才是美好的。现实之烈日当空,将眼前的一切照的粗糙无比。只有在回忆中才能看得完整,现实之暴力将面前的西山之西摧毁得千疮百孔。

多年后的一个临近春节之冬日,我重新前往我少年时那个读书之地。当年芳草连天,绿树如盖。现已枯树昏鸦,暮云残枝,观之不胜唏嘘。树犹如此,人何以堪。

至今再回故土,我仍然不舍当年之旧忆,还是愿意一人前往西山以西的那片山麓。当年奶奶在早晨陪着我拣枣子的情景如同昨日。那时晨光还尚未完全绽放,牵牛花凝结着一滴两滴的露珠,晶莹地攀附在低矮的石墙及灌木之上。祖母牵着我的手,迈过红薯地的沟沟坎坎,去寻找枣树上别人遗留下的枣子。至今我还能听见用竹竿敲打枣树枝干的声音。然而,只是能听见声音,而见不到当年的那位最爱我的老人了。她不顾世间的挽留,也不管我的万般牵挂,就永远地离开了我。如同露珠一样滴到牵牛花的阴影中去了，倏忽再也不见。

当年的西山以西的那片山麓还在，当年的牵牛花还在散发着芬芳，然而，当年的灵魂却已经不在了。牛拉在我最后见他时就已憔悴不堪，再回故土时听说已经故去多日了。牛拉在当地的地位可以说是微不足道，即使在闭塞的农村也是如此。然而，他却是西山以西的真正的土地神。他走了以后，这块土地的魂也走了，再也无法看到往日的生机。

回忆至此处，涕泪交流，不忍再写。就让过去的永远过去吧，完美的总是易碎的，美好的总是易逝的。缘来相遇，缘失永别。如今她（他）们全部都走了，好像是来到人间陪伴了我一遭，时候一到，又重回天庭了。然而，即使我到了眼睛昏花之时，即使我的记忆一片散乱，我还会记得她（他）们，希望她（他）们不要忘记了我的模样。

上学之路

壹

　　这是一条东向之路。这是一条我去小学上学之路,我走过了无数遍,每次都是捧着一本书边看边走着去上学。即使不看脚下的道路,也从来不会走错路。从我家那个山村到小学学校,要经过一片长长的田地,再迈过一条长长的石桥,再爬上一个长长的山坡,然后,就可以听见上课的铜钟敲响了。然而,即使是那片田地里的庄稼长的茂密葳蕤,我也不会在田地里迷途。即使那条长桥并不宽阔,我也不会落水。即使是那座山坡道路狭窄,我也不会走错方向。这一切都可能因为我手里捧着书。书是有眼睛的,它能替我把握着方向。书是有灵性的,它能指示我如何避过脚下的风险。

　　如果那条路的两边的杨树还在,也已经是以前我走过之时的几代子孙了。如果经过的那条河流还在,水中之鱼已经是我经过之时的几代后裔了。如果经过那个村庄的以前的那些人们还在,他们只是有着父母或者祖父母的模样,我和他们也可能相逢不相识了。一切都在生长,一切都在逝去。一切都在逃离,一切都在回归。

那条以前的崎岖土石之路已经被彻底改建,不知存在几百年的路下的石头被拆除,变成了水泥路面。我不认为这只是拆除了石头,其实也是拆走了村中那些旧人的骨骸。当年他们无数次在这些路上用独轮车奋力推着庄稼或者货物前行,现在独轮车已经闲置在家里的偏僻角落,都被风吹雨打而变得斑驳。这条小学上学之路的方向和形状还是旧时的,只是很多旧时的人已经不见了,是大风把他们吹走了,是火焰把他们带走了。

贰

北向之路是我上第一个初中的道路。对于这条道路,我不知道在上面有多少代人走过,然而,我知道,每一段道路上都印下了无数魂灵的痕迹。那时我还年轻,在上学之路上遇到坎坷之时,我会轻盈地作为游戏跳过。在上学之路上,可遇狂风骤雨,但是,如果当时无避雨之处,就手抓着头上的斗笠,裹紧身上的简陋蓑衣,顺风前行时则如御风而行,顿时增加无穷豪情。如果雨下大了,也会聚集水坑,在其上也能够闪现光亮,这也可以照亮我年轻的眼睛,也可以让我憧憬。在经过那段永远泥泞的黄泥路时,即使步行几步脚下就会粘紧一团泥巴,然而,我也可以轻快地将它们甩开。

这条平凡的道路,我仍然愿意走得有点不同。我喜欢沿着河边行走,即使这可能稍微远些。但是,我可以看见闪光而清澈的河水,其与我少年的眼睛互相对视。如果不是因为怕耽误上学,我会沿着那条小河一直溯流而上。那时我就会遥想,那遥远之处会有何人居住呢? 他们又过着何种生活呢? 在河流尽头的群山无边无际之处,是否住着神仙呢? 我那时是相信有着神仙与我们凡人同住的,也相信人能够长生不老。否则,世人死去将如同灯灭,永远不能点燃,那么,该是多么寂寞的事情啊。那些年,我还整日处于懵懂时节,看不到贫乏日子何日结束,看不到温暖到来的时间,然而,内心还是会期望万一奇迹真的会发生。我不知自己属于早熟还是晚熟,我在很早之时,就明白了世情冷暖。但是,我在年龄很大之时,却仍然相信很多人已经不相信之事。

多少年之后,众多旧人都故去了。特别在秋晴之日,我不求更多,只是一人在老家的这条山路之上漫无目的地行走,那也是快乐。有晴日在上,有人在野,有风在山,这其实也是一种难得的享受。我们应当多走几遍少时曾走过的路,可能今天不愿意行走,明天就不能行走。无常恒久,有常稀有。珍惜脚下路,爱怜路边草。在祖父尚还能在这条路边的烟草地里劳作之时,我几次都想和他合影。但是,总是以为他的身体甚至比我都好,而没有合影。现在,他已经躺在路边的坟茔之中,坟墓上面的松树都已经长得郁郁葱葱了。我现在如果想合影的话,只有和这些祖父的魂灵之树合影了。在这条道路还是凹凸不平之时,我几次也想留下几张纪念照片,但是,错过就错过了,这条道路的照片可能没有人能够留下。当地的村民种地都很辛苦了,没有人会怀念这条给他们带来无数不便的道路。

叁

西南方向的道路是我在第二个初中读书要经过的道路。这条道路见证年轻，也见证了衰老。这条道路最初可能只是石头嶙峋之地，由于众人的路过，土被压实，草被压扁，逐渐变成了路的形状。这条弯曲如肠的道路，我对它至为熟悉，甚至已经超过对自己身体的熟悉程度。即使在深夜中，我也知道哪里有沟壑；即使伸手不见五指，我也知道哪里有凸起。

向西南上学的那条道路，当年村里人集体出义务工维修，我也是其中的一员。一位中年村民当时还年轻力壮，他的脾气很倔，因为一些修路的事情和村里的干部起了争执，并且发生了殴打，这是我对这条路上较深的印象之一。当然，即使是当年修路，也只是将高处铲平，低处垫下。由于路下都是巨大的石头，这种单纯凭借人力的修路并不能改变路的基本形状。即使垫上土，一下雨也会露出石头的边角。然而，多少年后，这条路已经通过大型机械进行了维修，变成了水泥路面，后来的少年们可能再也不知道这条道路当年的形状。这是一条完全年轻的道路，已经不是我以前认识的那条道路了。然而，等我再回家时走在这条新路上，看到了那位当年永远有使不完力气的人，他已经变得衰老得不成样子。他蹒跚地走在平整的新路上，如同风中败叶缓慢地飘过。他还记得当年我们一起修路的情景吗？路变得年轻，当年修路的人却变得如此衰老。我们都走在同一条路上，然而，我们已经都不是自己了。我不禁泪潸潸而情难禁，我们走的是路吗？我们只是路上的过客而已，我们只是这条道路的被见证者而已。

肆

过路如同过河，这些道路看似是静止的。其实，却也是流动的河流。等我在多年后回望上学之路，天地空茫，烟雾迷蒙，看不清这条道路上通行的曾经有谁？这条道路是否还是当年的道路？我们彼此之间是否还熟悉？还是已经是陌路人了？

我们彼此都走在一条不知去向之路。酷热与清凉同路，愚昧与开悟并存，迷茫与清醒同体，幻灭与真实交加，此岸与彼岸彷徨，然而，我们都无法选择，只可能选择行走的方式。

即使我的上学之路有三条，最终如同河流都汇集到一条大河。即使我走过的道路无数，最终将走的道路也只有一条。我是自己选择道路，也是被选择。

石头的记忆

壹

南方人和北方人的性格不同。即使都是北方人,在山区和平原生活的人的性格也不一样。山区人的性格棱角鲜明,平原人的身段柔软。我以前总是穷思冥想,都是人为何却差别如此之大。终于一天我茅塞顿开,之所以如此,这是因为我生长在北方,同时还是生长在北方的山区,最为关键的是我生长在石头最为茂密的山区。石头是我性格的最初塑造者,是诸多幸与不幸的根源。不是我选择了石头,而是石头悄无声息地选择了我,却没有经过我的同意,也没有告诉我结局。这于我是一个巨大的谜题,以前却没人告知我。等我知道了答案,答案已经不重要了。

之所以我认为可以将石头作为我性格的源头之一,甚至可以作为我命运的源头之一。这是因为,我是在老家的石头丛林里长大的。那时石头不像现在可以卖钱，相反，当时只有石头才是不需花钱之物。老家房子的墙壁是石头的，这是拆了山的骨骼做了房子的骨骼。即使是最为软弱的人，对于不如自己的事物，都是这么强势。不管山是否疼痛，不论山是否同意。石屋的房盖也是石头的，这是一种薄薄的石片，被家人及邻居从山上细心地抬来，如同怀抱不足满月的婴儿，如同玉石工匠面对玉石。因为这种石片过于薄脆，因此，必须要小心翼翼。因为这关系到一座房屋的生死，关系到一座房屋下一家人在风雨中的安危。

石头房屋只具有唯一的优势，那就是建造极其便宜。然而，老辈人很早就让我知道，便宜无好货。这是山里人的经济学，特别在夏秋阴雨绵绵之际这更能得到验证。在夜深秋雨淅沥之时，我怔怔地追逐闪烁不定的油灯，因为油灯看得久了，就会有梦幻的感觉。此时，如果母亲告诉我东边漏雨了，我就将一只破盆放在东边。如果告诉我西边漏雨了，我就将一只破缸放在西边。在老家的那几间石头房子，雨水一点也不专一，从来不会选择在同一个地方漏雨。

不仅是屋顶四处漏雨，在大风倾斜刮起之时，大雨也会争先恐后从迎风的墙壁挤进来。雨太大了，雨也要避雨。屋外霹雳交加，心中风声雨声，即使是成年人都无处可逃，何况对于没有任何自保能力的幼童。我认为我的内心焦虑性格就是那时造成的。因为我在最易于做梦的时候不能做梦。在我的手指最期待触摸到柔软之时，却一直碰到的都是坚硬的石头。

贰

你们看到有的人是行走的，其实却可能是停滞的。你们看到有的人是站着的，其实却可能是趴着的。如果你们看到的人只是丑或俊，那么，只是看到了外表。如果你们看到人是由血肉及骨骼组成，那么，看到的只是皮囊。其实，有的人是用水做成的，有的人是用泥土做成的，有的人却是用石头做成的。如此才说明你看到了人的真正内核。

对于水做成的人而言，即使化成蒸汽或者冻成冰，也是水。对于用泥土做成的人而言，即使泥土加水搅拌以后，也是泥土。对于石头做成的人而言，即使被粉碎，其本质还是坚硬的石头。我就是那种石头做成的人，即使你们看到我的外表可能是水，但是，只要和我交往时间长了就可以发现，我实际是用石头做成的，水只是我的外在。

我命中注定就需要经常面对各种石头。这包括我后来的生涯中遇到的坚硬的事情，以及坚硬的人。我最初打工就面对的是至为坚硬的石头，那就是在大柏庄的卓山开采的铁矿石。在南京青龙山采石场也是开采石头。石头是镶嵌在我的命中的，石头埋伏在我必经之路。我预先并不知情，却在前行的路上会猝不及防地撞到。你们看到的石头都是虚幻的，只有亲自面对才知道这些石头的锐利及凶猛。我在南方就职的地方也是如此。这些生命中的石头本来和我没有任何关联，但是，在某一个关键时刻就会不期而至，挡在我的面前，凶狠或者邪恶地发着冰冷的光。虽然我最终将这些石头一样的事情和人予以克服，但是，却也被切割得遍体鳞伤。

叁

没有人比我更了解石头。我了解它们甚至超过了对父母的了解。因为我和石头相处的时间要超过父母。在我的印象中，石头要比父母更加温暖。特别在冬日更是如此。

　　祖父那时生命力正在正午稍微向西倾斜之时。在冬日,他会带上简单的开采石头的工具,到村西与西山交界的坡上去采石。那里有一个石塘,这里是石头的家园。即使石头坚硬,但是,祖父那时的骨肉要比石头更为坚硬。没有火药的暴力,祖父会用锤子和錾子将石头慢慢凿出一个方形的小孔,然后,再隔一定间隔用锤子把铁楔子打入,如同切割豆腐一样,最后长方形石头就会从母体上被分离下去。

　　那时太阳总是生长在天上。有太阳在天上高照,有石塘周围的土坡可以避风,有浑身充满力气的祖父站在身边,即使在冬天也并不会有多么寒冷,寒冷总是内心的寒冷。在采石劳作之余,祖父会斜躺在石塘的阳光下休息一会,点上他一辈子须臾不离的旱烟袋。这种旱烟燃烧后会带有苦涩的香味,比祖母更长时间陪伴祖父过了余生。祖父最喜欢单田芳的评书,说他的评书“攻耳朵”。在采石闲暇之际他就会打开收音机,美美地听上一段。我也是如此,在年龄很小之时,我就在简陋的收音机里听单田芳的沙哑的声音,那时我就以为他已经是一个很老的老人了。不过单田芳前几年真的老了,老的再也无法阻止时间的流水将他带到永远难以返回的地方。至此我不再去听单田芳的评书。有时,我听的并不是一部评书,而是听的一个人。人不在了,评书也就消失了。陪伴听评书的人故去了,那些评书也就故去了。

肆

　　我后知后觉。在我稍微懂事之时,我曾问过母亲我是从哪里来的？母亲就会认真地告诉我：你是从石头里面蹦出来的。我就认为自己是石头的儿子，我的父母都是石头，这可以解释我为何很少得到人的温情，于是对此也能够心安。

记得我非常小的时候，也就这个问题问过太祖父，他却只是笑眯眯地不作答。我对太祖父最深刻的印象也是与石头有关。这也是我们之间印象中的交集。太祖父是一位长着白色稀疏胡须和头发的老人。解放前他是村中的一个生意人，以赶着牲口贩卖粮食为生。当然，这些事情并没有储存在我的记忆仓库之中，这些都是后来其他人对我记忆的补全。

我只是记得太祖父冬日坐在门口的一块光滑的石头上。即使他当时年龄已经很老，然而，他坐的那块脸面光滑的石头，年龄绝对不会比他年轻。在正午的阳光下，即使在村中也是一片静谧，车马声息皆无。冬日里的昆虫也不见，只是细微的尘土如同时间一样在来回不停地穿梭。他高兴地看着我，如同上游的河水看着下游的河水，小声地哼着一首歌曲："小白鸡，吃白菜，蹦蹦跳跳再回来"。我现在已经无法分辨出这是他自己的儿歌，还是我的儿歌。不过不管这是谁的儿歌，他最终也没有如同小白鸡一样回来。他的墓前的松树已经高过人头，任何人都不可能将他再找回来了。

我面对的及没有面对的所有一切都会更替。祖父更替了太祖父，祖父当年在太祖父故去之时，也许会有我这种新人代替旧人的感慨。但是，很快父亲也代替了祖父。我也将跟随着父亲，一直看着他跌入到时间的狂浪大潮之中。

只有石头不会更替。我老家周围的石山，可能熬死了世代在这周围居住的所有人们。即使这些石头被修建了房屋和院墙，然而,更年轻的后人还会将这些石头拆下再用。即使这些石头被粉碎或者烧成石灰,这些坚硬的物体还会在故乡附近的村庄和城市循环,只是搬迁了一个新家,装扮成另外的模样。对于这一点,我们周围的人谁都比不了石头。

但是,即使故乡周围的人可能非常鄙陋,却是活生生的人。他们有喜怒,也有哀乐;有生老,也有病死。有男欢,也有女爱。这是他们超越了石头的地方。然而,他们死后却必定要埋葬在那座石头的部落之中,这是他们不能超越石头的地方。

城东记之董震表叔

壹

每个深度经过我们的人都是我们身体的一部分。如果是恶意的人，则是身体的疾病。如果是善意的，则是身体的润滑剂。任何人的身体不是由血肉和骨骼组成，而是由一段一段的事组成。这些事情是一串串的珠子，我们自己则是那条中心的绳子，从而将这些事情之珠子串联起来，将我们组合成人。

如果我有精力，我甚至想记下我所遇到的一切，高贵的、卑微的，强大的、弱小的，善良的、奸诈的。在现实中我无力安排一切，但是，在我的笔下，无论是那台老旧的电脑，还是用手写在纸上，或者是随手写在一张烟盒上，或者是写在我开庭的案卷纸上，我都愿意让这些人永远地留在我的书中。

在我的书中，我更愿意让那卑微的变得高贵一些，让弱小的变得强大一些,让善良的在书中获得一些精神尊贵的享受。毕竟人只有一辈子。人生一世,草木一秋,还能不让一个卑微、软弱的人在书中过个年吗?

何况人还不如草木,草木还有再度萌发之时。我看过无数的长生不老之书,听过无数的长生不老之故事,至今还没有真正遇到过长生不老之人。

贰

在煤城的城东,是我初涉社会之地,那时我的想法不是我的想法,只是胃的想法。我的计算也不是我的计算,都是嘴的计算。因此,我没有想到自己还有用笔表达的机会,也没有想到有人愿意倾听我的絮语。因此,由于胃与嘴的干扰,使我忘记了许多难忘之事情。当然,这并不是我的错。至于到底是谁的错,我只知道自己是受害人,却尚未发现凶手。

我估计城东是整个煤城最荒芜的地方,即使当时我没有去过煤城以外的地方。直到二三十以后仍是如此荒芜。这片地方好像被时间封闭了一样,变化仍然不大。即使路比以前修的好了一些。但是,如果你闲暇时与当地的居民聊天,显然他们的思想跟不上修路的速度。整个城东还有最为荒芜的地方,叫做东大洼。我和煤城最初的相识就是在这个地方。

那时煤城还有丰富的煤矿资源,不像现在这么落魄。当时无论是人还是狗,处处都显示出高人一等。在我的老家与煤城之间,即使两地最近之处只是相隔一条小河。但是,河水却也故意造成两地语言的不同,从而为歧视提供标尺。在河东属于我老家所在的县域，明显是一种口音。在河西则是属于煤城管辖区域，又是煤城的口音。由于这两地贫穷差距及心理落差比较明显。因此，如果是我县的机灵之人，就会故意拿腔拿调，学会了煤城人的口音。于是瞬间觉得高大起来，立马面色与神情都有了改变。

煤城与老家的差别，还体现在物品的质量上。那时，在老家的村庄，如果谁家过年购买了煤城一小塑料桶酱油，那个春节的档次陡然就上升了一级，比过一般春节内心的激动程度也会提高几度。

在城东，每隔五天逢大洼集。我最初到枣庄还没有找到谋生之处，就暂时栖居在祖父母家里，在逢集之时陪祖父到集市上卖烟叶。在大洼集上买祖父烟叶的都是煤城破落之人，否则，就去抽烟卷了。然而，即使这些破落户在买烟叶后用纸卷烟抽，也洋溢出一份掩饰不住的高傲。不仅如此，只要我陪祖父到大洼集卖烟叶，一群当地的流浪狗就会闻风而来，狂吠不已。即使祖父和我不出声，还是被它们嗅出贫穷的气息。祖父为人能够委曲求全，这是他在下层社会养成的生存能力，必定对煤城的这群流浪狗们再三求饶，最后才被放行摆摊。

董震是我的表叔，也是我祖母娘家的侄子。因为祖父是他眼中唯一走南闯北的人物，后来也尾随祖父来到煤城谋一份工作。我和董震表叔虽然在以前走亲戚时经常在一起，然而，在这里我们却更有了落难之时的那种心气一致的感觉。

东大洼本身属于城东最为低洼的地方。在一个城市里，地势直接决定着这里人的阶层及出身。楼高的地方往往居住着权势人物，因为金钱能将其身体抬高。城市里低矮的地方不仅在下雨天可以集聚更多的雨水，而且将很多的社会底层人集聚到这里。

叁

在山区，与城市不同，一家居住房屋的地势高却不一定经济条件更高。相反，越是住在地势高处的人家却可能越是贫穷。越是住在地势低矮之地反而经济条件却相对更好。董震表叔所在村庄比我老家的村庄地势相对更加平缓，同时，也怀抱着一大片水库的河水，相对比我们村经济条件要好些。

即使在他们那个普通的村庄里，董震表叔也只是普通的如同山上的一块石头，唯一不同是他的父亲也就是我的舅老爷给他起了个名字，而石头却没有名字。董震表叔的话语温和而普通，他的身材中等而普通，他的智商平庸而普通。此生他唯一不普通的地方是因为有了我这么一个亲戚。多年后我去他们家拜访之时，从村民眼中就可以看出这个来。我只要说自己老家是哪个村庄，是董震表叔的亲戚，一个村民的眼睛中马上就有灯花闪了一下，她立即说：你是董震姑家的孙子。

在我童年之时，董震表叔却是我心目中不平凡的男子。每年春节过后几天开始，我们那里都有弟弟去接出嫁姐姐到自己家里的传统。随着祖母去董震表叔家里则是我一年最为欢快的时光之一。董震表叔会推着独轮车穿越几条河，越过几座山梁来接祖母。祖母是小脚，不能走远路，她坐在独轮车的一边，我则坐在另外一边。我们一行慢悠悠地向前走着，独轮车压着积雪发出咯吱咯吱的清脆声音，山路边的鸟在树丛之间不顾清冽的寒风忽高忽低地飞行，震动了树上的雪花也做小小的飞舞。董震表叔那时正是青春茂盛，呼出的热气几乎能将低垂下树枝上的雪花融化。

那时董震的父亲年龄也不太大,我的这位舅老爷留着周恩来式的帅气山羊胡子,人长得也有几分像周公的样子。那时我所有的亲戚都非常完整,完整到不知衰老或者死亡是什么样子。

春节过后是农村放露天电影最多的时间。即使此时的雪的寒气依然逼人,但是,却压抑不住儿童和少年们那一朵朵闪烁在内心的灯火。我会和董震表叔一起踏着冬天的积雪,到处打听去周围的村庄看电影。那时农村放电影是一个盛大的日子。由于冬日正是农闲,即使是十里八村的人夜里也都赶去看电影。不仅是电影幕布前面有人看,幕布后面也有人看。不仅是电影场地附近的墙上有人看,而且有人还爬到附近的屋顶或者树木之上。即使寒风吹透了他们的骨头,但是,还是能听到农村年轻人的血液在身体内哗哗流淌的声音。只要年轻的血液还在流动,即使是骨头冻僵也能复苏。

那时我没有见过多少大人物,我的父母不算。我的祖父算个大人物,表叔董震至少能算半个大人物。即使他没有像父亲那样相貌堂堂,主持着村里的几乎所有的婚娶丧葬仪式。然而,由于我人小挤不进人群看电影,在那么寒冷之夜,他将我托举到放电影场地附近的墙上观看完了一部电影。在我看电影时,他看我冻得瑟瑟发抖,就将自己外面的衣服脱给我穿,自己躲到附近的一座麦草垛里面等我看完。即使多少年后,我也算是经多见广,我也认为董震表叔当年的行为就是大人物的行为。

肆

我和董震表叔没有事先约定,却都被驱赶到煤城那个叫东大洼的地方。如果玄虚一点，这可以解释为缘分。但是，我现在相信是贫穷让我们在这里相聚，是想在生活平淡之水中增加一点盐的渴望让我们在这里遇到。即使这里是一片城市中的洼地，贫穷者才会被聚集到这里，然而，这毕竟为我们的生活提供了一种其他可能。虽然我们当时都不知道这种可能的真正面目到底是凶恶还是慈善，到底是暗藏杀机，还是曙光乍现。直到我们在这座煤城的城东都失去了一个手指，才知道这种可能的安排是如此残忍。

千万别忽视一个人在贫穷、饥饿中的力量。我有时说自己在十四五岁打工采石时，能轻松抱起二百斤的石头，周围一起吃饭的几个体重二百斤的胖子朋友都不相信。我并不会和他们抬杠，我知道是因为二百斤的体重限制了他们的思维。

在最初到东大洼的那段时间，由于贫穷的巨大压迫力量，我和董震表叔想到了一切可以谋生的手段。我们曾在一起捡拾过垃圾。以前我以为碎玻璃是真正的废品，那时才知道碎玻璃竟然可以被垃圾站回收，只是价格低到可怜的程度。在那时，我跟着董震表叔学会用吸铁石吸住垃圾堆中看不见的细小铁块。

在东大洼附近的砖厂，我还和董震表叔一起打过短工。我们曾一起合作将从远处运来的废旧碎砖头粉碎得更碎，然后重新制成砖头，即使新的砖头并不是完全是以前的旧砖头，至少二者有了一种血缘关系，这使得老旧残碎的砖头实际上没有死亡，其生命更像是一种无始无终的循环。这和我在老家割过的青草没有区别，即使我将草割的几乎看不见根部，然而，只要不连根刨起，来年还会在同样的地方生长出同样的青草。这和人也差不多，只要血缘不断绝，一个人也许永远不会死亡。这也可能是父母愿意为后代付出的原因。这是本能，是父母在保护自己的血缘不断流，也是为了满足自己不死的愿望。当然，这并不包括所有的父母，至少我在那时没有感受到父母的这种本能。

然而，多年以后，我出于直觉再去看望董震表叔之时，我就感觉到他不如当年我们粉碎的砖头。他没有找到妻子，没有留下一儿半女，没有将碎砖掺杂到以后的新砖之中，可能没有机会将血缘延续到后代之中了。

董震表叔在和我分开后去东大洼附近一个煤矿挖煤之时，结果出了工伤，最后被截去了右手的大拇指。即使十个手指都同样重要，但是，右手大拇指却是重中之重。在董震表叔受伤以后，我专门去医院看他。当时他的右手大拇指没有完全断掉，在重重纱布包裹之下，手指露出的地方一片乌黑，如同爬着一条黑色的丑陋毛虫。然而，后来即使这条丑陋的毛虫也不愿意在他手上安家，这让他只是留下右手四个手指面对以后孤独的岁月。由于董震表叔右手拇指严重伤残，加上为人老实，他在五十多岁仍然孤苦一人。稍微懂一点农村婚嫁情况的都知道，这其实可能判决了他以后婚姻的死刑。

伍

人的一生其实都是在不断磨损的过程。人们总是将以前一些崭新的事情磨损以后，然后再在老去之时慢慢抚摸。我们可能曾经想将以前的事情重新修补、上色或者打蜡，让其变得更新，然而，即使是技艺最为杰出的能工巧匠，都没有见过谁能将以前的事情修复如新。相反，人们更多的是沉浸在事情的变老中怀旧。

　　董震表叔对我而言就是一个事情,我曾经试着多少次努力回忆,究竟是哪一场冬雪后他带着我去看过一场难忘的露天电影。但是,我的记忆如同牛车,难以拖动这么多的旧事,而且事情一件接着一件,积雪一场接着一场,我只是知道这件事情曾经存在,却难以将其从记忆的雪路上拖出,也难以将其擦拭干净。

　　董震表叔的父亲,也是我祖母的唯一弟弟,在我去看望这位老人之时,也因老年痴呆完全不认识我了。家中只有董震表叔没有妻儿,就一直在身边照顾着父亲。老年痴呆这种病很好,这可以让舅老爷减少很多负累,不再回忆以前如同冬天夜里灯火一样闪烁的事情,这若有若无,让人心累却难以把握得住。这位老人连自己的亲生儿女都不认识了,甚至也不认识自己的生命,他只是认识香烟。在我停留在他们家的短暂时间内,他两次向董震表叔说:给我一支烟。董震表叔说,不能把整盒香烟都给父亲,因为老人夜里抽烟时忘记了自己的生命存在了。抽烟后就将烟蒂扔在床上,结果一个冬天已经失火两次,后来儿子们没有办法,就将房屋顶盖全换成铁皮的了。而房屋四周的墙壁都是青石,即使是最大的失火,也不一定能烧坏。

　　然而,人却不能将自己四肢换成青石,将自己的头颅换成铁的,只能一直让自己暴露在不可测的危险之中,将自己雪人般的躯体站立于烈阳之下,直到自己所有的过去事情都被磨损得不可修复,再到事情的绳索最后无力将自己从向深渊坠落的趋势中拉住。

两个半木匠

壹

冯木匠夫妻及弟弟三口都住在一个搬迁后的凋敝院落里。原先的住户搬走了绝大多数物件,为了证明曾经在这里住过,就留下两棵高大的梧桐作为见证。在夏天傍晚,麻雀就会从梧桐树上飞到地面来寻找食物,完全不顾地上讨生活的人已经太多。梧桐树上的虫子们从一根根丝上溜下来寻找食物,不了解的人远看以为它们是在上吊,是求死,其实是求活。附近的人们则向着更低的地下煤矿中寻找食物,好像是去奔死,然而,他们的目的也是与虫子一样,也是求活。这也是整个村庄搬迁的原因。因为附近在地下挖煤的人太多,结果将地底挖成了巨大的空洞,而地上的不少房屋因此裂成一个个小的空洞。

冯木匠是一个手艺人。那时机器制作家具的人家还很少,基本上每家的家具都是请附近的木匠制作的。因此，那时木匠在农村或者城郊的生活食物链中占据了上游。如果木匠不给你制作家具，你就不能在相亲或者结婚时理直气壮。在当时直白、粗鲁的婚姻市场，不是相貌让男子见光死，而可能是家具让男子见光死。

对于处于链条上游的人总是会有一些优势，譬如，居住在河流上游的人可以喝到更干净的水。处于一棵树顶端的树条可以最早触摸到阳光，这让它们更多地沾上阳光的颜色。木匠也是如此。因为冯木匠可以成全别人的婚姻，因此，即使他属于丧偶再婚，并且其貌不扬，仍然可以在婚姻中挑挑拣拣，这也是他每次与其他熟人交谈时自夸的资本：看我的老婆漂亮不？

祖父也算是一个手艺人，他的主业是种植烟叶，同时赶四集将它们卖出。因此，他深知手艺人的价值。即使手艺与娶个老婆好像距离遥远，但是，在当时这二者可以直接兑换。这也是祖父让我向冯木匠学木工手艺的原因。

如果我是一个安分守己的人，同时，冯木匠也乐于将自己的木匠手艺及时传授给我，我就是另外一个木匠，可以称我为宋木匠。由于木匠只是需要对学徒管吃管住，而学徒则需要免费为师傅打工三年，这就导致冯木匠教我木工时不是学得越快越好，而是越慢越好。这也是我们之间冲突的根本原因，也是我为何与冯木匠很快分道扬镳的原因。

其实，有时在我们面前看似有很多通道，然而，真正能够通过的只有一条通道。我们可以把这种不能选择的选择称之为命运。

冯木匠的弟弟冯二木匠眉目清秀，如果是不知道内情的人，还以为他和冯木匠是出自不同匠人的手艺。但是，他们却是同一个父亲制造的。冯二木匠因为和我年龄相距更近，社会地位也更近，加上他本身性格温和，与我显然在人与人之间的距离方面更近。

冯二木匠已经跟着哥哥冯木匠学活两年多了。基本上能够掌握木匠的技艺。为了拖延我学木工活的进度，冯木匠总是安排我跟着他弟弟学。当然，冯二木匠也没有传授过我什么。我们二人最常见的合作就是一起拉大锯解木板。拉大锯属于木匠活中最为艰苦的工作之一。即使当时也有电锯，但是，电锯毕竟得浪费电，而我和冯二木匠一起拉大锯却不用浪费电。因此，特别是对那种坚硬而丑陋的木头，不管它们愿不愿意，都被我们二人绑架到一棵粗大的洋槐树上被分解开。不过，这并不是我们的过错，到底是谁的错，我也不知道。如同我不知道谁将我绑在生活之树上，谁又将我一日日地分解开来一样。

冯木匠的老婆有一点姿色，对于处于社会底层的我而言，也是有如此感觉。冯木匠经常向人夸耀自己的妻子漂亮，冯二木匠显然也同意他哥的观点。然而，却未经他哥的批准，就越权将这点姿色据为己有。这是我离开冯木匠一年后听说的。冯二木匠的嫂子在一个深夜变成了冯二木匠的老婆。如同携带一个胖嘟嘟的大包裹，冯二木匠将其嫂子拐走。因为这在当时的农村属于挑战大众伦理底线的行为，虽然他后来与老家也通音信，老家却对其永远关闭了大门。

因为我和冯木匠关系不睦，只是坚持了三个月就不再跟他学木匠手艺。我也不想打听他后来的具体情况如何，只是知道他又再婚了一次。我不知道他是否还会对熟人夸奖自己的妻子漂亮。然而，往往教训能持续很多次，而经验却不能有效借鉴。只是冯木匠以后再也不做木匠。听说他一见到木匠干活,一看到木匠俯身拉锯的姿势,就想到他弟弟那种不雅的动作。他是一个好木匠,木匠活本来是他一生最为夸耀的事情,却也成为他一生最为难堪的事情。

贰

因为需要经常估摸一件木头能做成什么家具,做木匠的人看人通常也是比较准的。譬如,我的那位木匠师傅冯木匠就看出我脑后有反骨。对此,冯二木匠几次暗示我说:他哥经常对他说对我不能多教,也不能教快。

当然,这只能说明冯木匠看准了我的一部分,否则,他怎么没有看出自己的亲兄弟将老婆拐跑,这可是当时农村中的最重大新闻,并且具有持续几十年甚至上百年的生命力。以前一个类似的事情曾经熬垮了一个村庄,村庄都成废墟了,新闻早就成旧闻了,然而,这种事还是会自己长腿,还是会自己跑到更远的村庄去。

同村的田木匠也认为我不同于一般的村里少年,即使是在我家最为贫穷之时,他都亲口对我说过这话。我不知道他为何得出这种结论。是否他像牲口经纪人一样,看看我的鼻子,认为呼吸通畅,拉车有长力。是否看看我的牙齿的牙口好,能吃草,耕地有急劲。或者田木匠只是以木匠的眼光看我,可能看我眼神敏锐集中,在打卯之时更为准确。或者是看我反应灵活,能够将锯坏的木料迅速地进行补救,从而不让主人家责难。

然而,在看事情或者看人的方面,有的人是站在山谷中看,有的人是站在山顶上看。有的人只是看到了一时,有的人则会看到一世。如果田木匠看走眼也不是他的错，我们每个人其实都是由错误构成，错误连接了一生。后来即使我在一个知识单位谋生，身边都是聪明人。然而，能够看清楚的不少，能够看远的又有多少呢？

田木匠似乎和我一样都看出木匠在农村是个好营生。他比我年龄大上几岁，因此，比我更早抢占了先机，更早几年学会了木匠手艺。在婚姻方面也是如此，田木匠明明有一把好手艺，似乎也不愁找不到老婆。然而，他却迅速地选择了本村寡妇的一个女儿，并且是做了倒插门的女婿。

在我学木匠半途而废呆在家的那段时间，田木匠已经是木匠师傅。当他到邻村做家具之时，也会叫着我打下手。那时木匠绝对是农村一个吃香的行业。在请木匠做家具之时，家家几乎都把自己最好的木料拿出来，也把自己最好的饭菜拿出来招待。每当这个时候，田木匠都会将炫耀高挂在凸起的两个颧骨之上。他说：我选做木匠的眼力不错吧。我也知道你可能是个人才，但是，人才也得跟上形势。你也别到处折腾了，就跟着我干吧。

但是，好景不长。在田木匠的老婆第一次生产之时，由于舍不得到县城医院，就在农村找接生婆接生，结果老婆嚎哭一天难产死了。又过了几年后，由于城里的家具加工厂不断出现，主要是因为机器制作家具不仅速度更快，而且样式也更适宜，这直接颠覆了田木匠多年来的职业设计。他被形势所淘汰了，即使他有一流的木匠手艺。

人生有时是自己设计的，有时却是自己无法设计的。否则，就不会称之为人生。

叁

我曾经短暂地做过木匠，短暂到只是做了唯一的一把椅子。这把椅子是我作为木匠的孩子，作为木匠我只有一个独子。这把椅子的前身来自我家后面山坡的一棵黄楝树。这种树生长得很是缓慢，被我伐倒时年龄绝对要超过我。在我童年之时曾经路过这棵黄楝树，它那时高高在上俯视着我。然而，当它的生命在斧头下戛然而止之时，却不得不横躺在我的脚下。树都知道能屈能伸，我却很长时间不知道，这也是我不如树的地方，这也是没人愿意将我做成家具的原因。

我认为这棵黄楝树想死已经想了很久，是我成全了它。它生长在荒山石缝之中，且树味苦涩不被其他树邻居所喜。即使将其砍伐倒，其他的树木也不会举报我。何况这棵树倒了以后，很快就有其他树木补充过来，就像是村中的那些苦涩的人一样，从来生死都是无声无息。

我认为我对得起这棵黄楝树。我用它制作椅子之时，也尽量做到了礼数。因为祖父母去了煤城谋生，我将自己关在他们家的老宅子里。在夏天光芒最盛之时，我几乎赤裸着身子，对这棵黄楝树推心置腹相待。我在集市上买到了当时叫得最响的木工工具，并且我用上了一把刨子。这是多年枣木心做的，如人心一般红色。这把刨子在同类工具中的地位，类似于宗族之中的最为德高望重者。当然，这种多年枣树红心制作的刨子经历多少年也不裂不腐，熬死数代宗族长老也没有问题。

至今我做的那把椅子还被村里买椅子的人用着。应该说这是一家识货的人,不是他们家认识这把椅子,而是认识我这个人。因为我这把椅子属于实习品,本来不准备要钱,因为买椅子的人也是我在南京青龙山采石场的同村工友。然而,我这位工友说:你半夜去将那棵黄楝树伐倒,树本身就是一条生命。同时,那块生长黄楝树的山坡地势险要,如果这棵树砸倒了你,也是一条生命。这把椅子是包含了两条生命的代价换来的,如果不要钱我也不敢坐。中午饭都没有免费的,何况两条生命的代价呢?

在内心中,我喜欢木匠手艺。做家具的过程,就是木匠与所用木材恋爱一场的过程。可以想想,当你将粗糙或者凸凹不平的木头锯好,然后用刨子刨平,用手抚摸,就如同抚摸刚刚确定恋爱关系女友的皮肤,光滑而冰凉,能将颤抖传递到最为僵硬的内心。

木匠是将木头赋予灵魂的职业。当然,这也不尽其然。因为木匠也要直接到山里选择砍伐想要的树木,在将木头制作成家具形状的同时,也将树木的生命终生禁锢于家具之中。

木匠本身具有技术含量,能将我从一般村民中被拔擢出来,让我不高的身材升高一些,让邻村或者我们村的有些姿色的少女对我的手艺产生兴趣。至于是否对我本人产生兴趣,那是另外的事情。如果对我的木匠手艺有兴趣,那是对木匠有了爱情。如果是对我本人有兴趣,那是对我有了爱情。那时村里人没有那么讲究,如果能够满足一项已经是求之不得。

我不善于和人打交道,因为人太复杂。不像是木匠手艺,只要掌握了怎么用锯子,怎么用刨子,怎么用凿子,即使是最为坚硬的木头,都不用费心去掌握它们的心思,也不要与它们虚与委蛇,只要按照木头及木匠手艺之间对话的规律去做就可。

肆

我那时的肉身是低阶层之人，却生长了高阶层的内心。如果你对我存在不好看法，则会认为我眼高手低、好高骛远。如果你高看我一眼，则会奉承我长了一颗高贵的内心。

我做过很多职业，有的只是如同夏天的燕子掠水一样，只是当时留下倒影，瞬间则踪迹不见，譬如我的短暂木匠生涯；有的职业则如同犁铧犁过我松软的肉体，从而留下深深的痕迹，譬如我在私人煤矿挖煤。

然而，我是一个与他人有区别的榫头，必须找到合适的卯眼才能使自己心安。否则我就会在人间摇摇晃晃，不知所往。我不想随便就找一个卯眼安家，这不仅不能保持我做的家具的结实，而且还会导致其他榫头错过最为合适的位置。

冯木匠是一个世故的木匠，田木匠是一个短视的木匠。他们一生都制作了无数的家具，但是，没有人知道哪些家具是他们制作的。即使我只是半个木匠，即使我一生只是制作了一把椅子，我也要一定把这把椅子制作好，并努力使它流传下去。

大柏庄纪事

壹

从老家向西南大约前行四十里路左右，到煤城入口处，就可以看见车马逐渐喧哗起来，声音也逐渐嘈杂起来。城东那三座标志性的煤渣山永远冒着烟火，散发着刺鼻的硫磺味道，尘土中永远飘荡着黑色的粉末。在煤渣山西北方向三里处，就是我第一个打工之地大柏庄了。

当每天附近兵营的号声在黎明嘹亮吹响之时，四周还掩藏在一片黑黢黢墨色之中，我们就匆匆吃点东西，从大柏庄的村中老板家里，携带着开采铁矿石的大锤、铁锹、铁锨等物品，穿过狭窄的村中弄堂和街道，从西北方向出村，沿着山势向上攀登。山形越来越高，即使是空手上山也会气喘吁吁，何况我们都携带着重物。上山的道路崎岖，本来没有道路，就是一批批的开采铁矿石的工人们踩出来的。然而,即使再不好走,人都是适应性很强的动物,时间一长也都练的如同山羊,在山石陡峭的道路上灵巧地跳跃。

我那时十四五岁,还不能真切地体会到精神困苦,最害怕的就是饥饿的威胁。既然在这里打工能解决温饱,我忽然感觉天地宽了很多,劳累之苦也舒缓了很多。那时在夏日太阳正盛之时,我每天都和几位工友一起,在铁矿石采面上将沉重的石头装满后,架着用木棍做刹车的铁车,从坡上向着远方的铁石交接点疾驰。由于是重载下坡,铁车快若奔马,在铁轮的刹车之处,手臂粗的木棍刹车时发出缕缕青烟,散发出木头烤焦的味道。紧挨着铁车轨道旁一两米之处就是百米悬崖,不敢探头观看,看了就会更增加眩晕的感觉。将一车铁矿石交接后,再奋力地上坡将空的铁车推回。在夏天最为炎热的时候,即使在山的高处,也感觉不到一丝风声。然而,人一旦被机器控制住,就成为了麻木的动物,如同一枚枚肉体的螺丝钉在巨大的钢铁的机器上来回反复,日复一日。

由于这是高强度的体力劳动,即使和我同村的人平常也从事劳作,但是,以前做农活的强度和这里劳作的强度相比,就像是民兵参加了正式军事行动,结果大多数同一批打工的同村人不堪其苦,工作了甚至不到一个月就离职了,最终只剩下五个人,其中就包括我。

那时我们每个人都是青春茂盛的时刻。即使开采铁矿石属于重体力劳动,但是,有几次附近的工厂夜里找人粉碎渣石,当然,开价要比我们开采铁矿石的工资高一些,我们五个人在山上工作下班吃完饭以后,还会连着一夜粉碎渣石。没有人会感觉到疲乏,我们的活力之水将劳累完全淹没了。记得有次是一个初春,春天只是露出一点面孔,当地此时野外水温相对还是比较低的。由于我们粉碎完渣石后浑身漆黑,也没有热水洗澡,我们就互相将对方推进附近的池塘里洗澡。即使那时早春的野外花朵还没有开放,春天的声音在远方还是若有若无,但是,我们的声音还是鼎沸在早春的原野之中。我们的青春灿烂得比春天来得更早。

贰

老板姓李。虽然是老板,其实只是包了一段山上的工地,他本人有时也需要和我们一起抡起大锤敲打铁石,也需要负责放炮,将山上采掘面上的铁石爆破,以让铁石滚落到采面上。李老板孔武有力,他们家的两座大院隔壁修建,他们一家住在一边,中间墙上留了个边门,我们几个人在隔壁院子里吃饭、睡觉。那时唯一的记忆中的满足就是可以吃饱。如果你们没有经历过那种岁月,就不知吃饱饭是一件非常让人愉悦的事情。李老板声音如同铜钟,从他们家院子里的声音也可以传到我们工人住的院子里。有时他也会在我们吃饭时穿过边门过来看一下,看着横七竖八的几个正在吃饭的工人说:伙食怎么样?还不错吧?我们就七嘴八舌地回答:不错,谢谢李老板。

我猜就是穿过这个边门,和我一起打工的堂叔与老板的女儿熟悉的。因为李老板那个院子里最初没有水井,他的女儿要到隔壁打水。老板的那个最小的女儿那时已经十七八岁,正是豆蔻年华,我的堂叔也是青春年少。即使我在爱情方面比较晚熟,但是,也能感觉到他们在秘密而热烈地恋爱着。爱情很难蒙骗别人,她在恋爱之人的眉眼之间明显地站着呢;爱恋无法藏身,她就在恋人的嘴唇之上闪耀着呢。我的堂叔夜里有时大着胆子偷偷穿过边门和老板的女儿幽会,有次被我们几个故意使坏将边门锁了,差点把他急死,最后答应每人买一包香烟才算了事。即使如此,他仍然乐此不疲,直到被李老板发现后将女儿锁在家里,那个边门也永远锁上了,我的堂叔后来也很快辞工去了他处。

直到多少年后我再见到堂叔。他结婚多年,有三个孩子,已经从一个少年变成满面沧桑的中年了。当年那个容貌英俊的少年不知去哪里了,当年那个说话风趣幽默的堂叔已经满面麻木,即使我努力从他最细微的反应中也看不出一点幽默的影子。我问他:你这些年生活得怎么样?他慢吞吞地告诉我:还能怎么样呢?我三个孩子,打工赚不上花的。最近这几年秋天就跟着一个老板去新疆收大枣,老板每个月还能多给我点钱。

如果说堂叔的那段爱情我可以理解,那时他和老板的女儿都是情窦初开之时,那也真是一个恋爱的好时节。然而,对于老板的老婆,我在那里打工之时,她已经五十几岁了,她的爱恋发生让我感觉不可思议。我在偶尔歇班之时曾看见她和一位年龄颇大的男子一起在村外远处的树林里私语。那时我还很年轻,难以想象这么大的年龄还有爱恋发生。当时李老板有三个儿子和一个女儿,连最小的女儿都快到了婚嫁年龄。然而,在一天夜晚,趁着老公不在家之时,李老板的这位身材修长的老婆就与那位男子私奔了,永远地去了一个不为人知的地方。多年后我重返大柏庄时,还好奇地问过村里的一位打扫卫生的阿姨,她说:李老板的老婆真的后来没有再回家,连儿女结婚也没有回来。那么,爱情到底是绝望还是希望?旧的感情到底有多么令她绝望,让她到了连儿女都终生不愿相见的地步？新的爱情到底能够燃起她多大希望，让她终生不再回归故土？

叁

家克是我们五人中的一员。这是一个身材不高，却颇为强悍之人。在我们五个人的食物链中，他不是老大，却有着仅次于老大的武力。然而，他欺负的对象只是限于我们中的一个同村人。因为一件不大的事情，他曾手脚麻利地将对方打的鼻孔蹿血。

然而，他后来的结果并不好。我在南方一个城市谋得一份教职之后，他也在这座城市工作，却从来没有和我联系过，后来知道他的音信是因为他哥和我联系，说他发生了车祸，已经不行了，让我过去看看。那时我还深陷于一次情伤之中，完全无法提起精神。然而，我还是打车好远过去看他。当我看见他最后一面之时，他已经真的完全不行了，只能在表面看出以前的一点轮廓，以前生龙活虎的那个人就如同一堆棉絮那样被平放在病床上。霎时我不由生出无限悲凉。我麻木地听着周围沸腾着他们家亲属的讨论声音。他的侄子问我：如何能将我叔银行卡中的钱拿出来？你能不能给我们家打官司把死亡赔偿要得高些。因为家克并未结婚，这些钱可能就成为他的哥哥及侄子的一笔额外飞来的收入。我有些厌恶地注视着周围这些急切的亲属们，心情难过到无法言表，在婉言谢绝代理这个案件后，就头也不回地走了。

后来因为这件事情，家克的亲属在老家村里到处大骂我，好似我得到了多大的好处。其实我并没有收他们家一分钱。在他们眼里，在外工作的人帮助村人是理所应当之事，然而，这只是指别人帮助他们,而不包括他们帮助别人。可以说,农村已经不是过去的淳朴之地了。在那个村庄,我算是一个人物,但是,这是建立在他们可以从我身上获得一定好处的前提下,否则,特别是我家在村里没有势力的情况下,他们会想尽一切办法向我身上泼脏水,以满足他们的嫉妒及愤慨之心。而在我最为苦难之际,村里几乎没有一个人拿出一张煎饼帮助过我,这就是现在农村的人心。

肆

其实,即使我经历了那么多艰难困苦,也并不是你们想象的那么坚毅,也不像你们想象的那样刚强。我也有孤独无助之时,那时,即使是一块石头都可以成为我的倾诉对象;我也有恐惧之时,那时,即使是一支蜡烛都可以为我提供安慰;我也有痛苦欲绝之时,那时,即使是东方一线曙光都能让我振作力量。

但是,我却想将这些细微之事告诉众人,让众人看到一个特定时代人物的缩影,他是如何惶恐、挣扎、努力,是如何与饥饿、贫穷等魔障做着斗争。其实,我并不是我,我只是由一些细小的事情组成。如果你们能够将这些细小的事情串连起来,就可以看见我了。如果你们能从我的一些细小的事情上发现微弱的闪光之处,这些闪光之处多了,也许可以照亮你们的内心。

许多事情本来没有意义,无数人重复过无数遍都是如此。但是,如果我能记下来不让更多之人去重复,那么,这就有了意义。这也是我多年以后重返大柏庄当年开采铁矿石旧址的原因,同时也在探访旧址之时写下一段话以记之:

夏日重游当年第一份打工之地,恍然已是数载。登故人门前拜访，知其已逝去二年。怅然登旧日劳作之山，依然是三暑酷夏。赤日如鞭，蝉鸣如雨。天风浩荡，山鹰盘旋。不见当年挥汗如雨之旧景。空山寂寥，竟无一人。探首当年工作之旧地，见危崖峭壁，虽千仞不足以丈量。两股战战，观之惊心。下山许久，内心犹激荡不已。虽轻车简行，犹自汗透衣衫。不知当年何以度此危艰。可能当时未及弱冠，凭少年血气之勇，且歌且行之。噫！高山亦平地，平地亦高山。命若琴弦，亲手弹之即可，至于琴音如何，自不在我。

活埋的人

壹

你们眼睛看到的都可能不是真实的，走过的地面也可能不是真实的。你们看到一个人笑容可掬，其实他可能正在被内心魔障所绑架。你们看见一个人满面和气，却可能被阴险之魔所控制。如果你们走过我打工煤矿的地面之上时，可能想象不到地下千米深处有巷道或高或低，或宽或窄。高且宽者能伸直身子，低且窄者需要像老鼠一样匍匐而过。你们也可能想象不到，在地下如此深处活埋着众多的人群。这里有人影幢幢，有昏暗灯光晃动。如果你们一天忽然陷入煤矿井下，可能不知这是人影还是鬼影，到底这些灯光是人间之灯，还是地狱之灯。

如果有地狱，这里就是离地狱最近之处。在这里，你可以看见阴森的萤火虫在巨量存水之上忽高忽低地飞行，这是地狱使者的眼睛。在这里,你会听见支撑巷道顶部的巨木发出怪异的折断声音,这是地狱使者的笑声。

如果社会之中有底层,这里是比底层更低之处。然而,这对我来说就是安全之所。我从频繁的家庭争执之中逃跑,从随时面对的饥饿中逃跑,不远百里前来此处躲避更大的灾难。即使煤井之下黑暗无边,但是,再大的雨水也难以淋透。即使是连绵阴雨,我也不用害怕。而在家之时,母亲在下雨天一般就不再做干的东西吃。因为下雨天不用干活,吃干的东西也是浪费。

在煤井之下,确实是缺少阳光。但是,那时太阳对我而言,却是最不实惠的东西。太阳距离我过于遥远,即使它长得像个烧饼,我的手臂却无法企及,它也因为过分滚烫而无法下咽。我那时也想获得阳光的普照,然而,路是一点点走的,这个目标对我而言过于宏大。

都说在天下七十二行中,下煤井是最为危险的工作之一。家有半碗米,不去下窑底。然而,那些年以我的年龄并不懂得深思熟虑。在煤井之下确实危险,却有比煤井更危险之物,譬如永不停止的家庭争执,永远游不到边际的饥饿之海。我们可能都会面对选择,有时是理智的选择,这是有选择之选择。有时是本能的选择,却可能是不得不选择之选择。

其实,你们无须为当年我的遭遇而黯然神伤,我感谢你们的善良,你们怀有人世的至宝。然而,每个人都要死去。在我北方的老家,每个人死去都要用土掩埋。我在煤矿井下挖煤不过是被活埋,只是比你们早被埋了许多年而已。

贰

在周村煤矿下井之时，我每天都需要经过的就是那条长而倾斜的巷道。我不知道这条巷道通往哪里，也没有必要知道。即使知道也没有任何用处，因为是巷道决定我的走向，而不是我决定巷道的走向。

真正的危险是不可预知之事。如果众人都知道了，最多是风险而已，那不叫危险。那一年我在周村煤矿下井之时，什么都缺。我缺金钱，我缺年龄，我缺力气，缺亲人的呵护。然而，我最不缺少的就是危险。

那时我们都不知道矽肺这个词语，但是，即使不懂这个专门的术语，并不代表它对矿工肺部的侵害不存在。我和工友都不认识矽肺的形状，但是，它却熟知认识我们肺部的形状，至少每日在我们的肺部盘旋数次。我一个年老的工友到死都不知何矽肺为何物，但是，这并不代表他不能感受到矽肺那让人绝望的窒息的痛苦。

由于那时年龄还小，我还没有亲眼见过亲人离去。如同一株巨大的树木及周围的小树，即使我们都在风雨中飘摇，但是，却是一个完整的树之家庭。因此，那时我并不知道害怕死亡。当然，死亡并不会因为不害怕而不向我接近。一块巨石曾在离我咫尺之处，干脆利落地从头顶击中了一个工友，如同一粒子弹击中了一只麻雀。我不知道麻雀的子女是否会痛哭，我工友的子女知道，因为他们年龄都还很小，还得依靠父亲的羽翼遮挡风雨，还得依赖父亲的体温来捂热他们冻僵的小手。

我自己曾直接与死神握手。我在辍学以前在书本中知道了瓦斯,也知道这种没有颜色的气体能够悄无声息地置人于死地。当我独自一人在采面采煤之时,我没有想到它会以最直白的方式让我了解。我暴露在瓦斯之中,如同搁浅的鱼。甚至还不如搁浅的鱼,因为鱼还有人捡拾。我躺在冰冷的井下巷道的浅水中,周围一个人没有。我的意识并未完全模糊,也没有感觉到死亡的恐惧,也不知道死亡的悲哀。看来死亡并不是死亡者个人的悲哀,而是其家人的悲哀。

叁

那年我最初到周村煤矿下井之时,大概只有十五六岁的模样。然而,这只是法律上的年龄,而不是煤矿中的年龄。在煤矿之中,只要你在井下劳作,所有的人都是共同的年龄。与煤矿井上一样,这里是一个弱肉强食的世界。没有人会因为你年幼而怜悯你,只是会因为你的年幼而欺负你。你的尊严来自你的实力,而不是来自哭泣。

特别是在私营煤矿上班之人,他们的内心很多都是扭曲的。因为长时间停留在井下从事极其繁重和危险的工作,他们的内心已经被黑暗所浸透,被整日高悬于头顶的危险所反复揉搓。我们是人,是一群被活埋的人,与一群老鼠毫无差异。老鼠也会有争斗,会存在强鼠欺压弱鼠的现象。然而,老鼠没有尊严,我有尊严。尊严和贫富无关,尊严与地位高低无涉,尊严与年龄无干。

因此,即使我最为落魄之时,我的肉身可能允许别人欺负我,但是,我的尊严却不允许。强势欺人者可以从我身上迈过,却只能在我尸体上迈过。在我曾经工作的煤矿,我从不吝啬在别人对我进行恶意侵犯之时,采取更凶狠的反击。即使恶意挑衅者的年龄及气力都占绝对优势,我都会提醒自己:不要怕!不要怕!对手的脑袋硬,有我挖掘的煤块硬吗?对方的手脚硬,有我掘进时挖出的矸石硬吗?这些煤炭和矸石在我手里都服服帖帖的,我还怕你们血肉的人吗?

这是人的天生的自保机制在发挥作用,只有震慑住对方,才能更好地活下去。一味忍让可能引来对方更大的侵犯。即使我与侵犯者互相打得遍体鳞伤,我那时也不知道向对方索赔,也不想索赔。我所做的所有反击只是为了说明一件事,我是一个有尊严的人,是一群被活埋人中的清醒者,是一群老鼠中被称为人的那个。即使我是一只老鼠,也要努力做一只人形的老鼠。

在煤矿下井之时,我感觉武力从来没有浪费,它不仅给了我一个较好的生存空间,也没有让我的灵魂在极度困苦之中过度凋零。即使别人不知道,只是看到了我的衣衫褴褛,我却知道自己的灵魂就站在那里呢,而不是匍匐着勉力生存。否则,即使我的肉身还活着,灵魂却死了。这对我而言是最大的悲哀。

肆

在煤矿的井下巷道之中,黑暗是这里永恒的主宰,光明如潮水退去。在至为浓重的黑暗面前,所有的光明都退避三舍。我们头顶矿灯发出的光亮只能孱弱地飘曳在几米远的地方。即使是众人聚集在一起,光亮也就仅限于众人围聚之处。然而,即使这些微弱的光芒,也是保护我们内心的光的堡垒。如果没有这束光,整个地下将陷入无边的黑暗之中，没有什么可以拯救被黑暗压缩成一团的内心。

在巷道的支撑木柱之上，由于岁月日久，就会生长出一些白色的菊花样子的植物。它们枝叶之上慢慢集聚着煤井下的潮气，如同集聚着小小的力量，最终就成为晶莹的露珠。即使巷道之内的腐木之上也生长蘑菇，我看到的这些白色的菊花状的物体却不是蘑菇。即使它们的颜色相同，内里却不相同，是它们内部的生命决定着外面的装束，而不是相反。在这些白色的小小菊花上面，我能感受到那种地上菊花的勃勃生机。这是来自人间的植物，而蘑菇在我心中是来自地底的腐烂衍生之物。这些苍白而纤弱的菊花状植物，即使在千米以下的地底，只要你能看到，就会感受到其中的安慰力量。

在煤井之下，在我短暂的休息间隙，会看见一些飞蛾从矿灯面前慢慢飞过。这些小小的忧愁的飞翔精灵，在我面前旋转。虽然我不懂它们的语言，但是，我感觉我们的内心却是相通的。我懂它们的飞行姿态代表的意思，我懂它们小小的哀愁所在。我们都是被煤井所困的一群。然而，我帮助不了它们。那时以我的年龄甚至不能自保。即使我自己都不能脱离这种困苦之地，如何能帮助它们呢？

然而，即使矿灯的光线再过暗淡，却是这死寂黑暗之海的最为闪耀的灯塔，它终究会将我领往光明之地。即使那些白色的菊花面容惨淡，却是一种活的力量，它的力量在它身体的内部，只有我这样的人才能感受到。在我矿灯面前盘旋的飞蛾，即使被困于煤井最深之处，然而，这也许就是它们的宿命，它们对我的陪伴也是宿命的组成部分。否则，我从地上到地下，无异于和飞蛾是阴阳相隔，为何能够相逢？

即使我们被活埋了，然而，只要生机没有断绝，只要我们的眼睛中还闪烁着求救的火光，即使十分微弱，还会有获得拯救的机会。就如同发生矿难时一样，无论多么乏困，千万别闭上眼睛。无论多么虚弱，千万别放弃敲打煤矿井下巷道的墙壁。只有发出一点声音，解救我们的人才知道我们还活着，才会愿意努力解救我们。

十六

南方有青山

壹

我认为很多事都是命中注定的，青龙山就是如此。否则，为何青龙山不落在其他地方，唯独降落在南方这个密林围绕的地方。要知道，南方对于北方的我而言，印象中只是有着盛满晃晃荡荡水的稻田，黄灿灿的水稻有序地簇拥，以及水稻边有着静谧而平坦村庄的地方。

我来到青龙山与其握手也是命中注定。当然，我没有资格和这么大的巨人握手，我只是和它的子孙们握手，并将它的这些子孙们粉碎成更小的重孙或者重重孙。

在我重回青龙山旧地之时，采石已经在这里禁止了好多年。在半山崖壁之上，当年采石留下的巨大伤痕上已经长满了密密麻麻的秋天草木，这些草木一直从山上蔓延到我的脚下，让我和这里的青山与天地一起瞬间荒芜起来。

但是，当年那些我所遇到的树木不知去了哪里。我知道现在这些稀疏矮小的树木都是后来者，我不是寻找它们。我在多年后漂泊之后，即使问了很多人，走了很多弯路，然而，最终还能找到当年的旧地。那么，这些失踪多年的树木还能够回来吗？它们到底是做了木柴与柴灰同眠，还是作为椽子停留在一家人屋顶上像我一样怀旧。反正它们就是回不去了，我难道真的能回去吗？

以前即使我衣服破旧，但是，由于有周围密密藤树的遮盖，我还是非常轻松自如，因为我感觉自己也是这些树木的一株，只是穿了人的衣服而已。现在巨大的空旷让我本身也变得空旷。当年那些劳碌的人们也不知所踪，我难道是他们唯一的代表吗？

我不知道自己总是愿意重返故地的原因，是寻找当年丢失的人群吗？还是寻找当时青春的痕迹？然而，我还是如同黑夜中在深井中打捞落水者一样，努力在寻找着什么。有时我打捞上来的还是活物，很多时候打捞出来的是多年前不知谁丢失的骨头。

贰

毛仁长着一副猫的模样，不是温顺的猫，而是一种五短身材的野猫。即使他在这个包工头找来的队伍中个子最矮，但是，据我看来，他的综合力气绝对是排名前几位的。这是只强悍的野猫，在争抢食物之时尤其明显。我们这些人的真正食物是山半腰被火药震碎的大小不一的石块。我们的胃所来源的食物直接来自这些石头食物。在每班四个小时的强体力劳动中，毛仁的双手好似猫爪，能迅速地将附近的石块扔进他的铁车，也可以努力将巨大的石块抱起放进车里。这是一个被采石浪费的举重选手。

我甚至以为毛仁的身体比青龙山上的石头更为坚硬。在中午最为炎热之时，他就着附近工地水管抽上来的水冲澡，就能看见他黝黑的肌肤与青石颜色几乎接近。他可以说是天生为这种采石而生的人。每月下来的工资他也是全队最高。当然，即使最高也高不了哪里去。

毛仁与别人争斗之时也不落下风。还是在老家之时，他有个堂妹被同村的男子所追求，这本来没有什么，关键这个男子与他同村同姓甚至同宗。因为堂妹的父母懦弱，毛仁就单挑那位追求的男子，结果用石头把对方的脸砸开了花。这真是一个善于和石头打交道的人。

即使毛仁本人力气大，却并没有表现在追求女性上，追求女性所靠的实力不是力气，或者主要不是力气。他甚至不如那位面部被打开花的男子。在青龙山采石回家多少年后，他一直苦苦等待妹妹长大，以能够通过换亲的方式为他延续后代。我们那里有个风俗名为换亲，就是把自己的姐妹嫁给对方家的男子，然后对方家再如数奉还。另外一种风俗名为转亲，就是在这种婚嫁关系中再增加一家人，彼此之间互相婚嫁。这是一种无奈之举，只是适用于有姐妹的男子，还需要建立在姐妹愿意牺牲奉献的基础上。因为无论换亲还是转亲，其中的男子条件都是不太好的。这种权宜之计可以让很多户家的炊烟能够更长久地升起，可以让他们的基因之河艰难曲折地延续下去。不过，由于计划生育实行后，农村也基本都是独生子女的原因，男子都没有了姐妹，这种换亲和转亲风俗可能快慢慢消失了。

毛仁不仅采石能力惊人,对这种石质的食物具有天性中的吞咽能力。在真实的饭食中,他也是食量最大的一个。那时众人都是青春最为勃发的时刻,胃的大嘴也整日嗷嗷待哺。这是个能吃的年龄,加上从事的是一个能吃的工种。因为采石是极为繁重的劳作,加上饭食里没有多少油水,于是众人都成为饥饿国里逃出来的难民。在一日傍晚吃饭时,毛仁与另一男子打赌,竟然吃了三斤干面的馒头。即使工头的伙房当时缺斤少两,这也是惊人的。这相当于其他工友一天的饭量还多。结果,在我们夏日乘凉睡觉的工房平整的顶部,万籁俱寂,只有唧唧虫声入耳不绝,毛仁也脚步之声不绝,整整走了一夜才勉强将这些食物真正消化。这真是一场惊心动魄的赌局,差点把他给撑死。

叁

那些年我一直在与胃做着斗争,特别涉及不当获得食物之时更是如此。因为我小时性喜古书,而古书中都若隐若现地潜伏着儒家说教的影子,可以说受到一定的儒教思想影响。对于那些不当获得的食物是和我的灵魂抵触的,但是,胃却不给灵魂的面子。

我和毛仁之间曾因为几把生的花生与当地的村民发生过激烈的争斗,这是我们两个人之间的秘密,我没有经过他的许可将之讲述出来。可能现在他已经忘记了这件旧事。

那时南方人都相对较为富裕,一些生的东西是不吃的。譬如生的辣椒,还有生的花生。如果看到我们那伙打工者吃这些东西,当地人会像看动物一样围观好久。但是,我们那伙人却是荤素不忌,凉辣不嫌。

那些年青龙山的树木葳蕤无比，花生长在南方的土地里也显得更为茂盛，如同农村进城多年之人一样，凭空比农村人多了几分气质。不过我和毛仁不管花生的气质如何，我们需要的只是他们的果实。

后来我想，当时和我们对打的两个当地青年村民一定在附近的树木掩蔽中围观了很久，看我们两个来自异域的奇怪动物在有滋有味地吃着他们村庄里栽种的生花生。后来他们现身抓获我们，可能只是由于毛仁长得像猫，一只比较瘦小的猫，他们只是想逗一下猫玩而已。加之我身材也不高大，这也无形增加了他们的勇气。然而，他们想抓获的猫却是两只野猫，是为了生存法则而不顾道德法则的野猫。结果我们四人捉对厮打，也不知打了多久。因为我脸部的血液掩盖了时间的流逝，对方击打在头部的拳脚也让我的思维麻木。当然，对方两个高大的青年男子也是差不多这样的结果。然而，即使他们掌握了道德法则，最终却对两个为生存法则而战的人无可奈何。

肆

有时我也外出找一些艰苦劳作之外的乐趣。我可以循着若隐若现的蟋蟀叫声，四处探寻它们到底隐藏在何处，这与我多年后重回青龙山寻找旧事并无两样。不过这些南方的蟋蟀总是隐藏于记忆中的深处，无法把握。

有时我会喊着毛仁在青龙山上的灌木中找些可以吃的东西。一次竟然在茂盛的草木中发现了一株巨大的何首乌。它的青绿色的叶子黑得发亮，叶片纷纷，蓬勃逼人，一棵何首乌竟然形成了一片独立的植物群落。毛仁比我有经验，他说：这一定是长了几十年甚至是上百年的何首乌，可能已经长成了人形。如果在古代，这可以成道成仙。不过现在到处都是人，破坏了何首乌成仙成道的气场，就见不到这种情况了。

一些工友也有着自己的娱乐。一位工友名叫家有，他的娱乐则是在白日不上班之时，蹲坐在简易的工房门前捕捉苍蝇。这是一个比呆傻稍微好些的邻村男子。不知上苍造人之时出于何种目的，总是让一些能力不强之人愚钝。其实，痴呆不是上苍的无意之失，而是为了保护这些人。在这纷扰尘世之中，痴呆也许是一种特殊的恩赐。因为痴呆者只是会享受世间的乐趣，却不知人间的烦忧。

在正午无事之时，家有会将肥胖的大腿裸露出来，苍蝇们就会以为这块巨大的肉制品是美食，纷纷落在其上。殊不知这却是家有所制造的地狱陷阱。他用一根长线迅速地在落苍蝇的大腿之上划过，结果苍蝇们就都被折断了腿脚。

伍

由于远光是唯一可能读过初中的工友，因此，我和他在本性上也更为接近，能够将心底之话袒露给对方。他不止一次地叹息说："我初中没有读完就辍学，是因为自己确实智力不行。你是真的可惜了。你需要贵人相助。但是，在我们那地方的所有人中，都是贫苦之人，哪里可能遇到什么贵人呢？除非你的贵人就是你自己。只有自己才能真正帮助自己"。

青龙山上距离最近的村庄也有五里路开外。特别是夜里，更是少有人来。我当时最美好的记忆是喊上同村的工友远光，一起在晚上翻过山梁到隔壁工地看电视。隐约记得当时的电视剧是《八仙过海》。然而，八仙能够跨域东海，远离尘俗踏浪而去，我们却是凡夫俗子，又凭借什么能够横渡人间苦海呢？

　　翻过那座山梁之时，远光和我都警惕地听着青龙山悬崖上的声音。在白天，悬崖采面一片片被火药震碎，供悬崖下方的工友装车，并送到远处的粉碎机里粉碎。即使是白天，青龙山悬崖上还会有大小的落石在未经允许的情况下落下。在夜里，这更是防不胜防。在我打工那年，就在隔壁的那个开采面，由于青龙山天长日久被爆破所激怒，就坠落下巨石反击，来自老家县的一位年老力衰的工人没有跑过巨石的速度，结果就成为了巨石的食物。山顶落地的巨石就是一把巨大捣蒜的石锤，肉身就是柔软的蒜头，即使是山上的巨石也有过节之时，需要用血来为自己祭祀。

　　我们都知道当年那位来自遥远地方的工友不是孤独的，几乎每年都要有新的工友加入他的行列。然而，那时我们还年轻，即使前途莫测，却有着旺盛的求生欲望。因此，在每次翻过那座山梁之时，即使在晚上我也能感受到来自死者世界的强烈力量，他们让我头皮啪啪乱炸，似乎有种莫名的力量引导着我们走向一个黑暗的未知地方。远光说：我们都要大声唱歌，高声咳嗽吐口水，听老辈人说这样可以防止邪气侵入。

　　当时我不担心自己的命运，因为担心也没有必要。这么多年来，我逐渐掌握了对付贫困、饥饿及寒冷等不良因素的方式。但是，我却无法掌握命运。命运就如同当年夜行经过的那座山梁一样，可能我以为能够左躲右闪防止被上方的石头击中，但是，在黑黢黢的夜色悬崖之上,命运正在那里冷笑着看我呢。

在多年后,远光在东北地区的一个省会城市做电焊工,由于一次事故,将脸部烧得不再是以前清秀少年的模样。即使在老家我们两家住宅相距不远,他的母亲和我的母亲还是经常碰面的乡邻。然而,远光却不愿再见我。即使我们在春节时都会回到故里,他好似有意不愿与我见面,只是住到附近几里地外的岳母家里。

为何他不愿意见我呢?是我们之间身份有了差别了吗?我没有感觉到有任何差异。是他担心面貌被毁坏我认不出吗?也不是啊。即使他的面貌已非旧时模样,然而,他还是那位和我在夏夜里一起去翻过山梁到隔壁工地看电视剧的兄弟,还是在紧挨着的竹床上半夜里无话不谈的兄弟啊。即使在梦中,我还能知道他的模样。即使他在人群或者熙熙攘攘的集市中,我还是能够一眼认出他来。能在我心目中留下印痕的人,如果我的心没有腐朽,这些印痕怎么会腐朽呢?

陆

我那时没有遇到贵人,贵人可能隐藏在更为遥远神秘之处,我看不见他们。他们也没法遇到我。然而,我却遇到工头这个敌人。这是我的宿命,几乎每到一处新的谋生之处都会遇到,如同命运预先埋伏好的机关。

如果包工头穆排在农村务农,也就是比正常农民稍微多了一些心机而已。然而,在这个遥远的人迹罕至的青龙山之上,加上这个队伍里还有他的一些亲朋故旧助威,更主要是由于经济的刺激,都让他成为吸血者。

　　我无法想象工头是如何从石头中榨出水的。即使面对这些在农村中与他同样贫苦的隔壁村民，他也能在骨头中榨出骨髓来。即使我们维持最强体力劳动的菜蔬，他也不会放过而再过滤一遍。

　　当地最便宜的蔬菜就是冬瓜，我在跟着穆排打工之时，几乎没有换过其他蔬菜，因为没有其他任何更为经济的蔬菜可以替换。冬瓜是我吃过的所有蔬菜中的骗子。表面上冬瓜是固体的蔬菜，入口就变成毫无滋味的水。冬瓜是我的胃最不愿意见到的蔬菜，那时我需要的是能感动我的胃的菜蔬。

　　因此，即使是和工头穆排比较亲近的朋友也逐渐和他疏远起来。只有一个例外，一个穆排的邻村好友王坤却和他的妻子逐渐亲近起来，最终亲近到零距离甚至是负距离的程度。穆排的妻子是一个眉眼带笑的女人，面部皮肤很白，至于身体到底白到什么程度，估计王坤和穆排比我们这些工友都清楚。

　　穆排因此大动肝火，拿着一根白亮亮的绳子准备去附近的山坡上吊。我估计他在绳子方面做了一定的选择，因为这种绳子比较耀眼，容易让工友看到后去将他救下。结果，众人都集体对白色失去的视觉。没有办法，穆排只有自己解救自己，讪讪地带着那条白色的绳子回到了自己的工房。这次大家都看见了，毕竟白色还是比较明显的。

　　即使我们当时吃住都是最差的，只是能够勉力维持正常的繁重采石劳作而已。毕竟那时青春活力四射，对这些并不是太过于关注。然而，当工头穆排在那年打工结束后，还坚持扣着一部分工钱不发之时，几个工友就决定将这种青春转化为火力。

　　那时我可以远远地看见，毛仁和远光等三个人手持人造的火枪。这是真正具有杀伤力的武器,我曾经用手把握过,粗糙却让人浑身充满力量。那时枪支管制不像现在这么严格,在我读高中之时,一个同学就是道上混的大哥,腰下经常都是左枪右刀。

枪支应当用于适当的人手中,否则,就是糟践这种武器。武器没有属性,只是持有之人正义或者邪恶。当手拿这种火枪之时,即使是毛仁矮小的身材都瞬间高大起来。特别是他对着穆排门上连开三枪之后,这种印象就永远地定格在那棵古老的柿树下,柿树的前面就是穆排布满枪弹砂子的大门。穆排就是在那棵古老的柿树下将剩余的工钱付给工友,这一幕不仅那棵柿树可以作为证人,我也可以作证。

柒

我们都是当年那些被点燃的木柴,在岁月的炉子中火焰逐渐地暗淡了。那些青春的面目都已经衰老,即使是最耐老之人,也在时间面前节节败退。即使当年的那些旧地也是面目全非。我也是重新梳理,在那么长的时间河流中找到的。

寻找旧事就是一种考古,必须详细考证那些事情的真正年代,以及埋藏的内容,并从中发现一些能让记忆重新闪烁的东西。

当年青龙山这里炮声隆隆,当山体被开凿之时,想必这座山也会感觉到剧烈疼痛。即使这座山不会呼喊,但是,从多少年后悬崖上的触目惊心的伤疤中,从彻天彻地的风声中,也是能够听到这种呼喊。上面的草木慢慢遮掩了青龙山的伤疤,然而,这些是隐藏的伤疤,已经悄悄地改变了周围的地形,也改变了当年在这里劳作之人的人生。

　　没人知道当年的火药巨斧是如何砍伐这座巨大的山体，也没人真切感受到青龙山及山下那群衣衫褴褛人群的疼痛。时间会消弭一切，青龙山终究会忘记疼痛。如同我一样，似乎也同样慢慢忘记了当年的疼痛。

大雪漫故地

壹

最大的雪总是落在北方，这里是雪的家园。在南方，雪不过是偶然经过那里的过客而已。在北方，雪是有生命力的，其长度可能超过匍匐于其下的人的生命。在南方，雪不过是蜻蜓戏水而已，从来没有构成这里诸多生命的一部分。

在我到奶子山镇打工挖煤的那个冬天，雪就是这里真正的主宰。从森林深处到边缘是雪，从树枝之上到树的根部是雪。在田野中是雪，在道路上也是雪。雪控制了这里的一切，它的巨大翅翼将一切覆盖。在房屋外几乎没有给人留下任何落脚之地，所有经过的地方都是雪的领土。

在奶子山镇这里，可能包括附近的地方都是如此，冬天就像是北方占据家中绝对权威的成年男性，不容分说，冬天就会命令风雪将田地里留下的最后一批庄稼杆折断,将篱笆上的五颜六色的秋天物件没收。冬天不是任你嬉戏玩耍之地,必须得尊重它。

那时隔几天我就会扛着从镇上购买的成袋的米面,步行十几里路返回到我们临时租住的破败民宅。每次这都是我的一次孤独之旅,除非是冬天及其部属风雪,周围很远处都不见人影,甚至也不见一棵树。树都挤在一起在远处的森林里集体过冬了。

北方原野上的雪是风的亲戚,在风的支持之下,大雪就会成为一个怒汉。它不停地撕着自己的衣服,扯着自己的头发,将一切的怒火发泄到所遇见的一切物体身上。这不需要理由。因为这是最冷之处的雪,它掌握着这里不由分辨的权力。

即使我努力挣脱狂风及大雪的控制,然而,它们还是像命运一样紧紧缠绕着我。我呼出的气息在穿着的大衣领上结了薄薄的冰片,我的上下嘴唇之间似乎要被冰雪粘在一起。我感觉思维也已经快与周围的冰雪冻结在一起了。

如果有人偶然遇到我,就会认为不是我扛着这些袋子里的米面,而是这些袋子里的米面把我绑架了。我只是被它们挟持着前行而已。大雪漫天狂舞,不论是否愿意,我都须发皆白,上下白色一体,从而成为雪天的一部分。

这里的冬天将一切都变成白色,大米成为白色,面也成为白色,即使存放米面的面袋也成为白色。在蔬菜之中,我们最常吃的也是白菜。甚至我们吃的油也是白色的,为了节省开支,同住的怀枝叔年长有经验,建议我们买牛油吃。可以说,牛油很便宜,却没有当地人愿意买。当然,没有人买绝对是有不买的理由。牛油炒白菜确实香,然而,吃的时候却要求速度要快。因为在这个白色冬天统治的地方,它有将一切变成白色的冲动。如果牛油炒的菜吃得慢了,即使在室内,我们的嘴上也会沾满雪花般的凝固油脂。

贰

在漫天飞雪的夜晚,除了雪簌簌落下的声音,万物都息声,鸟兽都去了鸟兽应去的地方。在雪的国度中,只有我居住的这个村庄,才会在月光下的雪地里投下生命的影子。在雪的无边海中,即使我们租住的农村狭小院落简陋不堪,然而,也成为屹立在风雪中的小小岛屿。在院落之外,地上所有事物都没有抵挡住来自天上之雪的掩埋。天地万物,浑然一体,看似到处都有道路,然而,却看似到处都没有道路。在村庄及野外,连一只昆虫及鸟兽都无法看见,有道路也是多余。

在我们打工租住的这个村庄,雪夜和人都是泾渭分明的,人和雪夜从不互相串门。不像是南方的雪夜那么暧昧,即使下雪,也是雪中有人,人中有雪。

我们几个人应该感谢那座破旧的泥土及砖造的院子及房屋。如果没有它们的粗糙臂膀的遮盖,我们都将成为风雪的祭品。然而,这座院子及房屋也得感谢我们。如果没有我们在其中居住,没有人的烟火熏烤,它们可能很快将从直立的泥土变成横躺的泥土。

然而,即使这座院落破旧,由于东北地区房屋普遍封闭都很好,屋内也不冷。我从上班的煤矿捡来废旧的木头。这些木头已经在我打工的那个煤矿井边被搁置了好多年,也经历了那么多的风雪,长着粗大的骨节以及饱经风霜的脸。如同北方老家经常看到的老树一样的老人。我估计它们等待我来送终好久了。

我小心地使这些老旧的木头站立起来。对于天地万物,无论是什么,在死时都应该留个尊严。然后我用斧子竖着用力劈开,这些老旧的木头就喜悦地被分成几片,从而在临终之时回光返照,显现出青春茂盛时的神采。这些木头绊子是一种饲料,可以用来喂养屋中的灶火,是火炕最为重要的热量之源。在这个最寒冷的地方,火就是所有活物的生命之母。

劳累是这里的主题。然而,如果下班之后休息过来,我也会呆坐在窗前。只是呆坐,没有什么思维,也不需要思维。我像是在等谁,又不知在等谁。我那时又有谁可以等待呢? 或者我是在等自己吗?

我看到夜的前驱从远处的森林边缘慢慢挪移过来,然后从村的西边爬上了最近的几家房屋,也可以看见房屋上的烟囱成为一只独臂,努力抗拒着夜色的吞没。然而,夜是死亡的人间代表,我可以清楚地看见它冷静却有力地将整个村子淹没。

雪花从灯影中飞舞,如同旋绕在一条扫帚上的白色飞蛾。即使如此,这也是一些聪明的飞蛾,没有直接奔到屋里去扑火。我不知雪花的年龄是如何计算的。是都是一岁年龄呢? 还都是无数岁的年龄。但是,我感觉这些雪花更为聪明,绝对比我更有经验。我那时是飞蛾扑火,没有什么计划,即使我以后重新读书也是临时起意。其实,我那次重新返校读书只是做飞蛾扑火之举而已,我不知道自己围着盘旋飞舞的到底是门外的灯光,还是屋内的火焰。

即使我在繁重劳作之余,经常拿两本初中的数学、物理翻看,也只是无聊而已,更多的是寻找一种心理的安慰,并不知道这些封面破烂的书本能够改变一个人的命运。在我眼里,它们只是衣衫褴褛的乞丐而已,一个乞丐怎么能够拯救另外一名乞丐呢?最多只是互相陪伴安慰罢了。

叁

在那个冬天,我在屋檐下看到一只鸟,这并不是一只稍大的鸟。我不知它来自哪里,也不知它的父母及姐妹都去了哪里。由于我们这个寂寞院子几乎没人造访,这只孤独的流浪小鸟也是难得的邻居。我们都很小心地让它栖息在屋檐下,连平时打牌的大吵大闹都变得安静了很多。我们希望这只鸟能陪我们度过这个冬天。这个时节如果让它飞走只能是死路一条。

然而,天还是太冷了。这只鸟又很羞怯,自始至终没有接受我们的邀请,躲进更温暖的房间内。在一天早晨,我起床准备到村头那个四周光滑的辘轳井打水时,看见它掉落在雪花里,并且很快冻结冰封于冰雪中。

那是一只羽毛散乱的小鸟,有着黑豆一样机灵的眼睛。我不知道它叫什么鸟,是什么鸟也都不关键,它只能是屋檐掉落的往事,被埋藏在雪地下面。如果在第二年雪化以后我离开这里,这只鸟就永远地被雪水带走了,好像一个流浪人悄无声息地死去,仿佛从来没有到世上来过。

我们三个工友都来自一个村庄。他们两个人是先来到这个陌生遥远的煤井工作。我那时虽然年龄不大,却有着一腔的气血。我只是知道在这个地方有两个同村人,也没有联系方式,就借了他人一百元钱,从三千多里路的山东老家找到了他们。

我们分别在夜班、白班轮换。在三人都休班之际,也在一起赌纸牌。即使赌资不大,有时就是谁输了谁做饭。怀枝叔是一个老赌友,赢的时候最多。我脑子最好用,仅仅次之。增哥则是身体强壮,赌技并没有与身体同步,输的时候最多。

然而,对于我们三个底层之下的人而言,在生活的巨大轮盘赌中,谁又能说能赢呢? 怀枝叔是个鳏夫,辛苦挣的一辈子钱都回老家供侄子读书了。他在不能劳动的时候重返我们当年的打工之地,最后死在了这个大雪覆盖的地方。增哥则是因为矿难全残,在妻子车祸后,因无人照料而倒在生活之轭下。那么,我难道真的赢了吗? 以我的赌技而言,即使能够抚摸知识之手,然而,也不足以与那些社会中牌技高超之人竞技。输了也是输了,赢了也是输了。

肆

南方虽然也下雪,但是,如果和北方的雪相比,更像是雪的婴儿,蹒跚而行。只是初步长出了雪的形状,却没有形成雪的力量。而北方的大雪则像是严厉的成年人,可以听见它们从远处声音响亮地走来,并且在风的助威之下气息如雷,力道十足。

过了很多年后,我的内心还是在下着飘飘扬扬的大雪,可见当时我打工之处的天空得破多大的空洞,才能让这么多的雪散落下来。那场雪得有多大的力量,那么多年过去,还是强行让我的心留在那片被它统治的国土里。

多少年后,我被冻僵的身体到了南方才逐渐温暖过来。然而,我肩膀上那根冻僵的骨头却永远留在那天寒地冻的地方。即使我谋生的那个城市是在南方,只要天气稍微寒冷,这块肩膀上的骨头还是会疼痛。同时,只要有风雪将至的景象,即使我表面上波澜不惊,但是,内心却胆战心惊,如履薄冰。

在南方,特别我遇到北方大雪一样的处境之时,我就听到了当年的北方大雪迈着碎步向我走来的声音。那么多年了,这些大雪难道还没有忘记我吗？这么远它们又是怎么找到我的呢？为什么它们还不放过我呢？

真正让我寒冷的不是大雪,而是人心。真正使我冻僵的不是雪,而是内心。难道我这么多年只是和雪在做斗争吗？还是和心作斗争？无论是我的心还是其他人的心。

然而,那么大的雪都没有将那个村庄完全掩埋,那么浓厚的夜色也不能冲走那个村庄。即使那座偏僻的村庄沉没在雪夜里,然而,只要那些烟囱还在寒风中冒着烟支撑,只要烟囱下的众人还在鼻息沉沉地酣睡,这座村庄就是安全的,这座在夜雪中航行的村庄之船也就不会倾覆,我也不至于有陷入风雪之中的危险。

如果雪都是落在人的外面,不论是落在村庄之外,还是房屋之外,抑或落在是肉身之外,不论多大,都不会将我掩埋。不论多么寒冷,都只是暂时之物。再大的冰雪也不能超过春天,春天才是真正的王者。

在大风雪之日,无论是离开那座村庄到几里路外的煤矿下井,还是挣扎着去那个深不见底的村头水井打水,可能都是生命的本能召唤,我真的没有内心畏惧过。当然,即使畏惧也没有用处。即使风雪扑面而来,我也总是努力睁开眼睛。只要我还睁着眼睛,即使是冰冷的雪落到了眼睛之上,即使融化在我的眼睛中,并变成温热的水滴,然而,却也不能将我的眼睛完全覆盖。

　　大雪能够掩埋村庄，也能够掩埋坟墓。这么多年后我忽然想起，在北方挖煤的那些日子里，我怎么从来没有见到过坟墓呢？而我现在去北方则经常看到坟墓。是因为我当年年青而有活力吗？还是那里的人都是在大雪下死亡，在雪化时消失。

孤零零的房子

壹

　　这座房子独立在旷野之中，不论它有多么孤傲，但是我知道，在冬天，即使不大的北风就能吹透整个房屋的四壁。这座茅草房子是孤立的，没有兄弟姐妹能够互相依赖，没有父母能够为它抵御一部分风雪。在夏季，没有邻居为这座茅屋遮住一点酷热的阳光。即使是最近房屋的阴凉都在几百米以外。如果房屋可以走亲串友，它就是当地最为孤独的房子，孤独到它的主人都不愿意光顾。这座房子存在目的似乎只有一个，那就是等待我的光临。

　　说实话，对于我最初到煤城挖煤住的这间茅屋，我至今不知道是谁的房子。它可能是谁家看护庄稼而临时搭建的房子，或许是以前拆迁劫后余生的见证。这座房子的主人至今也不知道，可能他的一次无意举动，竟然为一位陌生人提供了一个寒暑的容身之处。如同我们无意中掉下了几粒饭粒，却解决了附近一群蚂蚁的数日的饥饿之苦。蚂蚁不用感谢我们，只是需要感谢饭粒即可。我也不知如何去感谢这座茅屋的主人，只能去感谢这座能为我暂时遮挡风雨的茅屋。

这座茅屋如同我一样，表面上我们都是有主之物，实际上却可能是无主之物。我们来路都模糊，去路都不清。我们是一对同病相怜的朋友，就临时互相做伴依偎在一起。

房屋的门槛是最简陋的木棍。原先的主人很懒，甚至没有为这座门槛进行任何加工。我在这座门槛之上甚至可以看见它当年的突起骨头。我可以看见它的丑陋，然而，这根门槛却曾经生机勃勃地生长过，也会像一位迟暮老人那样身上偶尔闪过年轻的影子。然而，现在这座门槛只能认命，和我一起被固定在这座茅屋上面。我只是短期的，而这座门槛被囚禁的命运显然更长。

即使这座茅屋的门槛再为简陋，但是，其却可以阻止门外的荒草蔓延到屋内。这可以防止我的内心过度荒芜。我那年虽然年龄很小，但是，却仍然竭力用成年人的气力，试图支撑住命运的屋顶以防止其坍塌。其实我和这座简陋的房子没有太多区别。

有时只要稍微一点改变，譬如，在房屋的四周墙上换上几块砖头，或者在房的梁头上换上一根檩条，就可以暂时缓解倾覆的后果。

那时我还单纯而无经验，对于命运的感受不像现在这样，整日惴惴不安。当时即使是旷野中一间被谁随意抛弃的茅屋，也一样能安顿我的肉身和内心。

我住的茅屋处于荒草与树木的包围之中。左边是一片夏天的玉米,右边是一片夏天的树林,夏天的我就住在中间。前面是成片的红薯地,即使经过红薯地的道路坎坷不平,然而,却不会遮挡我的视线。在远方几百米的地方,隐约可见祖父母暂时租住的两间小房子。能够看见亲人的地方就不会孤单,即使距离稍微有些远;能够看见亲人的地方也不会彻底荒凉,亲人会时不时在我内心除草,不让我的内心成为荒漠。

那个夏天,附近几百米的地方只剩下我一个人了。整个夏季我都在周村煤矿上夜班。我年幼的生命主要是开放在夜晚之中。夜里我是一只在几千米地下打洞的老鼠,白天则是一只冬眠的青蛙。整夜劳作让我白日整天昏昏入睡。我赤身裸体地躺在一张简陋的席子上,房门洞开。我是自己当时唯一的财产,但是,即使是有人穿过青纱帐进入这座茅屋,也不会真的将我偷走。

在白日,我极度疲劳。我听不见远处那三座巨大渣子山上矿车倒下煤渣与矸石轰鸣的声音,听不见附近树木上鸣蝉的聒噪声音,听不见近处城市的喧嚣市声。我是一只冬眠的动物,只能听见自己心脏的跳动声音,也能听见时间白白地在门槛外流走的声音。

贰

我多次住过狭小简陋的房子,也多次在四周凋敝的村庄或者破败的城市居住过。然而,是人决定房子是否孤零,而不是房子决定人的孤零。我在吉林蛟河一家煤矿打工之时,即使也是住在当地一家荒废的院子里,白日晚上周围也少见人影。然而,有两个工友夜晚住在同一座土炕上,我就感觉自己处于熙攘人群的中心,整个世界都是我的了。

世上可能本来没有真正孤零零的房子,只有孤零零的人。如果没有人在旁边,即使是再为宽大的房子,都是孤零零的。如果有人在旁边,就是只有一间茅屋也不是孤零零的。

即使在最深沉的夜晚,旁边有鼻息如雷也是心安的。即使是在最偏僻的异乡,身边有人的气息,我就可以推知自己不是世上唯一的一人。即使这些人与我可能是人世中萍水相逢,只是短暂地在彼此身边停留,然而,他们毕竟温暖了孤寂的房屋,也是难以忘怀的旅伴。

那年我曾身受情伤之苦,在南方谋生的那座城市,在那间临时租住的狭小的房间内,只要关上门,世界就全部与我隔离了。喧嚣是他人的,欢歌笑语也是他人的。房子不再提供庇护,而是画地为牢,将我囚禁于其中。然而,一位不熟的朋友却可能无意中将我挽救。

为了使自己摆脱这种忧郁的状态,我以他人名义入住进了几个人共同居住的一间房子,这给了我一线生机,也给了我内心更多的安全。一位不熟的朋友也是借住者,也是一位内心不安的人,也是一样沉默不语。然而,在夜晚,即使听到他在房间内摸索着喝酒,我也能感受到活人的气息。只要能看到他半夜无法入睡,躺在床上借助微弱的灯光阅读宗教经书,这也可以让我间接获得一些力量。

叁

即使是作为血缘至亲的父母,也不一定是安全的。即使是再为简陋的房屋,也能为我遮风挡雨。在大学毕业后,父母本来以为我能谋得一份国家正式工作,好让他们卑微的一生闪现出一点亮色。但是,事与愿违,那年就业形势让他们的希望变成了更深的失望,加上不怀好意村民的冷嘲热讽,这也让我和父母之间的关系如履薄冰。我不得不暂时借住老家村委的一间房子备考律师资格考试。那真是一个寒冷的冬天。整个村委大院空无一人。其他房间都紧锁着,有的门窗玻璃都被村中顽皮的孩子用弹弓打破了,这是些冷漠的眼睛,在白日和黑夜都会空洞无声地注视着我。

借给我房子的人是当时村里的村长,他在初中读书时就好勇斗狠,不被众人所喜。然而,却有些侠义之心。在我南去的那条读书经过的泥路上,有次下大雨我的破自行车被泥塞住,他比我高两个年级,力气也是非凡,他看到后硬是替我扛了好远。

在最冷的冬夜,我就住在村长的隔壁,他把家中的电线接到我栖居的房内,并且安上了度数很高的灯泡。一到夜晚就能照亮这间寒冷狭小的屋子。这位村长在多年前因患恶疾年轻轻地就离开人世,这些灯火却永远地闪亮在那里。

每次回到以前住过的那些孤零零的房子,旧忆总是扑面而来,与我撞个满怀。多年后我重新回到这座空荡荡的大院子,它已经被附近的村民买去做了家宅。敲门几次无人相应,只有两只看似没有危险的小狗应和了几声。推门进去观看,当年我住过的房间站在一片荒草中,铁门已经锈迹斑斑。在西墙上悬挂着老去的丝瓜。探身过墙,发现当年村长的家已经全部荒废了。人走了,房屋和院落的魂也就走了。院中的树木无人修理,横七竖八地随意生长,草木也已经爬上了灶台。当年一件悬挂在绳上的衣服没有被收起,已经变得褴褛不堪,不知衣服的主人最后去了哪里。

肆

我必须感谢我的姑母，这是一个坚强且勤奋的女性。其实，她并不是我亲的姑母，只是我的堂姑。但是，即使父母有最为直接的血缘之情，也不一定能为我遮风挡雨，姑母却在很长时间内是我遮风挡雨的小小的房子。

我在做了两年律师后，决定要改变那种生活方式，逃离那种被金钱追逐和绑架的生活。即使后来证明我并没有完全逃离，但是，至少我试过了生活的另外一种可能。如同一根潮湿的木头，即使点燃了也是焚毁，然而，我不想一直潮湿地腐烂下去。

我那年考研备考，就住在姑母的弃用的宅院里。周围邻居大都搬迁到更好的位置建了房子，就留下那座孤零零的房子，如同割去粮穗的庄稼杆，在等待合适的机会被收割。

每晚我都是一人在昏暗的灯光下看书，在快要睡觉前摸索通过黑暗的院子去关上大门，直到我看见白光一闪，在冬夜里照亮了整个荒凉的院落。

这位穿白色羽绒服的村里的美丽女子，我甚至不知道她的名字，也不知她是谁家的女儿。不过这又有什么关系，她出现在姑母那座无人居住的荒废院落里，照样可以在冬天里提供一朵白色的火，照样可以温暖我的内心。

我至今不知道她为何经常在冬夜找我聊天。或许是因为对乡村枯燥乏味生活的失望，或者是对我这个读书人的好奇。我们聊天也是漫无边际。我在那里看书，她就坐在旁边看我。然而，我是一座漂泊无定的房子，不知命运之河将把我漂流到何方。她是一棵本地的树木,只是偶尔将枝叶伸到我的窗前。无论如何,我们是有缘分的。无论如何,她装点了我居住的那间寂寥的房子,让我在那段清冷的岁月不至于太过寂寞。

伍

由于我那时长时间离群索居,一个人住在孤零零的房子里,结果自己也成为一间孤零零的房子。你们表面上看我的门窗是打开的,却很少有人真正能进入,因为我的门窗已经把外界的一些事物封锁了。

在这些被遗弃的房子里,我同样也是一个被放逐的人。那时我不会害怕任何事物,即使作为对事物之王的死亡也是如此。那时我几乎没有什么财物,因此,也不会被偷走什么。在这里,我是一个最年轻的隐士,还没有入世却已经出世。

有时,即使是在最喧嚣的人群中,我都是一座孤零零的房子。我的四周都已经被拆除,我是废墟中孤独的存在。即使你们看我是行走的,我也不过是一座行走的孤零零房子而已。

我走过无数的地方,见过无数的人,住过无数的房子。我自己就是一座孤零零的房子,天生就应为自己遮蔽风雨。我是一座固定的房子,却长着行走的内心。我是一座漂泊的房子,就应随倒随建。

细犬男子

壹

我在南方谋得一份职业，我是一位异乡人。如同一只频繁来回迁徙的大雁，我每年都会在南北之间穿梭。在我疲惫之时，我每几个月都会回到山东老家休憩一次。每次返乡，当火车光滑地掠过苏北的城市、丘陵和山村之时，我只是在经过丘陵和山村才会抬起头，用眼睛吸收一下窗外的野生的营养，并且越是快到故乡之时，我的眼睛会更长久地看着窗外的山川与河流，离家越近，干渴的内心越能得到缓解。

每次在火车上我都会遇到不同的人。除了偶尔一次在火车上遇到一个熟人外，其他人都是我眼中的陌生人。在我座位附近旅客的眼中，想必我也是如此的陌生人。那次，如果紧挨着我座位的一位年轻男子不是因为座位太挤，他可能永远不会和我有任何联系。这是带着年幼孩子的一家三口,幼子是我喜欢的类型,两三岁的样子,胖而憨态可掬。但是,本来一排座位最多只能坐三人,由于这个孩子的加入,无形中增加了一些不便,这位年轻男子在打扰我之时,就会笑笑表示歉意。

人和人之间是需要缘分的,爱情如此,友谊也是如此。我看到这位年轻的男子,长着细长的眉眼,嘴角常挂着温和的笑意。说话时热情外溢,既显得单纯,又不失灵活。虽然他不是非常善于言谈,但是,却给人一种莫名的舒适感,能让别人不会内心抵触,长相颇像我童年、少年之时的一位玩伴。

我童年、少年玩伴中也有一位这种类型的朋友,他家就和我外公家隔两道院墙。每个夏天我到外公家的时候,我都会去他家里。除了这位玩伴性格与我相契外,他父亲收藏的一箱古书对我而言是一个巨大的诱惑。虽然他的父亲是一位只有五年级文凭的中年男子,却是颇为喜欢古书。我就到他们家里去借阅,即使是囫囵吞枣,但是读的有趣。如果这位玩伴去秋天的田野里割草,我也会跟着。有次由于我穿的鞋子太过于破旧,直接在割草之时完全坏掉了。但是,秋天的玉米已经收割完毕,露出不规则的尖锐根部,这位玩伴比我年龄大,更明白如何躲闪这些尖锐的物体,就把自己的鞋子让给我穿。我看着他灵巧地在田野里躲闪着割草,并且聊着各种只有童年、少年才会有的快乐心事,那种快乐真的是万金难买了。那双鞋子现在也可能永远找不到了,它们可能被扔进山谷中去了。但是,却在山谷中生根发芽,一直到如今还保护着我的内心,使我不被成年人世界的尖刺完全刺伤。

贰

下火车的地方是离我老家最近的一个火车站，就位于一个以产煤著称的城市。下火车之时，往往有黑车争先恐后地奔来。特别是当地人，都是以低廉的价格揽客，只要上车之后，却可能以更不优惠的条件送客。因此，如果朋友没有时间接我，我一般都是预约老家的司机将我接回。

在我租的车准备出发之时，在火车上坐在我旁边的年轻夫妻抱着孩子，一头大汗地向我们这边跑来，原来他们也和司机认识，因为天色很晚，他们一家租不到车，问能不能和我拼车，他们也出钱。司机也一脸歉意地看着我，我说：没事，我们看来还是真有缘分，那就再一起挤挤吧。

出租车像是一条夜航的船，在有些颠簸的路上向前晃动着前行。我努力伸出头去向外看，只能看到远方群山黑黢黢的轮廓，公路像是被谁甩出去的鞭子，不规则地向前延伸着。几颗星星罕见地悬挂在远天，我忽然记起好久没有见到星星了。

年轻男子坐在我的旁边，妻子抱着孩子坐在后位。孩子非常安静，声音也无。由于在路上闲着无聊，我有一句无一句地与男子闲聊着，男子也不时与坐在后座的妻子聊上几句。两个人在聊天之时，听出男子的妻子好像是来自隔壁省的一个县。说是隔壁省，其实紧邻着我老家那个县。年轻的妻子在后面絮叨，说是她的姐妹嫁出去以后，其他人都是有车有房了，她却连个首饰也没有。虽然是唠叨，口中却带着笑意。在后座对我说：他就是太贪玩了，向朋友要了一只细犬，整天玩他的狗，夜里出去抓野兔。

　　年轻男子也不反驳。我就问道：一只细犬得多少钱？能抓到野兔吗？年轻男子的眼睛在夜色中也能感觉到突然发出光来，他说：能啊。一看你就是有学问的人，对这块不大了解。在每年麦苗不深的时候，等到月圆明亮，我就会带着细犬到田野去。你可能不知道，兔子眼睛夜里也是能发光的，红彤彤的。人都能看得到，细犬也当然能看到。细犬平常就得训练，到了抓野兔的时候，跑得比箭还快。

　　男子妻子的手机声音打断了我们的谈话，细听一会，好像是男子的父亲打来的电话，问孩子去南方看病怎么样了？医生检查的结果如何，男子和妻子吃饭了没有。妻子显然对孩子更为关心，说孩子这次检查效果很好，一年以后再去做白血病复查。医生说如果没有问题，以后慢慢注意就可以了。又说孩子的爸爸还没有吃饭，在火车上一天没有吃饭饿得要命，一问盒饭十五元一盒，就没有舍得吃，说是回家去吃。这时我的心忽然像是被谁重重击中了，既是因为这位幼小的孩子现在的状况，也感觉这位年轻男子并不是那种只顾贪玩没有长大的人，他已经比很多人成熟，比很多人更能胜任父亲这个角色。

叁

　　人类的进化，其实也是在倒退。现在我很少看到这种古典的夫唱妇随的淳朴感情了。每个人都在竭力追求虚幻中的自己，其实他们所追求的就是他们所失去的。同时，这位男子的乐观也是我所不具备的。虽然他知道孩子患有重病，但是，却没有垂头丧气，在他身上看不到沮丧的影子。即使他们一家身处逆境，这对农村家庭就是灭顶之灾,这位男子心中的火焰并没有熄灭。他还是能在空闲之时,带着细犬去捉野兔,找到粗糙生活之外的一点乐趣。即使孩子身染重病,他对孩子的爱也没有泯灭,他还是饿着肚子为孩子和家庭省下一顿饭钱。虽然我的心已经逐渐被岁月磨石磨出老茧,但是,眼睛里却偶尔还吹进细沙,这还是能让我流泪。

也不知出租车绕了多远,到了这家人的村子之时,我让司机不要收他们的车费,由我出钱。这对年轻夫妻千恩万谢,男子在我们的车子慢慢驶动之时,大声地对我说:下次你来我家,我带你夜里去抓野兔啊,我们家就在这个路边,附近建的最差的一家,很好找。此时,他自己也有些尴尬地笑了。

现在我经常会想起这位男子,想必他的孩子的病已经痊愈了吧。我却没有再和这位有一面之缘的朋友见过,甚至下次遇到也可能认不出他的模样。但是,我还会经常想起他,在月亮高高升起的田野里,一位带着细犬的男子在夜路上奔跑着,周围是一片墨黑的望不到边际的麦地。一只野兔被细犬所惊扰,迅捷地向田野深处跑去,后面跟着一只箭一般的细犬,还有一位箭一般的年轻男子。

两年三寻僧不遇

在评上教授后那两年之内的时间,忽然感觉从万丈悬崖上下到了地面,暂时获得一种安全的感觉。辛苦干戈且放下,难得静下心来做灵魂回归之旅。这两年内,我从枯燥法律纸堆中脱身而出,比平常更多地徜徉于山河之间。无论到哪个地方,无论别人多么热闹,我都会寻找当地的一个佛教庙宇或者其他宗教场所,非是我信仰佛教,只是为心灵找一树枝栖息,为脚步找一方净土暂时寄居而已。

壹

在我故乡县城有一座很少有人知道的山寺,寺庙中只有一个僧人。我曾专门过去拜访,但是,去时却人去楼空。寺庙旁边并无村舍,仅有一处葡萄园,园中有一老人,专门为儿子在此看守。在僧人离开庙后,老者就为其暂时看护。有人来上香之时,就打开庙门。他们之间显然比较熟悉。老者告诉我,这座寺庙本来废毁千年,前些年有一位外地工程老板专门出钱来此地修建。然而,等到寺庙主体部分建好后,不知什么原因,他却再也没有来过。本寺现在驻寺的这位僧人当时得知这个消息后,就专门赶来,增建了庙门及门前巨大的普贤菩萨佛像,从那时起此地就成为其驻锡之处,这也是通常所说的佛缘吧。那位老板建造这个寺庙是缘,僧人发现这个寺庙也是缘。老者告诉我说:此僧人一家都信佛,包括父母及两个哥哥,不过他们都在其他寺庙。平常为僧人做饭的中年女性是其婶子,也信佛。

然而,这位僧人来的飘忽,走的也是突然。就在那个秋天下午我去拜访之时,唯见庙门紧闭,屋顶斑驳,满地黄叶乱飞,门前的菩萨雕像偃伏于地上,只是不见僧人的踪迹。我静坐在庙门口,看远方炊烟漂浮,如幻似影。远山如黛,公路如带,可见车辆来往,也可隐约听见车声。然而,风摇莲花,水过裸石,众生如旧,这位僧人却飘然而逸。

贰

因为在西安的一个聚会,我抽空去了终南山一次。我本来想自行上去,看看能否寻到隐士隐居之地。不过由于那年雨水较大,出租车到了一个上山的道路口,有老人手持竹竿拦下,高声劝告说雨大容易山石坍塌,不让进山了。无奈车辆又掉头穿过一个村庄,奔向最近的一个景点南五台。然而,好事多磨,景点卖票之人说:这几天有大雨,怕出现滑坡,景点今日下午关门谢客。你来晚了,上午还开着门呢。无奈之下只能怏怏退下,让出租车司机先行回城。

我本是一个有预感之人,总感觉去一地也是缘分。如果今日不上终南山,此生可能不会再专门不远千里来此地。抬头即见山上云雾翻腾,更觉终南山近在咫尺,如果不能登上则属于憾事。景点门前空空荡荡,我左找右寻,总感觉和终南山缘分未尽。果然,在正门右侧竟然有一条被密草掩盖的隐约小道,估计当地人也不可能都知道。我心怯气短,从小道悄然绕进山中。

阴差阳错,正是由于那日景点闭门谢客,整个上山道路都如同清场,杳无人迹,如同专门为我一人而建。我内心更是无所顾忌,随意而行,随意而观。只见整座终南山气势浩荡,危峰兀立,壁立千仞,云遮雾绕。更远之处,但见楼台殿阁,都成雾中幻境。四周只闻山涛阵阵,天地之间就只有我一人了。

如果在众人喧嚣之处,抽身出来,本身就是一种幸福。我正在兴致盎然向山上行走之际,雨果然下来了。虽然雨不是很大,由于当时属于夏季的尾声,山上仍然感觉冷气袭人。正茫然无措之际,忽然在路上看到一位身穿黑色衣服下山的和善女居士,说前面不远处,遇到第一个岔路向下走,那边有个寺庙,和尚刚才还在,我可以过去避雨。

雨逐渐下得有些大了,虽然路的上空有大树枝叶遮蔽,能挡住一些雨水,仍然能感到雨滴穿叶而过,湿透汗衫。没有办法,只有自救。于是就在路边找了一块废弃塑料,又将其和一个棍子绑在一起,做成一把临时雨伞,持之加快脚步直奔寺庙而去。有山、有雨、有寺、有僧,这本来是一个聊天的好时机,但是,如同我的一生一样,都是可以让我登门,却难以入室。我在这座修建不是很宏大的寺庙中找寻半天,没有见到和尚。再沿着寺庙大殿后很狭窄的山路向上找寻,却猛然在大殿后闪出四五条恶犬,都面目狰狞,猖猖狂吠。我不觉有些慌乱,幸亏手中有那把临时改装伞的伞柄,就用一手挥舞那片塑料,一手持着那根棍子,左右摇摆,高呼酣战,如同天神一般,吓得众狗只是狂叫,却不敢近前。但是,最终确实是将狗吓退了,还是不见狗的主人出来见我,可能是始终没有这个缘分,不到见面之时吧。没有他法,看见天色已晚,怕回城找不到车子,只能沿原路悻悻而归。

叁

可能寺庙中与我有缘的僧人,专门去拜访是看不到的。在另外一个夏天雨水旺盛之时,听闻老家附近一个县的寺庙有位修为颇为高深的僧人,我就驱车前往。去时已经是下午,开车崎岖而行。在前行的道路之上,既有雨后被冲刷过的山村道路,也有周围簇拥着茂密玉米的土路。在太阳接近落山之时,经过一个差点被山洪冲断的石桥,匆匆赶到了那座庙宇的所在之处。

此次探访庙宇仍然是在下午接近薄暮之时,这不是我专门选择,只是后来想起三次都是如此。可能本能中认为去寺庙本来不是朝阳万丈之事,只有等到看透尘世,很多人都可能接近人生暮年了,才能想到内心的回归。

等我到了这座寺庙,发现几乎是空无一人。这座庙宇好似在原来遗址上再建,只有天王殿、大雄宝殿,山门尚未建好,还存在着新鲜的施工痕迹。院子里有两棵千年古树森然而立,将本来就要落山的阳光几乎全部遮住。此时山中鸟雀息声,沉寂肃穆,更增加了这座古庙的清冷气息。前后大殿找寻半天,并未在两座寺庙建筑内发现有僧人声音。此时寺庙里又来了一对夫妻,问及庙内僧人去往何处,他们都回答不知。因为他们也不是本地附近的村民,只是听说此处有高僧,才专门前来拜访。

山中天色更容易变暗,蚊子也渐渐多了起来。夕照如染,群山将暮。天地万物,更快将俱归一体。远处模糊的几位农人也收拾农具,准备回家。他们都是有家之人,即使再晚,也会有家收留他们。由于没有看到僧人,我也不方便在此留宿。只有匆匆而来,匆匆而去,如同我的人生一样,处处充满了匆匆。

肆

我有一位朋友,来自故乡同一地方,并且在同一高校有读书之交叉经历。因为是老乡,又比较投缘,相处比其他人就更为密切一些。他为人和善,但是,性格却有些不合群,于是在世俗之中常与众人发生冲突。记得在他考取研究生还没有入学之际,仍然在原来单位上班。我到他工作单位找他之时,就看见他与单位一位领导发生了言语冲突。在他到了我读本科的大学读研究生之时,有次我和几位同学在校门口看见他满面蜡黄被人架出,就问发生何事,才知道他与室友冲突,大拇指被严重咬伤。我于是招呼几个同学赶紧把他送到医院。我楼上楼下扶着扛着他,虽然他身材不高,却颇具分量,累得我大汗淋漓。幸亏他那次没用截肢,不过也受伤不轻。在此君博士毕业到北京一个著名法律院校教书之后,听说他结婚百日旋即离婚,于是更是与尘世远矣。遂一念所至,飘然而去,遁入空门,自此不知所踪。

众生皆苦，初识最苦；众生皆乐，无知最乐。由于性格差异，可能确实有人不是为尘世所生，不为尘世所容，难以与众人融为一体。但是，为何又要融为一体呢？信佛难道也有逼上梁山之说？逼上梁山是否真的是虔诚之心？还是佛门与我这个朋友有缘，处处为他留下了引子。

宗教最能治愈人心。贫困之时如此，富贵之时也是如此。这是因为，无论富贵与贫贱，众人皆是迷失者，宗教却能使众人找到回家之路。佛即是缘，缘亦是佛。很多宗教可能都具有如此之特点。佛渡有缘人，无缘不可见。禅宗修行分为三种境界：一是"落叶满空山，何处寻行迹"，二是"空山无人，水流花开"，三是"万古长空，一朝风月"。我只是到了落叶满眼，空山无人之处，但是，却没有看到水流花开，也没有达到万古长空、一朝风月之境，可能还是修为未到吧。

我是一个异乡人

壹

　　我屡次不远千里从南方谋生的地方返回老家，因为我不想成为一个异乡人。但是，只有在我返回故乡之后，才知道自己想法的幼稚。之所以叫故土，就是已经故去的土地，就是回不去的地方。在我离开故土之后，才知道异乡人原来是一种宿命。当年我拼命想挣脱的地方，现在却又是我拼命也难以回归的地方。

　　真正能感受到自己是异乡人的地方是故乡，而不是在异乡。在夏日正盛之时，在西山山阴之处的那段河流，如同多年前那样还是孩子们的乐土。柳树长长的发丝垂在古老的河上，影子在随着水波飘动，这反映了它们悠闲的内心。西山的倒影也不甘寂寞，将其辖区内河流的一部分笼罩于其中，风来之时，不知是山在动，还是水在动。一切都还在葳蕤生长，即使是西山，在这个万物生长的时节,也重新恢复了无边的青葱。

我不知道我是不是我,因为一切都不属于我了。当我如同多年前脱下衣服赤身裸体地在河中洗澡之时,在相隔一里远的下游,即使我看不见,我也知道洗菜及洗衣服的女子都会对我露出鄙夷的神色。

河里及河的沿岸到处都生长着青春茂盛的孩子。这里的孩子都是野生的,有着更为旺盛的生命力。他们的皮肤黑黝黝地发着光。他们互相追逐,将对方推入河水中。他们互相叫喊,震动着我逐渐衰老的心脏。我仔细地问他们的名字,仿佛寻找多年前的旧友。他们中有的羞涩地回答是谁谁的儿子,有的则更加顽劣,当我惊喜地听到其父亲的名字,说自己是他大爷之时,这位孩子就会回嘴说:"我才是你大爷呢,你比我爸年轻多了。脸上光光的,细皮嫩肉的,一点皱纹都没有。我爸满脸都是皱纹,比你年龄老多了。"其实,这些孩子还年幼无知,我不怪他们。他们还不知道有的人的皱纹写在脸上,有的人将皱纹写在心里。

隔河曾长着成片的沙栗树。在沙栗树的中心,以前曾居住着一个看林的驼背老头。他对脚下的这块沙地是如此虔诚,他心无旁骛,以至于终生都没有抬起来头来看一下天空,甚至于也不愿抬头去看天空下的其他地方。在我的印象中,他终生都生活在栗树林中,本性应当属木,因此,只有火才能将他带走。一场火烧坏了他的茅屋,顺便也将他捎走。他死去的时间有些久远,即使他的孙子可能都忘记了爷爷曾经在此处生息。我在这块已经完全被毁坏的栗树林的空地上想了几天,才想起这里曾经居住过这么一个老人,他的瓜地里曾经一到夏天就长满少年般青翠的西瓜。

我沿着河边逡巡。周围的少年惊奇地看着我这个陌生的面孔,庄稼也随风簌簌不安。因为新的庄稼都是随着新一批的少年成长起来的,不认识我也不是它们的错。

我站在村口。本来一群野狗已经被各自的家庭所抛弃,没有了守卫以前门户的职责,但是,却也呼朋引伴向我狂吠攻击。它们知道我是去一个破败的熟悉院落。即使我曾在那里住过好多年,然而,现在甚至连做巢的鸟都把我看成外来人了。那里不再是我的家了。因此,我是要和这些野狗竞争村里的野外空间,这是这些野狗对我愤恨不平的原因。

更让我愤懑不已的是,面对我这么一个离家已久的本乡人,即使野狗的仇敌大鹅现在也同仇敌忾起来。要知道这些长长的脖颈以前只是用于进食,更大的乐趣在于围观一些事物。然而,我这个熟悉的陌生人让这些大鹅有了新的乐趣。它们扑扇着巨大翅翼,变成乡村的一只只小型的轰炸机。即使我到处躲避,但是,也不免遭受了不少鹅的尖嘴的炮火袭击。然而,正是因为我,让野狗和鹅重新成为盟友,想到这里,我才慢慢高兴了一些。

贰

几十年前,彬伯是我们附近几个村的王。他身材高大,这更增加了他在管辖村庄内的一言九鼎的威势。在计划生育紧张之时,如果哪家违反了计划生育政策,他就安排人将红旗插入这家的石磨眼中,那么,附近半径几百米的人家都可能要被拆墙揭瓦。然而,即使附近村庄的人口那些年有些衰减,还是不可阻挡。并且这些在计划生育政策中年幼的幸存者长大以后,连同他们的父母,见着彬伯就大骂不止。因此，彬伯被迫患上了耳聋的毛病。这种疾病非常合适，也非常及时，这让他心平气和地活了好多年，成为和我祖父并列的村上的寿星。即使从来没人为他做寿。

我天性对权力抵触，即使是对村长也是如此。一些人在没有做官之前，和我可能是相契的朋友，但当官变了嘴脸以后，却就彻底陌生起来，成为两个阵营。如果彬伯在村长的位子上，如果我早生几十年在他的管理之下，那么我们可能就是敌人。然而，在他无权无势成为衰老可怜的老人后，我们反而成了忘年的朋友。

在彬伯九十九岁那年，我对同村的在乡镇做校长的一个同学说，人活到九十九岁也不容易，如果明年到一百岁之时，我们一起去看看彬伯，算是给他做个寿。因为他平时得罪人太多，没有多少人愿意在他风烛残年之时去看望。然而，在我们商议这件事情不久，彬伯不知是否得到这个消息，就突然去世了。我至今仍心怀内疚。我不知道是否我们为他做寿这个预谋是导致他死亡的原因。为何我们没有这个计划前他安安稳稳地活了九十九岁，当我们计划为他做寿，却让他的生命画上了一个最终的句号。

我怕彬伯的儿媳知道是我们的计划导致了这个意外事件。这是一个强悍的妇人。在彬伯八十多岁之时，由于他的儿子不在家，彬伯还会和儿媳一起，努力推着满满一独轮车的红薯到很陡的山坡上，这里有个存放红薯的地窖。人的麻烦之处就在于需要呼吸，需要消耗大量的氧气，而红薯就不需要。因此，红薯就能在这个地窖中温暖地过冬。而当时我们那里的人冬日只能围着太阳烤火，夜晚则躺在冰冷的席子之上，让自己烤暖自己。当年我曾看到彬伯努力地攀爬到深深的地窖下，又帮着儿媳把红薯一块一块地存储好。这位老人是如此强健有力，强健到似乎不会死亡。然而，只要时间一到，死神照样把他收走，放入到地窖之中。北方冬天太冷，死神也需要更多死去的生命来维持过冬。

叁

每个人心里都有木柴在燃烧，只是有人变成了火，有人变成了烟。有人变成了温暖，有人变成了愤怒。

衰老有时是个好东西，它能够让暴烈的脾气变得相对温和。一个木柴火焰逐渐减少的火炉，是不能更多地将水烧开到沸水的。衰老也是如此，此时骨肉及内心无法为愤怒提供更多的燃料。母亲也是如此，在她逐渐衰老之际，脾气也逐渐变得比以前温和起来。

这些年我慢慢地感觉对母亲的心热了起来，这主要是童年、少年时候的寒冬过长，也没有像样的棉衣，因此，这让我的内心即使在夏天也会留下怕寒的后遗症。特别是陪着父母无言地坐在那里时，即使现在也会偶尔感觉到过去遗留的凉意。因此，我更愿意和父母在夏天里见面。因为此时草木萌生，太阳可以更加容易集中热量，这会让我们见面时更为温暖些。

母亲现在关心死人的事情超过了活人的事情。现在村里很多人死亡都要找她帮忙。我问及原因，她说人老了不知道害怕，也愿意去帮助这些已经死去的乡邻。这让我很满意。其实，关心死人比关心活人更有前途。这不仅可以获得村民的一份报酬，更为重要的是，无论是谁在生前对母亲有多么不敬，死后还得落在她的手里。无论此人生前多么强健有力，死后都是一团棉絮，并且是一团沾满污垢的棉絮。需要请母亲将这些棉絮整理平整，收拾干净。即使送到火葬场时对是否整洁无人要求，火焰对所有的人也一律平等，不会因为干净与否火葬场的工人会增减收费标准。然而，不论是干净的还是沾满污垢的，不论是强健的还是虚弱的，不论是位高权重的还是卑微一生的，总归要有个体面的总结。毕竟在世上走了一遭，谁不想有个清白的身体离去呢。

一家主人的死亡就是一扇门的死亡。除非下雨时雨水流到门上，祖父母家的木门不会哭泣。然而，即使它的以前是一棵巨大的绿树，自从它被做成门，就不再是树，就不再享有树的权力。它已经永远地被束缚在这道石墙的巨大缝隙之中了。每次我走到祖父母那座曾经给我无数遐想的老旧院落。我都忍不住从门缝中向里面观望。那当年的石头台阶还在，破的盆罐里面积累了不知是哪年的雨水。

那祖父母用过的火炕已经好久没有火了吧。所有看到的一切都随着这座旧园的主人的离去而面目全非。所有的温暖都是人的体温，都是人的烟火所温暖，现在这都变成冰冷的了。即使再点燃火也只会有光，而不会再有热。可能祖父母的魂灵不再停留在院内，而是永远地漂泊在异乡。他们曾经的家园只是一座时间较长的驿站。人看来注定都是异乡人，注定都要在时间的流上漂泊。

肆

夜晚是死亡的另外一种形式。它们都可以消除不平，找平差距。我在童年及少年之时就喜欢夜晚胜于白日。

即使在最为贫穷的农村，人与人之间也分三六九等。如果一家门户小,这属于农村里易于受到歧视的对象。如果一家经济状况差,结果也和这差不多。由于我家经济状况最差,而经济状况差的其中一个后果就是导致父母都比较懦弱。没有谁通知我家,我家就被不怀好意的村民心里暗地分为第九等。

然而,夜晚却可以将这些等级的皱褶抚平。在夜晚,无论是有钱者,还是无钱者,都会被夜晚的蛮力放平。虽然我见过无数的强横之人,但是,却没有听说他们可以站着睡觉,也没有见过谁可以站着死去。这一点人就不如牲畜,牲畜可以躺着睡,也可以卧着睡,也可以站着睡。不过人也与牲畜有共同之处,都是躺着死亡。这是所有活物的唯一共同之处。

不要以为只是文化人会党同伐异、统一战线、孤立异己,农村人也天生具有这方面的本能,只是文化人更善于伪装,农村人更加直接罢了。在农村,虽然谁也没有公开对弱势者用言语宣布他们的等级,但是,这就在村民的眼睛里写着呢,就在村民手势中藏着呢。如果你一人高声言语,文明人往往大家都是静默不言,用行动对你表示鄙夷。而农村人的直接性在于,马上集体对你嘲笑,脱去你的帽子扔向天空。如果你在他家喝过水,她可能马上将水瓢细心地清洗一遍。

即使在老家短住几天,我有时深夜也会独自一人在村中的街道上游荡。夜晚最妙之处就是可以掩盖一切。没有人会关心你是谁,没有人注意你是谁。只有趁着夜色,我才能混入老家的内部,冒充还是这里的一部分。

月亮明晃晃地打在凹凸不平的地面之上,我漫无目的地从村西走到村东。我不知要去哪里,本能让我去哪里我就去哪里。我当年也不知最终要去何方,本能告诉我最后去的何方。

月亮啊,村中的众人由于疲乏而昏昏入睡,没有心情关心我到底是谁。这些被村庄房屋遮挡住的鸡犬可能忘记了我到底是谁,因为他们的祖先已经轮回了数次了。你整夜高悬在万众之上的天空,你是亘古不变的黑夜中最高的神灵。即使众人都在沉睡时你也应该是醒着的,你应该不会不认识我吧。即使我已经漂泊在异乡很久,即使在最深沉的夜晚,你也应照耀着我回家。

我是一个异乡人。我一生都走在还乡的路上。路是没有尽头的,只要有人走在上面。

渊子是条河

壹

渊子是条河,孟渊是个村。这个村的最早的父亲姓孟,母亲姓渊。所有靠着这条大河长大的我老家的村民都是它的后代,都是喝着它的奶汁长大的。

不论是否承认,人其实都是一个逐渐变化到死亡的过程。但是,除非是你最亲近的人,无论你如何变化,无论你是否衰老或者死亡,其他人都不会对你多一点凝视。日子比树叶还稠,他们都深陷在自己的日子里消耗时光。渊子河也一样,即使它变化了许多,然而,村中包括现在活着的以及以前活着的那么多人,真正注意到这些变化的可能只有我一个人。从这点而言,我就是渊子河最近的亲戚,其他村民都是远亲。渊子河空空地在月光下流淌了那么多年,没有一人会去关心到底它是否能将月光打湿。渊子河白白地在日光下流淌了那么多年，没有人会关心渊子河到底流向了哪里。

我知道为何村中没有其他人关心渊子河的生死与变化，他们连自己的生死也不甚关注。谁生病了，就去肮脏的小门诊拿点药，即使花钱再少也要讲价，这是他们内心的一个习惯。只有他们手中的钱值钱，如果让他们用命去换也不会有丝毫犹豫。谁死亡了，就被匆匆打入一个包裹，条件好点的住上一个木头的狭窄棺材，在一片唢呐及嚎哭声被送上了附近的山坡。这对于至亲可能还有些悲苦，对于村里的孩子们而言，这甚至就是一场节日。

即使我不是村中的年长者，但是，我能清晰地记起这段河流东岸当初堆积了很多细沙。在夏天水少之时，在河的东岸沙滩之上燕子就会不邀自来，贴着附近的河边成群飞行。这些黑色的精灵用小小的勺子，一点点灵巧地从河中打水。同时，在晚饭后也会三五成群地聚集很多村民。即使在夜晚沙滩上还有酷暑的温热气息，但是，心静自然凉。河水比人心更为寂静，即使是流动着也是流动的寂静。流水会将这大片的暑热慢慢带走。

老人们在河的东岸点着烟袋，萤火虫在河的西岸点燃灯火。活的人在人间点燃烟火，碧磷在晦暗不明的对面田野里点燃鬼火。那时人活的简单，无论对于生或者死的光都不会过于挑剔。村中人也没有那么讲究。对于他们，只要能够发光就行，能发光就能照亮渊子河夜晚两岸的土地。

众人都氤氲在河的气息中了。年少有年少的气息，年老有年老的气味。夏天的渊子河的气息就与冬天不同。此时是河水的甘甜与水草的青春混在一起形成的气息，这只有在特殊年代才能闻到,我以后就没有再次品尝到那种气息。

在夜深人静之时,高天上最不愿沉下的必定是北斗七星,在河边沙滩上最不愿意入睡的必定是我。贫穷的人往往更愿意入睡,睡着以后可以得到清醒时得不到的东西。但是,当我睡着以后,世界也就睡着了。我宁愿一人更多时间与渊子河周围的世界相伴。

月亮斜挂在岸边高大的杨树之上,在树的阴影中,风声凭空增加了一些夜凉。附近的河里有鱼在寂静之处跳起,又重新跳入寂静之中。天水相接,水在天上,天在水上。村庄的众人枕着一河星光进入了梦乡。众人互相依偎,此时幸福不会超过半米,只有平躺的距离那么高。

但是,即使我在这里生活了许久,至今仍不知道河西岸的那片平地的最初家园是哪里。我猜这些土地一定来自上游更加陡峭的山区,那里是人数更少的村庄。由于人少,这些村庄就不能建好河边的堤坝,因此,泥土就被冲到我们村安家落户。这是一种遥远的剥夺,但是,因为我们村人多势众,上游的村庄也没法到我们这里讨回他们失去的泥土。

渊子河东岸的沙滩也是如此被其他人夺走。这本来是村中众人的乘凉之处,不知从哪日起却被村中的豪强之人卖到附近的城市变成了高大的楼房。即使这些沙子被封闭于楼房之中,我还能认识它们的模样。多年前我走进这些楼房,想看望当年的旧友之时,就被房主们粗暴地推出。因为他们钱多,就可以囚禁我们的沙子,就可以任意给我们的沙子改一个数字的名字,改完名字后我们村的东西就成为他们的了。

贰

　　河西的田野中以前长满了密密麻麻的坟墓,西岸的土地是亡者的家园。但是,后来由于公社将这些土地改名为大寨田,不论在其中住了多久,坟墓的主人也不得不以一种尴尬的方式被请出。不管他们是否愿意,这些尘封已久的坟墓的主人终于重见天日。

　　我猜渊子河与河西的众多坟墓一定有着某种关系。我就因为得罪那些残破的坟墓的主人遭受过渊子河的惩罚。我曾经在坟墓旁边的田地里捡过坟墓主人的一个铁环,也未经同意动过他们的骨头。结果我在渊子河最为水浅之时潜水摸鱼,差点被一个像铁环一样的水底岩石孔锁住。可能为了让我以后记载这里发生的一切,在我再三挣扎求饶之后,渊子河才将我从水底放出。

　　即使在最为平滑安静流动之时,渊子河里也会将过去的许多事物掀开。我从河边曾经捡到过一枚钥匙。这枚生锈的钥匙一定曾经控制住一个门户。因为钥匙在我们那里属于最为重要的物件之一,这象征着一家之主的身份,都是被炫耀地悬挂在裤腰之下。因此,如果一枚钥匙掉到河里或者被冲到河边,这就意味着是一场巨大的风险。

　　我也曾经在河里摸到过一个老旧的玉石的烟嘴。我不知道这个烟嘴曾经与谁的嘴唇密切接触过。也可能它从被挖得底朝天的西岸大寨田的坟墓里偷偷溜出,因为贪玩而在河中溺水。后来有识货的老人告诉我,能够用这个烟袋嘴的人在我们当地至少也是一个有权有势之人。

　　即使在死后也不忘记将烟嘴随身携带,就像是携带着自己的骨头，可见坟墓的主人对其的珍惜程度。即使如此，这位有权有势之人也没有守住自己珍爱的私人之物，甚至没有守住自己的骨头。不少类似之物随便地躺在渊子河两边的河滩和浅草中。骨头在河边与玉石烟嘴的样子很像，命运也很像。看到那些随意抛弃的骨头，我承认，就是在那时，我对力量产生了怀疑。即使是最有力量的人，都不一定能保护自己的骨头。即使一个最为权威的成年人，都不能禁止后来的一个孩童玩弄他的骨头。

幸亏村里最年老的长者曾经告诉我，否则，两岸所有的历史都将被这条渊子河带走。在这座河的两岸，两只敌对的军队曾经发生过血战。河东的一方想进攻到河西，河西的一方想进攻到河东。我想如果有选择，当时渊子河宁愿选择不存在。因为即使是当时夏天那么汹涌的洪水，都难以承受那么多尸体的重量，那么浩荡的渊子河的水流都被血所染红。渊子河作为附近村庄的水之王，曾经洗净过无数的衣服和身子，但是，这次却无法洗净自己。

即使是那么激烈的战斗什么都没有留下。在渊子河平静的脸上，你们看不到一丝硝烟，也听不到一声喊杀。流水是最大的过滤器，它能将最为血腥的场面澄清，能够将最为悲惨的往事忘却。如果我不是好奇地在附近拨草寻蛇，如果不是附近山坡上有一座记载这次战斗的坟墓，可能这场战争就是一场无谓的战争，没有留下一丝痕迹。

那是一座矮小到几乎看不见的坟墓，坟墓中的男子并未留下后人，因为他还未到娶妻生子的年龄。这是一座胜利者的坟墓，失败者什么都没有留下。胜利者的坟墓是石头和土做的，而失败者的坟墓是水做的，当年他们的尸体就被暴涨的渊子河水所冲走。

然而，如果时日久了，在一场接一场比暴雨更加狂烈的日子的冲刷下，失败者及胜利者可能最终都要归于渊子河。

叁

不论是否在月光下，渊子河冷冷的眼光总是目不斜视，总是旁若无人地一直向前流着。我见过附近村里无数傲慢之人，没有一个比渊子河更为傲慢。所有傲慢者都将死去，而渊子河已经在此地流淌了千百年。

你们可以去惹一条狗，即使是一条很大的狗，千万别去惹一条河。狗都是虚张声势的，即使是最强壮的狗也是如此。渊子河却不是如此，别看它平时不动声色。然而，那只是一只猫在盯着老鼠的平静，谁也不知道什么时候它会一跃而起，吞噬掉敢于轻视它的那些无知生命。

在渊子河平静之时，无论你在河里做何种事情，都不会触它之怒。你可以在河中任意嬉闹，可以将它搅浑，也可以将其踩踏于脚下。然而，在渊子河暴怒之时，它就是一个巨人，它会狂乱地抓着自己巨浪一样的头发，用脚踢打着河两边的柳树及杨树。它声如雷鸣，声音比村中脾气最为暴烈的男人吼声还要巨大。我看见一头桀骜不驯的驴子发了驴脾气，硬要在渊子河最为狂野之时通过，结果就没有了再次发驴脾气的机会。我不知道驴子在溺死之时是不是会后悔，我知道人可能是会后悔的。

渊子河在我们附近村庄中属于一座很大的河流庙宇，因此，即使在最为贫穷的年代，它也不缺少献祭者。不过这里有主动献祭的，是被不利男女私情、家庭断裂式的冲突所推着跳进了渊子河里。也有被动献祭的。这些人最是无奈。他们可能只是为了一时清凉在河中洗澡，也可能只是为了在夏天渊子河涨水之时，贪图一点小便宜，打捞上游被大水冲来的木头或者猪羊，就被渊子河顺手捎带进自己的腰包。然而，无论这些人多么委屈，渊子河不接受申诉。死了就是死了，从来没有见过一次它将死人变活。

渊子河就是一把水的巨大镰刀，它也需要收割自己的庄稼。在渊子河狂放之时，即使是村中最善于游泳之人，也会在渊子河中丢了性命。以前因为没有其他爱好，农村人生养速度更快。父母也不把子女太当回事。因此，如果把历代在渊子河里淹死的人做个统计，可能在水下也形成了一个村庄。

即使是最干旱的季节，我都没有看到渊子河曾被折断过。这是一条极为坚韧的绳索。这条绳索将更多的牛羊圈养在我们村上，将更多的庄稼固定在我们村上，将更多的邻村女子牵引嫁到我们村上。

渊子河是一条忧郁的河，因为它沉积了无数的亡灵。特别在月亮高高地悬挂在对岸的栗树林之上时，栗树叶子上面就会有人走过的沙沙声音。庄稼在暗黑处生长，夜鸟衔来折断的树枝做巢。更让人惊心的是，在夜晚中似乎有着更多的生灵在忙碌。在渊子河之夜最深之时，幸亏有月亮从上天垂下，这是无声的鞭子，可以帮我照看内心的牛羊，使其不至于迷途。这是冰凉的隔世之手，可以抚平我内心的皱褶。

肆

我不知渊子河的上游叫什么名字，也不知道它的下游叫什么名字。我们难道知道自己以前叫什么名字,以后又叫什么名字吗?我只知道我祖父的名字,连我太祖父的名字都不记得了。但是,我们和祖先都曾在渊子河里赤裸地洗过澡。即使是太祖父的太祖父和我之间,从我们在水中跃起的姿势,都能看出来自同一条河。

渊子河是一条危险的河。我的父母至今都不知道,我在这条河里曾经几次差点溺水身亡。农村的孩子就是野生的红薯。如果收成了就是白赚。如果夭折了,也没有占用田地。我也曾经见过在渊子河里淹死的,还有淹得半死的。然而,活着的人如同夏季的渊子河水,源源不断将生的洪水向前涌动。

没有人会关心这条河里曾经吞噬过多少生命。不论你是否知道,在我们所有人的脚下,都是死人的土地。你们也不用对此恐惧,你们所有的恐惧,都是对自己的恐惧。

渊子河水最为公平,它将以前的落水者冲走,防止阻断后人的水源。它将以前的骨头洗白,供后人制造骨笛,这可以让死者和生者之间产生回声。

渊子河每日流个不停,在白日,它泛着白日的明绿的光。在夜晚,它泛着夜晚幽深的光。每日都是如此,几乎看不出任何的区别。只有细心的人才会发现,今天的水已经不是昨天的水了,更不用说是去年的水。然而,只要渊子河没有断流,现在的河水只不过是以前渊子河水的子孙而已。

渊子河两岸的村民也是如此。即使去年的人今年已经不在了,只要他们的子孙后裔还在,他们的生命之河就没有断流。他们还会在下雨时生长,在旱天时屏住呼吸。还会在太阳下繁衍,在月亮下栖息。

秋日乡界漫行

壹

我只要回老家,就必定到老家那个乡的土地上漫行。如同王在巡回他的王土。无论是步行还是驱车,我都会被一种神秘的灵所感召。决定这些漫行的不是我,而是那个神秘的灵。我会认真梳理每一座山的草木,会炽热地追寻这个乡每条河流的所来和所往。

我会经常停下来端详每个相遇的年老妇女,因为她们大都面容憔悴,脊柱弯曲,都好像是我的母亲。我也会和每个劳苦一年的田野里的稻草人打个招呼,一年中它们不曾换过衣服,已经衣衫褴褛,然而,无论是站着的还是劳碌的都像是我的亲戚。

如果在春天,在老家那个山区,漫山野花可能会洋溢在我的眉梢,会点燃在我的嘴角。即使到了夏天,我也会如同喜鹊一样冉冉地升起于成片的矮松之上。而在秋天,我的野心不会比秋草更高,我漫行的地域不会比老家那个乡的范围更远。

当我没有在这个乡彻底漫游一遍之前,我从来没有想象到这个乡的土地和山脉是如此广阔,河流是如此悠长。这里有警察予以守卫秩序,有民兵可以保护村庄的边界,有农民耕种提供粮食,有传说可以提供信仰。可以说,每个人的故乡都是一个小小的国。如果故乡丢失了,则就等于是国灭了。

对于这个山区的乡,我估计一乡之长都可能没有我更为熟悉。一乡之长可能只是知道大致有多少个村,以及每个村的位置。我却多次到过各个村庄,喝过这些村的水,摸过这些村的石头,和这些村的漂亮少女搭讪过。对于有些村庄的熟悉程度,类似于我的手抚摸自己的肋骨。

贰

在乡界漫行,我会经过一片巨大的宁静的山谷。在这片山谷,更大的声音是虫声,最大的声音不会超过鸟鸣。如此寂静,很适合做我和野鸟及昆虫共同的墓穴。

即使这么寂静的山谷也不断孕育着新的生命。如果几年很少有人去抓山蝎,山蝎部落马上就会扩展到村头。如果附近村庄走失一头母猪,过段时间可能就会带回一群小猪。如果接近山林更近的人家忘记捡拾自家母鸡的鸡蛋,二十天后母鸡就可能会变戏法,再会增加一窝小鸡。

我会经过有着生机勃勃人群的村庄。在白日他们会在山地里劳作,在夜晚会忙着繁衍生息。然而,即使如此,一个村庄的使命不仅是繁衍,而且也是消灭。对于村庄而言,消灭也是繁衍的一部分。毕竟山间的面积就那么大,如果没有人死去,老是占着位置,那么,生的欲望也会受到压制,就会有人没有出生就默默地死去。

如果村庄要消灭一个人,首先是从其身后的血缘开始,然后消灭其家中上空的炊烟。村庄会安排雨水腐烂被消灭人家的木门,用满院的荒草淹没那家的院子,最后再将那家人的大门关闭。如果不能推开那扇门,就无法再叫醒屋内曾经活着的人。

在偶然时候,我还会发现一座新修的寺庙,即使这座寺庙至今没有法定的名分。根据庙里和尚介绍,在元朝时这座寺庙就有了身份。因为王朝转换,导致这座寺庙逐渐坍塌及丧失了身份。然而,对于这座废弃的寺庙,即使沉睡了千百年,还是有人找到遗址,无偿出钱出力,并让其重新复活。

在荒废的庭院中,如果看见枝蔓从房屋的墙壁中生长出来,荒草从台阶中蔓延出来,这是自然而然的事情。即使智力平庸之人,都知道人造的东西最终将臣服于自然的大手中。

然而,只要有种子,只要种子不死,即使是埋藏于最深的地下,总会有春风会记起,春雨会记起,希望种子发芽的人会记起。真正的死亡并不是肉身的死亡,而是种子的死亡。这些种子我们有时看得见,有时看不见。

我还看见山坡之上有大大小小的坟墓。这些深埋于地下的坟墓足够低调,但是,同样有盗贼不会忘记它们。在盗墓最猖獗的时候,在秋天过后的农闲,他们也不用借助青纱帐的掩护,就将富豪或者权贵者的珍惜之物发掘出来,让他们的骨头重新沐浴在阳光下。即使这些埋藏物及骨头的所有者不是真心同意,不过也由不着他们。

叁

在秋日漫行之时,我经过祖母的娘家。我看到了祖母娘家田野里少女正忙着采摘。即使相距较远,我也能看到她们美丽的心情雀跃于葡萄架上,跳动于玉米秸中,漫步于花生地里。她们都是我年轻的祖母的样子。祖母现在长眠于地下,即使她当年是小脚,但是,我也知道祖母的小脚也曾摇曳于这片沙土地上,祖母的双手也曾抚摸过这里的那些未亡的树木,祖母的歌声也曾温柔地将这里的晨曦催醒。

在那个群山环抱的村庄,我会看到一个旗子招展的乡间饭馆,门口的巨大梧桐树是经过之人短暂歇脚的地方。这家饭馆的老板有一个和善的母亲,家中的桑树上养着一个好客的八哥。每当有路人经过,那位和善的婆婆就会大声打着招呼:"到家里坐坐。"八哥也会马上随声附和:"家里坐坐,家里坐坐。"

在那年的秋日正午,在那个饭馆简陋的吃饭棚子里,我和眉目如画的她相对而坐,她看着我,八哥则目不转睛地看着她,还不停地吹着口哨。旁边吃饭的人则打趣道:这只八哥真是好色啊! 于是众人都哄笑起来。然而,后来那只八哥却不知什么原因突然死去了。以后我经过这个饭馆只是遥远地看看,而不再进去吃饭。因为一个人,记住一座城;因为一只八哥,记住一个村庄。八哥不在了,即使村庄还在,我却无门而入。

驴子也是一个村庄的标志,它指示着我回到一个记忆的农村街道深处。外祖父曾是我漫行经过路上一个村的村干部。在我的印象之中他整日赶着毛驴车在村间地头奔走。不知情的其他村民都认为是外祖父驾驭了驴,我以亲身见证者的身份证明,是驴把他绑架了。即使外祖父曾经当过很长时间的村干部,表面上是他领导了村民,其实却是村民控制了他。

现在外祖父村西的那条道路已经是通衢大道,然而,这路的很大一部分却是外祖父领着村民一点点挖掘拓展出的。从最初的山崖道路仅能一人通过,到独轮车能够通过,最后到四轮拖拉机可以通过。然而,外祖父没有见到大车、小车在这条道路上浩浩荡荡的日子。

只要是人在路上,就应感激修路的人。外祖父驾着毛驴车运送碎石挖掘的这条道路我也曾受益过。当我暂住在他家到附近乡镇中学上学之时,冬天外祖父很早就做早饭让我吃完去上学。那时没有雪鞋或者雨鞋,我就地取材,用塑料袋包着鞋子踏着厚厚的积雪前行,当经过外祖父带领人开掘出来的那条道路时,我感觉这条路也是我们家中庭院的一部分。

当我秋日再次经过这条道路之时,外祖父曾经饲养过的驴子可能已经消化在他人的胃中。外祖父整日弓着的身子也消失在周围一片山林的胃中。驴子被消化后能够带来能量,外祖父则成为附近村庄、那条道路及经过之人的能量。即使这些人或者物不知能量最终来自哪里。

在秋日,不仅是人在忙着生活及死亡,万物生灵都是如此。在经过的村庄土路之上,一群羊中的王子与王后在路上当众做着繁衍之事。它们更直接,也不用什么仪式,并不用等到夜深无人之时。在我经过一片山坡之时,我看见半是湿绿半是干枯的藤蔓之下,有个叽叽喳喳麻雀的村庄。在这里,众多的麻雀在熙熙攘攘地安排着食宿问题。在更高的崖壁之上住着更大的鸟。雄鸟出去打食,搜集虫子及粮食,而雌鸟在窝中打理着家务。我不知它们是否也与人界一样,如果雄鸟回家没有收获,雌鸟就会唠叨不休,或者另找它鸟。

肆

我熟知脚下的这片土地。我知道哪条河流有儿童嬉水溺亡,也知道每一段神话在何处复活。我知道哪块地的麦子先熟,哪片树林里的叶子最先飘零。没有人给我通风报信,我本来就是这里风声的一部分,我本来就是这里信息的一个部位。

即使如此,我也不敢说自己完全能了解这里的一切。我只是树叶上的浮光而已,只是水面上的掠影而已。在一天傍晚,我曾经被一条新路引向本乡一个陌生的地方。在这里,高大杨树将夕照淹没在胳肢窝之中,栗子结果成熟的消息也更晚被外边的村庄所知。我承认我还是这里的熟悉的陌生人,这从看山大爷略显惊慌地手持木棍向我挥舞就知道,当然,两三条看山犬显然不比主人更见过世面,毫不留情地对我怒吼致意。虽然这里新通了路,但是,修路的速度显然大大超过了看山老人及看山犬的领会速度。

即使是靠近大路的人数更多的村庄,众人也不能完全懂得稍微具有特殊意义事物的含义。在一个粗略建好的革命纪念馆院落中,长满了一人还高的荒草。偏院已经被附近村的一家村民临时当作了住宅。两个岁数不大的小姐弟正在草丛中寻找着什么,他们的母亲从远处红薯地奔回家来。对于这一家人,我不熟悉他们,却似曾相识。当年我和姐姐也是在老宅的院子里这样寻找着蝉蜕。母亲也是在做晚饭前从地里返回,斗笠上绑着两只蚂蚱,头顶着一斗笠的傍晚霞光。我知道这是梦幻,然而,我还是想抓住梦幻的影子。

现在我站在宏大的秋天之下,所有的事物都在忙着收割与被收割。秋虫被逐渐肥胖的鸟们收割。玉米棒被农人掰下后,剩下容颜干枯的玉米秆等待最后一次被收割。我站在山的高处,看见万物在被收割。在山的更高之处,有人看见我被收割。

即使在哪里都可以漫行,但是,我还是宁愿徘徊在这片山地之间。即使哪里都可以掩埋身骨,我还是愿意深埋于故乡的方寸之地。

卅年夜雨风吹灯

壹

最初的风雨总是和灯联系在一起的，至少在我的记忆中是如此。最温暖的灯火都是因为风雨而闪耀，因为只有在风雨之夜中，才能知道灯的遥远导向与温馨。灯只有在风雨之夜才能照耀得更远，因为越是在风雨之夜中，需要灯的人就更多。

那时的乡村中学晚上都用的是学生自备的煤油灯。每当夜幕降临，操场之上低飞的燕子也被夜色慢慢涂抹成黑的一色，然后很快就完全融入夜色之中。此时，暗黑天幕被月亮所点亮，教室被煤油灯所点亮。这些让人激动的灯火，以及让人激动的一群小小火把般的脸庞，都一起闪烁在简陋的教室之中。在黑夜越发巨大之时，周围的村庄逐渐沉没于夜的波涛之中，只有这座乡村学校成为无边黑夜中的孤岛。

即使远方的风雨来了,然而,那么多的人坐在一起,即使是面孔幼稚,人多了也自然就会产生力量。没有人会因为风雨而慌张,都是安静地坐在那里。笔尖在洁白的纸上划过,如同众多的蚕在安静地吃着桑叶。那么多的心护卫着一盏盏的煤油灯光,再大的风雨都会被拒之门外。虽然每个晚自习后每个人的鼻孔都是一片乌黑,但是,却没有人会笑话对方。这真是一个纯真的年代,即使是错误都被认为是无意的纯真错误。

因为我们那里都是来自农村的学生,每年照例都有秋假,就是专门帮助家人秋收的假期。在每年的秋收之际,特别是每次将要来雨之前,最为繁忙的就是那片山地的人,最为耀眼的则是那一盏盏不怕风雨吹打的风灯。在那片山地被淋湿之前,这些风灯被提在手中,在到处一片漆黑的夜色中晃动,在田野的各处游移,仿佛这些黑夜才是它们真正畅通的道路。

我们那里以红薯为主要食物,这是最为朴素的农作物之一,即使在贫瘠的山地也能生长,属于专门为贫穷的农人准备的庄稼。每到秋天,为了更长时间保存,我们当地人都会将红薯切成片,然后一张一张地均匀摆在碎石之上。风声不大不小,月亮高挂,月亮之下众人在忙碌,很快这些红薯就会变成一片白银。

如果有月光之灯高照,农人们就不会浪费风灯的煤油。然而,在月亮杳菡的月黑风高之夜,风雨将至,风灯就会被点燃,在田间地头及树枝之上悬挂。众人只是小声地细语,到处听到的只是在碎石之上沙沙的捡拾红薯干的声音。

我天生就是一个叛逆性格者,那时就有些厌恶在自己家中的劳动。同样都是捡拾红薯干,如果帮祖父母捡拾红薯干,或者是帮助邻居捡拾红薯干,则就成为我的乐趣。特别是为我要好的玩伴家里帮忙,更是我乐意之极的事情。有那么多人在晃动着夜色,有那么有趣的事情需要分享,即使是风雨将至也不会恐慌。只要有风灯在黑夜的中心照耀,即使再黑的夜晚也不会迷路。

贰

少年的风雨都是与事件联系在一起的。如果没有特殊事件,即使是再多的风雨,也不会长一声短一声地敲打我的屋顶或者窗棂。中年以后的风雨都是与情绪联系在一起的。特别在夜深人静之时,如果我无法入睡,就能够清楚地听到老屋外梧桐叶上的雨一点点地滴落。旧事如麻,诸情如丝,密密在梧桐叶上交织。少年时不知叶上秋雨滴落的况味,知道之时恍然已经是中年。

秋雨滴落在梧桐叶上的声音,与滴落在远处河边荷叶上的声音似乎并无多少差别。然而,如果你屏声静气地细听,就能够分辨出二者的差异。在老宅中卧听秋雨,那是怀旧的声音。而在河边听到的荷叶雨声,则声声都是漂泊的声音。

不同季节之风雨皆有其特殊之对照。春雨是生命之懵懂,夏雨是青春之热情勃发,秋雨是沉重之清凉,冬雨则是老年之人的骨肉之雪的融化。表面上看这好像融化的是屋顶积雪,其实只有暮年之人才知道,这是融化的他们的骨肉。在时间烈日之下,即使是当年最为坚硬的人,也会慢慢融化成冬天雨水了。

风雨本身没有意义,有意义的只是经历风雨之人。风雨落在不同人身上的含义并不相同。同样的一次风雨,落在不同人身上的重量也不同,有人打湿的是头顶,有人打湿的是眼睛。

叁

即使富贵的火焰曾经照耀天空，然而，却禁不住一场又一场的风雨的打击。说不定哪一场风雨过后，风流就被雨打风吹去了。荣华瞬间皆去，何不半山听雨？在半山之上，我可以看见风雨笼罩的旧时村庄。当年那矮墙桃树犹在，只是不见隔墙树下银铃般笑声的人。在远山之外，每年可以看见雨水照旧光临，但是，却看不见旧时之人了。在那个雨水乍隐还现的远方路上，我曾看见她独自一人姗姗而来寻我。我已经找不到了，我已经不是我了。希望她还是她，还是那个眉目中有着春天雨水的女子。

在旧宅之中，那两个朝夕相伴的老人已经不在了，但是，他们手植的梧桐树还在。即使是北方的秋天，梧桐树还是舒展着阔大的绿色叶子。因为小时候家里没有雨伞，我经常折断一片梧桐叶用来遮挡风雨。那时风雨虽然猛烈，却来去匆匆。我经常头顶梧桐树叶，身披着祖父的斗笠，在雨水还未停歇之时，就到村中雨水形成的小河中呼啸而过。

梧桐叶折断了一片又一片，街道也被重新修整了一次又一次。只是人不能被修整，所有对人的修整都是苟延残喘，没有一次能够真正将人的行走方向彻底扭转。如今那种植梧桐树的老人已经被时间所折断，我已经不能像以前那样用来遮挡住尘世中的风风雨雨。

风雨总是故人情。只有在风雨之中，故人的面目才能真正涌上心头。无论多么大的风雨，能使我们感觉到温暖的不还是那些温暖的故人吗？无论多么遥远的风雨，能够让我们想起的，不还是当年那些让人瞬息即至的旧事吗？

肆

多少年我一直处于风雨飘摇之中。对于我而言，风雨不仅是飘洒在窗外的自然之物，也不是挥洒在船头的天降之雨，这其实是暗示着我的一生。我的亲生父亲是风，亲生母亲是雨。我是风雨的儿子，这是我从记得第一场风雨开始三十年后才知道。然而，即使我现在认亲也已经晚了，风雨对我已经非常陌生，敲打我与敲打其他人没有什么两样。

自从少年在外打工之时，我就如同莲蓬没有了荷叶的遮蔽，无论多大的风雨，没有可以遮挡的屋顶或者雨伞。当我独自在风雨之中奋力前行之时，我就是自己的雨伞，也是自己的屋顶。

这么多年来走过的道路，细细想想，皆是坎坷不平之处，皆是风雨相随之路。往往都是千钧一发之际，就可能出现不同之结果。向着路的一边可能就是晴日，向着路的另一边可能就是命运更加莫测之歧路。

我们可以在不同事物之中学到知识。我可以在红薯中学到，如何匍匐生长却能喂养整座贫瘠村庄的知识。我可以从风灯中学到，即使在暗黑之夜却能照亮四野的知识。我可以在简陋的乡村教室中学到，即使煤油灯微弱却可照亮内心的知识。那么，在风吹雨打之中，我到底能学到什么呢？只要我不被风雨淋垮或者控制，能够从风雨中获得水分，这本身就是知识。

伍

每场风雨都是一场暗示，但是，这却是隐晦不明的暗示。我不知这些风雨到底是驱逐，还是考验。我不知这些风雨是将我淋醒，还是让我深陷于风雨中不能自已。因此，我往往会在风雨之中反复思索，不顾善意之人的提示，这让我比别人淋得更湿。

这三十年来，我不知曾被多少场风雨淋湿。一生有那么多场风雨，我又能记住几场？一生遇到那么多的风波，又岂是风雨所能等而同之？

众人总是放心把自己的村庄及城市交给风雨，却不敢把自己交给风雨。其实，即使我把一生都交给了风雨，风雨也没有把我淋成发霉的石头。那些在风雨中无动于衷的事物可能都死了，当然，即使是动的事物也可能如此，是风雨让它们移动，然而，这至少能让人感觉到是活物，能用眼睛与之进行交流。

只有最大的那场风雨才是真正的王者，因为王者都要服从于它。这是我们最后必将经历的那场风雨，这不可回避，也不可抵挡，更是无法避免。一般的风雨最多能够淋湿我们的皮肤，这场风雨将腐烂我们的骨头。

风吹雨打是铁打的规则，即使一万年都是如此，唯一不同的只是风雨笼罩下的人不同。然而，唯一相同的是我们本身都是干枯的，都是在等待一场风雨唤醒。没有醒来的将不会醒来，只有被唤醒的才会开花散叶。

三地的樱花

壹

我认识不了很多的花，我认识花更多的是由于果实。在青纱帐碧绿一片直到山边、天际之时，我能看到玉米的花束就长成了古时将军的簪缨的形状。在夏天蝉鸣正处于盛大之际，我看到了田野里的芝麻花开成呼唤远方的小小白色喇叭。在青草疯长、飞蛾乱飞之际，我能看到枣树开出星星点点的米粒似的光芒。

在我没有进入城市以前，是不知樱花存在的。或者是即使知道，也不是我当时那种心境所能看到的花。无论是什么事物，只有你看到了才是那个事物，樱花也是如此。

在初次见到樱花之时，我惊叹于竟然有如此明媚之花朵，绽开之时万树皆是粉黛之色，花败之时遍地都是香气悠远。然而，对于自小最多只是见到朴素之花的我而言，樱花对于我而言，显然有些过于奢侈,过于浮夸了。我感觉自己是与樱花不相匹配之人。

樱花不如祖母老宅门前的那棵枣树上的枣花更为实在。每当夏日正午之时,这棵枣树虽然荫凉并不很大,然而,在紧挨着的一棵梧桐树的互相掩映之下,同样可以给下面的人以无限清凉。

我紧紧挨着祖母,旁边的光滑的石头上坐着几个临近居住的老妇人。她们说话永远不急不慢,好像还有无穷的时间可以用来交谈。枣花簌簌地落下,即使颗粒很小,却散发着甜丝丝的芳香。即使枣花小到黄昏中几乎不见,但是,这仍是记忆中不死的花粒。无论它们开在祖母斑白的发丝之上,还是点缀在地上匆匆而行的蚂蚁道路两边。

贰

我去留学的根特是一个幽静的小城市。在我的印象之中,这里总是风细细地吹,花悄悄地开,雨也细密地编织而悄无声息,即使是汽车经过都似乎没有声音。这里的众人完全都沉浸于这么宏大的寂静之中。这里人们都衣食无忧,多少代都是如此,因此,并不用慌慌张张为了衣食匆忙,因此,他们先辈的幽静基因之河就流淌到现在的人们身上。这条河流现在同样不会狂野,也不会喧嚣,只是如同在他们祖先身上那样优雅地流淌。

根特的春天是一个樱花烂漫的春天。一树树的樱花将整个小城照耀的明亮无比。白色的是白色的小小灯盏,红色是红色的小小灯笼。即使在夜里这座小城也凭空多了更多的光亮。

然而,我只能感受到樱花中的光,却感受不到这些雅致至极的花朵中的热。这是一种清冷的花朵,开时冷傲地一朵一朵兀自在那里开,落时也旁若无人纷纷谪落于尘土之上。这是它们的生死与繁华,这是它们的生息与陨落,它们是自成一体的花的国土,我却很难进入这些异域之花国。

这满眼的樱花,让我瞬间跌入了一个不同的世界。万物好像都空幻起来。这是满眼的光明,但是,却又不是我常见的那种光明。它们似乎在我的触手可及之处,然而,却又无法真正能用手去把握。

在和我一起去根特留学的三位女子中,有一位娇小者名字为子小,感觉为人良善而温和,总是如同阳光下的安静的猫宠一样,不慌也不燥。这是一种无需外界注入水源的流水,能够按照自己的节奏缓慢流淌。虽然当时听说她刚失恋,也能感觉出失恋的洪水在她眉眼间冲刷过的痕迹,然而,从她的举止中看出家庭多年前给她留下的余温,这能够让她内心悲伤却不受伤。

不像是我,由于自小家庭动荡,即使我表面上刚强无比,内心也如惊弓之鸟。自小长时期亲情缺乏而夜行的人往往都是如此。特别是后来的那些年,在一次受到失恋雷暴袭击之时,我的内心更是无处可以躲避。因此,即使当年已是成年人,在恋爱远离之时,仍不免受到精神断乳之伤痛。那时我还很幼稚,少时缺乏家庭保护的人的内心成长往往比正常人更为缓慢,会将对家庭之爱转移到恋爱者身上。因此所受到的伤害超过正常家庭长大者何止数倍。

当时,即使是最具有想象力者,也没有人认为另外一名先行留学的中国男子能够追求到子小,更是没有人会想象到子小能够最终和那位男子一起生儿育女,终生厮守。那位追求者相貌非常一般,甚至用一般这个词都属于奢侈。然而,却为人和善,看似有着柔和的内心。当这位追求者和子小,以及我和另外一名女生四人去埃及旅行之时,另外一名女生都开始同情这位追求者,说如果我去追也比他的成功几率要超过数倍。

然而,他们最终却走到一起,看上去一生也将走在一起。这就是所谓的缘分。如果细想,这也有其中的必然。即使这位追求者相貌一般,但是,其性情却与子小接近。二人在认识后才知道,在初中他们甚至毕业于同一学校。他们之间的语言及性情,是当地的同一条河的流水所滋养,因此,能够顺畅地水乳交融。

这就如同樱花树之于另外一棵樱花树,虽然一树樱花和另外一树樱花彼此手指不能相握,然而,它们能用香气进行联系。一株樱花树即使外形一般,但是,却不能否认它不是樱花树。只有樱花树才能认识樱花树,只有樱花才能认识樱花。因为它们说的是同一种语言,散发的是同一种香气。

对于子小和追求者而言,他们之间可能不是用语言在交流,而是用同一片地方的水在交流,是用同一地方的土在交流,他们二人都是在这种水土中适宜的植物。如此观之,对于婚姻或者婚姻的前奏恋爱,肉身结合真的不是特别重要,关键是魂要互相认识。否则,无论两人在一起多久都是陌生人。即使一张床的距离不是很长,却可能永远无法到达对方。往往两个人在一起生活很多年,在某一个偶然的下午忽然惊觉:我们的魂还不认识呢?

对于樱花而言也是如此。即使我不是樱花,我猜它们也是依靠魂认识的。或者这个魂就是香气,或者是我所不知道的樱花的语言。无论两棵樱花树相貌差别多大,然而,只要是魂互相认识,它们就能最终依偎在一起生长。

叁

我们看樱花在那里烂漫地开遍整个春天,似乎没有心事,也没有忧伤。可能樱花看我们也是如此,总是那么打扮得一身整齐地走在街道之上,总是浑身洒满阳光。因为我们和樱花之间不是同一种事物,因此,无法懂得对方的悲欣。

我和长宁女子之间也是如此。即使我们曾经非常接近过,然而,我们之间的距离确实隔着物种之间的距离。我不懂她的欢乐,她也不懂得我的忧伤。

我们曾经两次恋爱,第一次是假装恋爱,第二次是被婚嫁所绑架的恋爱。我曾在那一个种满樱花树的庭院中遥望着她下班。当时正是开花时节,漫天的樱花就飘洒在我的四周。我周围的这些樱花站在枝头傲然看着我。这些花朵能够看穿我,即使我这么多年努力改变着自己的装束及语言,然而,这可以蒙骗世人,却难以蒙蔽这些高高在上的观察者。它们目睹了无数人的来来往往,因此,能够轻易将一种人从另外一种人中区分开来。

当樱花坠落,随风飘扬在空中时,在阳光下能够看见它们透明的身子,虚幻得不像是我能够欣赏的植物之花。这些樱花树总是飘逸出尘地活着,不见其上有人间的烟火。不像我老家的柿树或松树,即使没有水分,生长空间也受到挤压,却会勉强支撑活着。我有时会想,是否人周围的树木也会对这个人的性格产生影响。

那位长宁的女子也是一种南方的樱花树,她只是旁如无人地活着,只是为了自己而活,并不愿意在生活或爱情方面做出一点扭曲本性之举。这不像是她的祖辈,也不像我。我也想成为她,但是,我内心的一种根深蒂固的声音总是潜隐性地对我予以制止。每个人都是自己,也只能成为自己。

我和长宁女子的爱情也是虚幻的,这无所谓对错,人生谈何对错呢?对错只是我们认为的对错。就在那片香气漫天的樱花林附近,我从那时起逐渐知道香气也是可以造成伤害的。我们最后一次见面发生了撕扯,这不仅伤害了她,也伤害了我。如同双手将樱花树揉搓,并不只是樱花受伤,手也会受伤。

我当时凭直觉已经感觉到她在分手之前已经找到了新的男友,也凭直觉知道是谁。我的直觉一直很准,当时也验证了我的直觉。这也是我不顾一切大发雷霆的原因。她在我谋生的那个知识单位一直没有获得晋升,而我也被不明真相者到处流言蜚语所伤。在一场毁灭且不节制的恋爱中,没有一个是独善其身者。

我在感情方面是后知后觉者。我后来也想过,是否我在父母身上没有获得过感情的照耀,因此,就无法将感情反射到恋人身上?在父母的感情上,我看到的尽是崎岖之路。作为他们的镜子,我的感情之路也是艰险难行。

在这场失败的恋爱后,一直到在珞珈山中看到樱花树下的夫妻,我才慢慢开始明白,人和樱花的契合,以及人与人的契合,应是天地万物自然循环的一部分。否则,就是逆天行事。如此,我可能幸运地避开了一场婚姻失败的风险。诚然,这是一场失败的恋爱。然而,即使是一场毁灭性的恋爱,也胜过一场毁灭性的婚姻。

我一生行色匆匆,即使已到中年,却仍然难以凭借自身之力支撑,因此,欲找珞珈山下学府的一位朋友帮助,以求获得人生的一点转机。当时因他出外有事,我就在珞珈山上四处闲逛等待。那也是樱花绽放之际。难得我在珞珈山中发现一片人迹少至的空地,当时只有夫妻二人及其坐在童车上的双胞胎婴儿。仅从面容来看,这明显是老少配夫妻。后来在攀谈之时,却知丈夫原来刚刚退休,却不显实际年龄。特别是当时他在唱戏曲之时,似乎是唱京剧青衣的样子,真是声裂浮云,缭绕山谷不绝。那一对两岁左右的双胞胎入神地看着父亲高唱,也停止了咿咿呀呀之学语。旁边的年轻妻子看儿子不再缠着她,也即兴在旁边翩翩起舞。此时,樱花纷纷落下,如幻非幻,似乎非现代之境。此时我看不到他们二者年龄有任何差距,真是天做的一对。在他们停下用方言交谈之时,即使我听不懂,但是,明显能够看出是用爱的语言交谈。樱花就是为他们而飘洒,我只是有幸做了一个旁观人。

肆

三地都有樱花开,两手皆空望云人。无论是樱花,还是浮云,没有一朵开在我适当的距离,都与我相距遥远。一切皆有定数,所谓的定数也只是在特定的人身上种下种子,结出果实,而在其他人身上就有不同之结果。

我试图辨别这些满树绽开的樱花,但是,它们只是明媚一片,只是艳冶一片,我只是路边人,我只是旅行客。我只能对它们匆匆一瞥,却难以从对它们的凝视中看到同样的凝视。

樱花的根在水的一边,我的根在山的一边。我们本来是不会相交的物体,只是生活之大风使我翻山越岭来到樱花树下。然而,我和樱花毕竟是两种事物。樱花有樱花的语言,有樱花的风格,也有樱花开放的春天。我只是有沉默的语言,石头的风格,以及更适宜开放在晚秋或者深冬。

在万千个尘土飞扬的日子里,我也曾一身疲惫靠近樱花,然而,它有自己的飘逸世界。在无数个晨昏之中,我也想将樱花树移植到我的院落中,然而,在城市中,我没有可以适合它们的生根之处。在我的老宅中,孤寂并不适合它们的本色。

我曾数次在樱花漫天之时经过,它们却几乎很少落到我的身上。即使偶尔落在我的头上或者肩上,也只是这些风中之花暂时栖息片刻而已。我抓不住它们,我从来也没有抓住过自己。

即使我强行抓住了这些樱花,不仅是对它们的伤害,也是对它们的囚禁,这其实也是对我的囚禁。将两株完全不同的植物强行捆绑在一起,即使是身在咫尺,也永远无法抵达对方,只能在彼此互相绑架中而逐渐枯萎。

只有身处其中的人才知道,休看这些樱花薄如蝉翼,却是有重量的。有人终生立于树下感受芬芳,有人一片樱花即可击中。我不止一次被这些看似无力的樱花击中,这其实是一种警告,但是,我后知后觉,却一直置若罔闻。

不要以为这些樱花香满庭院,然而,这对别人是芬芳,对我却可能是砒霜。在如樱花般的幻梦之中,没有一次开在我现实的庭院之中。我在樱花落地之时走过,使之成为香泥,也被樱花几次击中。同样都是樱花,对于一个人而言,可能就是明晃晃的照耀前行的日光。对于长久不见阳光之人而言,可能就会闪瞎双眼。

我一生之错在于把樱花当作枣花。枣树是一种坚硬的存在,然而,它们也可以结出枣子。枣树的力量藏在果实之中。其实,樱花树和我少年时所熟知的梧桐树也不同。即使梧桐树只是展示简单的一片片阔大的叶子，但是，它们可以提供荫凉。梧桐树的力量藏在叶子之中。而樱花树不同，这是一种只为供人们欣赏而生的树。樱花树的力量在于樱花。等到樱花谢了，可能就没有人记得它们曾经是一棵树。

即使表面上我知道对樱花的认识错了，然而，却没有一次真正清醒。没有人可以轻易跨过其他事物。我曾以为可以轻易跨过一朵樱花，后来我才渐渐明白，我亲身经历的樱花都是命运的化身，我都没有跨过自己，何谈跨过樱花？我以为自己是一个巨人，其实只是一个蚂蚁而已，即使费力也不见得能够爬过一片樱花。

樱花再次回来还会记得以前的道路，我的身体也会记起以前的道路。我们看似在树下做了一梦，貌似经过完全不同之生活幻境，然而，只不过是照旧循环而已。

祖坟

壹

在老家那片山地，每一座坟墓都不是平坦的，它记录了一个人走过的崎岖不平的路。坟墓是每个家族的坐标。因为祖先死了，我们是无法通过白骨找到他们的。只有通过坟墓，我们祖先才能重新获得定位，他们的名字是直接与坟墓连在一起的。

一个家族的兴旺是可以从祖坟之上看出来的。如果这家祖坟土丘巨大，上面长着松树、荆棘丛或者迎春花，说明这个家族还在逐渐繁衍，血脉之河还在顺畅地流淌。

当然这只是比较古老的坟墓如此。如果是一个村最古老的坟墓，即使坟墓下的亡灵是这个村的所有的人共祖，然而，现在的人都很实际，除非祖先是权贵名人，否则，一般没有人去相认相隔四五代以上祖先的坟墓。

如果在一个贫穷的村庄,特别对于没有名气的祖先,后裔越多,流传越远,坟墓却越来越小,小到几乎这个村庄的人都不知道祖先最终去了哪里。时间不仅会销蚀我们的骨头,也会销蚀坟墓的骨头。无论是活的村庄,还是死亡者的居所,都不是时间的敌手。

在老家那片山区,如果什么东西丢失了,几乎总会有人认领。但是,坟墓却不同。如果这座坟墓丢失多年,无论这座坟墓形状多么巍峨,或者石碑多么高大,都不会有人说这是他们祖宗的家业。祖坟具有专属性。这只是一个专门家族的标志。

祖坟也和后代绑在同一条船上,如果后代出了权贵之人,那么,坟墓就成了权贵的坟墓,浑身上下装点一新。如果坟墓后辈都是布衣农夫,那么,就是贫贱者的坟墓,它们的外衣千年不变,都是黄褐色或者黑色的泥土。因此,别看坟墓只是呆呆地立在那里,其实,做何种坟墓也是技术活。当然,投胎更是。

贰

我们村宋家的祖先坟墓在西山顶部。因为老祖宗有年龄优势,预先占据着山顶最高最平坦的位置。当然,我所知道的宋家最老的祖坟却隐于水中,以我们看不见的方式遥望着这一个县的子孙。很多年前的一次修水库之时,即使那么多活着的子孙也无法抵挡住权力及大水的蔓延。水库可以养活更多的活人,死人自然都得为活的人让步。即使是最强大如帝王者,也不能一定保住自己的骨头。我在这片地域的祖先太老了,他们的腐朽骨头自然无法抵挡权力洪水与自然洪水的双重冲击。

当然,祖先们还是不放心我们,并没有完全远离。他们的泥身居住在一个村庄的老树掩映的古旧院落中。在一年的秋天我去看望他们之时,秋日的玉米被收割后堆放在巷口,从狭窄街道一头一眼就可以望见另一尽头的寂静。祖先们在这座宋家的祠堂端坐最多达到六百多年了,身上宽大的袍服也没有换过。他们只是默默端坐在堂屋正面,毕竟这么大岁数了,对衣服也没有太多的讲究。整个院落四周无人,很难想象这么几位祖先繁衍了这个县的如此众多的子孙。然而,只能感觉到只有这几位还在活着,其他先人都真正的死了,这几位祖先是死者选出来的代表。

在我的老家那个村庄,这些年人口越来越凋敝,坟墓却变得越来越拥挤。最好的位置被最先死去之人先到先得。西山最高位置埋着宋氏的共祖,西山山腰埋着我的太祖父母。祖父母的坟墓就得安排在山地相对平缓之处。

那时祖父犹在,祖母已经离开我们多年。然而,她却不得不搬离居住多年的一个墓地。母亲负责找的隔壁村的风水先生看的墓地。在确定现在的墓地之时,根据那位衣衫有些脏旧的风水先生的说法,《周礼》有云:前有照,后有靠,这就是风水宝地。因此,墓地应选在背山面水之地。但是,山水都被死去更早之人占据了。先死者具有优先选择权,总不能和死者去争坟地吧。

风水先生真是懂得因地制宜之人,将祖母的墓地选在了我们自己家田地的地头,后面有个两三米高的坡地,说是普通人家坟墓后面的山不能选择过高,这叫做背山。在墓地前有山地数亩,这叫做明堂开阔。在墓地前方远处有个只有在夏日才缓缓流水的沟渠,这叫做靠水。因此,这个墓地就是背山面水的风水之地。祖母的这块墓地,同村之人都说是我发迹的原因,即使我自己都不知到底哪里发迹。

祖母埋葬之时我没有亲眼见到。当时我在远方求学,母亲没有告诉我祖母死去并被埋葬之事,母亲似乎想把这件事情埋葬起来。但是,她的力量单薄,智力也有限,无法埋葬我的内心。我的内心是有眼的啊,会到老宅看那座永远沉寂下来的土炕,上面不会再有烟火气息。因为祖母怕冷,祖父就仿照我们家在吉林蛟河逃荒时的习惯,在老家旧宅专门给祖母做了个土炕。祖母不在了,土炕也就冷了,生命也就到头了。

我的心也是有嘴的,它会向记忆之中祖母永远坐在其下面的那两棵枣树及梧桐树询问,那位和善的老妇人到底去了哪里?你们这么茂盛的树枝的手,为何不去再挽留这位朝夕相伴的老人多住些时日呢?然而,祖母走的那年正是三九寒天,枣树和梧桐树都无力自保,何谈挽留祖母?

祖父下葬之时我到了现场,他躺在一个狭小的木盒里,外面穿着更为宽大的木头罩袍。在下葬之时,众多乡邻帮衬着将棺材抬起,缓缓放入地穴之中。这个村子在丧葬之时都是互相埋葬对方。因为死亡是一种巨大的悲伤,需要合众人之力才能抵御。

祖父母的坟墓很普通,普通到与山中其他坟墓没有任何区别。他们大多都是一些老人坟墓,都会在春天头顶上开出淡黄色迎春花的小小花束,在秋天坟墓的两鬓会长出苍白的头发似的黄草。

叁

我们家族中有与父亲不和的传统。我的太祖父那辈,太祖父的八个儿子除了夭折或者中途死亡的外,分别站在不同的阵营之中。祖父与太祖父不和,就和几个兄弟站到其三叔的阵营之中,其他的弟弟则站在太祖父的阵营。这也是祖父与他的几个弟弟矛盾丛生的原因。

与祖父对立的几个弟弟说他们三叔参加过维持会,是卖国投敌。他们三叔那边说太祖父是奸商,因为我太祖父一直靠着赶牲口做贩卖粮食生意养活一大家人。我的太祖父与其三弟矛盾了一辈子,并且也将这种传统一直流传下来。

我亲眼看到祖父三弟、六弟打到祖父母门上去。我三爷爷及六爷爷是横蛮之人,特别在背后父母权威的加持之下,更让他们忘记了兄弟的情分。当我怯生生看着他们猛兽一样撕咬着祖父,就会感觉这不是能够获得原谅之人,因为他们已经没有了人的情分。特别是我看到祖父被他的两个弟弟用酒瓶打得头上血光四溅以后,我初次明白了酒瓶的硬度和祖父头部硬度的比较程度。酒瓶没有出血,只是破碎。而祖父的头部既出血,又破碎。原来酒瓶不仅可以用来喝酒,也可以用来喝血。

祖父不是我,我不知他为何最后原谅了他的兄弟们。最初我也不明白,他的六弟为何要选择死后强行和我祖父母挤在一个墓地。他们是一代人,我又是一代,我们相隔太远,可能如同阴阳相隔,互不理解的事情太多。

肆

世人可能都有一个嘈杂的人生,并且还可能有嘈杂的死生。别以为人死了就可以安静下来,我的祖母即使死去也没有得到安宁,因为她的死后的居所漂泊,不得不从另外地方被搬迁过来。

因为太祖父和祖父家中不和,祖父怕祖母埋在原先的祖坟中受到太祖母的欺负,就把祖母的坟墓埋到他三叔的祖坟之中。这是他三叔生前的授权,但是,在死后他三叔的儿子们就决定收回这项权利,结果我的祖母就搬迁到现在的墓地。

然而,祖父母还是不能防止其六弟的干扰。我的六爷爷明明已经到煤城定居多年,却重新回来准备死后挤进祖父母的墓地。因为祖父母不能发言,死去的人是没法与活着的人纠缠的,即使祖父母在活着之时也没有斗过我的六爷爷。加上我的父亲又是帮凶,他在生前不得祖父母的欢喜,在祖父母死后还是背叛他们的意志。

世人能够出人头地,往往会把一切用到极致。有人利用自己到极致,有人利用别人到极致。有人利用活人到极致,有人甚至利用死者到极致,我的这个六爷爷就是如此。他本来也是村中一介贫困农民,以前兼职在农村贩卖牛市场上做说牛行的,也就是贩卖牛的中介人。六爷爷依靠巧言如簧,后来把全家连根拔起,安置到当时相对富裕的煤城。但是,命中却有难以被算计之处。煤城这些年却逐渐衰落,同时,城市中可以埋葬的公墓墓地很贵,他又返回来利用死者,准备死后进入我祖父母的墓地。

应该说,除了看中我家祖坟风水以外,经济利益是这位九十岁仍然精力不见同步衰退老者的主要算计。这个年龄也是让我不忍心再加入家庭纷争,拒绝让他死后进入我家祖坟的原因。毕竟他和祖父是亲兄弟,也可能在地下幡然悔悟,两兄弟和好了呢。在世间亲人彼此之间是个牵挂,在地下,或许彼此也能有个照应。

伍

坟墓是一种安定的存在，这是一种绝对的安静，很少有什么能够惊醒它们。一般也不会打扰沉睡在坟墓中的人们。坟墓的生命比一座住宅还要长久。农村的一座住宅在炊烟断了之后，或者这家人一起去了远方，或者去了更远方，去了难以回来的地方。这座宅院就死了，生命就在整座村庄的花名册上被划去。但是，坟墓中的人已经死了，却不能再死。否则就会产生负得正的效果。

除非万不得已，坟墓是一家人绝对的私有财产，不能随意挪动。在农村捍卫自己家的坟墓，与捍卫自己家的宅院具有同样的价值。在农村，如果一家的祖坟被动却无力反抗，这家人的尊严就可能同时死亡，这是一种社会性死亡。

我在人生怒海之中，依靠知识之船勉强上岸。同宗族中就有人认为我独得原先祖坟的风水，劝我出钱修一下祖坟。但是，到底是修缮太祖父母的祖坟？还是修缮祖父母的祖坟？如果只是修太祖父母的坟墓，祖母必定会露出那种老妇人才有的轻微的伤心。因为以当时她那个年龄，以及多年被气管炎侵扰的身体，已经没有力气去过度伤心。因此，伤心也是一种奢侈的事情。

此外，本来我们家族还算正常，如果修缮祖坟或者增加墓碑后，谁家中突然出现了变故，那么，宗族中人可能就会从死者身上追究到我这个活人身上。人真是处处是纠结。不仅为死者纠结，也会为活者纠结。

我家最老的祖坟被动过，被大水动过。现在它沉入深水流的底部。即使它的表面破损不大，其实内部可能已经不完全是那个最古老的祖先了。这里面可能有鱼虾的尸骨，也可能有其他人的骨头偶尔被流水带入。这些不速之客无法被看见，但是，每日却可能都在发生，如同时间侵入我们活人的肉身和骨头。

我祖母的坟墓曾经被移动过，这是一种无可奈何之事，她是想逃避自己生前不喜之人，但是，又可能落到另外一群不喜之人的身边。不仅活人有宿命，死去之人也有宿命。无论生死，看来都需要与命运抗争。并不是以前我们村的老辈人所说的死了死了，一死百了。即使人死了，但是，纠结还没死去。

虽然死和死并没有差别，都是停止呼吸，且是永远停止呼吸。但是，在我们那片古老山地，死的形状及住的地方还是很有讲究。这也是死者的命运问题。对于我的太祖父而言，虽然他更早死去，却选择了体面的死的形状，这主要是指以全尸的方式被体面地埋入地下。

我的祖父虽然寿命超过太祖父，却不得不接受火化的方式，然后被送入现在另起的祖坟。在他死前最后的辞灵仪式上，我看到了他蜡黄的面孔。这是一具蜡人，我却知道这曾经是一具有思想的蜡人。蜡人最怕被火融化，然而，命运就是无可奈何之事，他还是被送入火化炉中被烧掉。

即使我是一个谨慎的人，也准备为祖父出头，保护这个无力保护自己身体的老人。然而，村中一个更为老练的长辈看出了我的心思，就劝我不要因为这事惹事。他说：人死如灯灭。这盏灯都灭了，无论你是添煤油，还是添酒精，都没有区别。一不小心还会因为死人将活人的手烧伤，这又有何必呢？

然而，还是有强力不能抹平的坟墓，这就是人心。记得多年前乡里号召所有的死者不准再住土石的坟墓,都将那时的死者安排住进了山顶建造的更好的平房建筑中,称之为骨灰堂。然而,即使西山顶部的那座建筑看似更为精致,死者却住得并不适应,他们不知是通过什么方式将这种意愿通知了其子孙,于是三三两两的子孙们在夜里将骨灰堂的门撬开,重新将其先人安葬在一个僻静角落。那片山区面积广大,总有强力走不到的地方。

陆

祖坟是一件古老的坐标,不仅可以为亡魂指路,也可以为活着的人指出回家之路。即使一家人都离开村庄许多年,甚至同一村庄之人都将其视为了外来户,然而,他们在老去之时还是会循着祖坟的坐标回来。如果老家的宅院被拆迁或者被某种暴力粉碎,那只是回不了那座院子和房屋。如果祖坟被摧毁,这才是彻底地难以回家。

坟墓本身就是村庄的一部分。村庄是活着的坟墓,所有人都是坟墓的待定客。坟墓是死了的村庄。即使我不知道这些死去的人在地下的村庄怎么组成,也没有人真正传达过这方面的信息,想必也与地上的村庄没有太大差异。

坟墓卫护着村庄,这是祖先对后人的卫护。村庄也护卫着坟墓。如果周围的村庄消失了,只剩下残垣断壁呼吸着大阵的风声。那么,附近的坟墓也就成为抛锚的船。村庄的炊烟消失了,附近坟墓的烟火可能也就永远熄灭了。

在那片山地,当我去其他更为遥远的荒废村庄时,我看见过那么多的坟墓还是静静地停泊在夕照之下。它们是等待谁回来吗?

这些坟墓的主人知道，等待别人就是等待自己。只有村庄重新回来，这些坟墓的魂才会继续进入这片村庄巡游，否则就是孤魂野鬼。

我不知祖坟对于一个在外漂泊人的作用，一直住在农村的人也可能不知道，如同一直享受父母温暖的人认为这是理所当然一样。特别在一些老辈人眼中，如果死后不能埋入祖坟，魂灵将永远飘荡。无论在外面有多么功成名就，但是，只有进入祖坟墓地才能获得证明。

老家村中有在外工作的政府中人，由于受到别人的排挤，即使级别较高，还是想不开跳河死去了。我曾有事求助于他，这是又一个经过我身边的人走失。这让我当时感到悲凉，但是，很快我的悲凉将会被更多的悲凉或者欣喜淹没。我相信即使他们的亲属也不会悲凉太久。因为这位死者的儿子及媳妇并没有遵从父亲的遗言，把父亲的骨灰送回故里的祖坟。这也说明了他们悲凉的性质。这使得这位死者至死都没能回到故土，没有安住到祖坟墓地之中。每个人都有每个人的造化，进入祖坟安居就是一种造化。

一切似乎都没有发生，这个城中人甚至都没有机会让坟墓长出荒草。无需让荒草掩盖旧事，更无需让岁月花费任何力气，就将一个活力十足的人在世界上抹去。这个城中人也是局中人，其死亡还不如农村人死后埋在坟墓之内，至少埋在坟墓中，还能让人发现黑白之分。黑的是土，白的是开在其上的白花。

柒

老家农村的坟墓简单，并未种有帝王坟墓旁边高大而森严的松柏，只是简单地种植一两棵松树作为点缀。这些不太高的树木，却可以提示坟墓外之人，在出外太久时可以作为回家的标识。这一两棵松树也可以让外面的人祭奠时悬挂成串的爆竹，每年节日点燃后可以通知坟墓中人，子孙们还在繁衍生息，别睡得太沉，每年也要醒来接受子孙们的心意。

在祖坟旁边并不是让人害怕的去处，反正早晚都得去这个地方。里面之人只是长久地安息，外面之人也是短暂地活着。在祖坟外面的田地里，往往都种植着各种庄稼，做活之人还得认真一点，里面的老人还正看着呢。

在祖父母坟墓之外，当年金银花开遍山野，星星点点如同绿叶丛中的星斗。当年采金银花之人已经老了，走了，走得有些远，看样子一时半会不会回来。然而，每年夏日的晨曦之中，这些金银花还是会重来，在夏日光芒初升之际，在玩耍的儿童雀跃之中。这让祖坟并不寂寞，也让活的人心下安定。

二十七

老家的院子

壹

很长时间我不知老家的院落最初来自哪里,开始到底长的什么模样。只是由于一年大疫,我在老家躲避疫情,在西山顶上和一位年长些的邻居闲谈,才知道老家的旧院原来是一片桃林。父母当年跟随祖父从山东闯关东,后来重新回到山东老家,已经是无片瓦可以立足。大队干部看我们无处可住,就让父母在这个桃园里建造了几间极其简陋的房子。

如同在雾气中遥望一座老旧的宅子,经过那位邻居的提醒,我在记忆迷雾深处模糊可见当时的桃树院子。桃花在春天开放之时,让这个苦涩的院子里也是充满了甘甜的味道。在满院桃树结果之时,也会让这个贫瘠的院子获得丰盈而成熟的感觉。因为这座院子是当时大队集体的一部分,被我们家用带刺的荆棘围起来后，并且加上了一个用铁丝绑紧的松树枝干做成的门。虽然不是我们家的私产，但是，其他人要进来摘桃子之时不免要费一些周折了。

如同有门就会有锁，不仅是锁将门固定，而且门也将锁固定。自从我们家拥有了这座院落之后，就有了与之配套的三间简陋的石头房子。这两者之间也是互相固定。

石头是这片山地最为廉价之物，所有的成本就是将它们运到家里的人力成本。我们家的这三间房子几乎是纯石头的，屋顶是用薄薄的石片作的上盖。院子起先是荆棘丛围成的，后来条件稍微好点，四周的院墙也换成了或青或者半青半黄的斑斓石头。

为了防止大雨不请而至，擅自闯入我家的房中，屋墙的外沿用泥和着草糊了一层。然而，真到了下大雨之时，由于屋顶只是用石片简单覆盖，四周墙壁也是用黄泥糊的，显然不能抵御雨这么细密之物，很容易被雨水淋透。往往是外面下大雨，屋里下小雨。如同我们的肉身与骨骼缝隙过多，不能抵御时间的侵入一样。因此，特别在秋雨绵绵之时，如果我住在家里，四处风雨之声让我无法入睡，我经常躺在床上看着摇晃的油灯，无聊地听着长一阵、短一阵的雨水敲打屋顶的声音入神。除了被风雨所包围外，这座冷寂的宅院也让我感觉自己是被它所困住的人。

这座宅院又被谁所困住的呢？它本来只是一片桃园，在白天骨头都可以被晒得温热，在夜里白银色的月光又可以镀满全身。它的周围邻居至少在当时是一片充满和平气息的庄稼。夏日里蜜蜂会穿越庄稼把远方发生的事物信息告诉它。只要不是冬天，这座桃园整日里雀鸟及昆虫盘旋不绝，绝对不会孤寂。

　　我有时会同情这座院子,它本来是无辜的,应该被更为平和的人家所居住。但是,却被那位大队干部强行安排到我们家里。因此,它被迫和我一起忍受永远不停息的家庭争斗。它永远被我们家的院墙困住,看不到更远处的村庄和人家。

　　但是,我那时只是孤独地呆在房屋一角,不知如何去安慰这座被封锁于此处的院落。我那时还太小,还没有学会安慰周围。由于我很少被安慰过,因此就不能反射出安慰之光。

贰

　　长久时间中我感觉到,我的父母是能够让我切断一切幻想的人,特别是我的父亲更是如此。我在八岁那年,曾经在下河滩那个地方捡来一株小杨树苗。那是一个炎热的夏天,万物之上的阳光鞭子抽打着其下的一切,这棵幼小的树苗就斜躺在那河滩之上。即使离那条尚还细细流淌的溪水不太远,但是,这却是别的树木的流水,是那些根须能够抵达的树木的流水。

　　我怀疑这株小小的杨树苗也是其父母的遗弃者,就随意地将它捡来种在院子里。这株树苗也随意地长大了,并且越长越大,生命超过了父母的所有其他专门种植的树苗。

　　由于我们家最初的土石院子过于凹凸不平,即使有少许土,但是,却有不少石头过于优秀地凸起于其他土石同行。在经过了多年后,父亲终于不能忍受了,就找了一些人从外面拉回来几车土,将整个庭院垫高,从而整个院子就平整了不少。这本来不是为这株杨树专门准备的优渥条件,然而,它却无意收益。由于获得了更加丰厚的土壤,长得就更加高大。

　　我一直认为这棵树就是我的化身,我们命运相同,都是无意之举造成后来还算可以的结果。我当时已经在复读后考上了大学,这株树也成为我们家最大的一棵树。我本来想留住这棵树木,并且多次表示这是我八岁时种植的,是我的树,这是我对旧事的念想。同时,这么大的树木栽在家中的院子里,不仅夏天可以乘凉,也是子孙血脉旺盛的标记。然而,在我读大学的时候,未经我知道,更别说同意,父母却将这棵长了很多年的大树伐倒。原因是这棵杨树太大了,如果有大的风雨的话,就可能会歪倒砸着房屋。

　　这其实在某种程度上又一次斩断了我试图和解的努力,我和父母很多年就一直这样无法到达对方的河流,而是各自孤独地流着。总是有一种莫名的堤坝挡在我们当中。这是感情吗?难道少时与父母感情断流会一直延续到一生吗?他们总是有自己的理由,并且他们的理由与我的理由这么多年一直在紧张地争斗。直到我远离故土之后,我们之间两种理由的争斗才算偃旗息鼓。现在他们的理由逐渐衰老,我的理由却也精力衰退,已经到了没有必要与他们的理由争论长短的时候。

叁

　　我其实内心特别希望有个哥哥或者弟弟,而不是有个姐姐。特别小的时候更是如此。亲兄弟之间是天生的同盟军,这是血缘所带来的力量,能够弥补天生力量的不足。多少年我都一直遗憾缺少一个天生的同盟军。因此,不得不与外界独立作战。我身子比较瘦削,但是,我的心中的血却燃烧得很旺。如果有个兄弟,无论我们再小,也可以同仇敌忾和欺负我们家的村民干上一架。当然我的姐姐在后来读书时也对我有所帮助,我很感激。但是,已经到了我二次读书考上大学之时。

少时我所想的都没有得到,因此,我必须完全通过自己来让少时所想慢慢成型,让我的想法长成人的模样。我就是自己的兄弟。我们两个互相并排站在一起,血都是相通的,心也是相通的。只有自己才是自己的兄弟,才是真正保护自己的同盟军。

那时因为父亲对外比较懦弱,这让我的内心整天更是希望退守于祖父母院子之中,而出了祖父母大门就成了别人的世界。在祖父母这座院子之外,尘土可以淹没我的脚踝,石头可以磕到我的探出破旧鞋子外的脚趾,阳光可以抽打我的肌肤,风可以把我撞了个趔趄。那些父母更加强大或者兄弟更多的家庭可以有意无意地挑衅,村中的同宗族的流氓也可以对我侮辱。

即使那时有个保护我的叔叔也可以。然而,他们甚至都不能保护自己。特别是我三叔,他是一个比呆傻稍微强一点的人,能够基本自给自足而不被饿死。然而,仅凭这点能耐显然无法找到媳妇。因此,祖父的血脉在他那里就没有延续下去。我是祖父唯一的一个孙子。

即使我十五岁与三叔同在周村煤矿下煤井之时,我明明看他浑身都是力气。但是,大脑却无法指挥这些力气为他谋取更好的生活,也无法让力气转化为尊严。即使我们是亲的叔侄,他的内心也不会产生过多的亲近感。我与其他人产生激烈冲突甚至打斗之时,他只是躲得更远,好像是围观两位陌生人的纷争。

三叔大脑有其独特的自我循环的世界,这个肥大的黑色球体只是安排三叔去过一些浑浑噩噩的生活,让他多余的精力只是从事一些无聊或者懒惰的事情。比如说,三叔会无休止地擦拭自己买来的皮靴,不限次数地用鸡毛掸子去抽打那件黄色军用大衣上的灰尘。其实,到底有没有灰尘,他自己可能也不知道。然而,上天不会在人间造就彻底无用之人。即使三叔智力堪忧,却是祖父临终时最大的依靠。因为祖父智力更高的儿子们都忙自己的事情,上天只是留下了三叔在他临走前的几年前后照顾。显然,祖父是一个有福气的人。祖父只有在他临死之际,才知道谁是他真正可以依靠的儿子,就把自己的那座旧院子传给了三叔。

我一直想有一个独立的院子,甚至是一个破旧的小房间也可以。因为这是我自己的王国。由于祖父母后来都去煤城谋生,只是剩下懒惰的三叔守着祖父母的那个院落。我就用柴草和荆棘把这个院子隔离出一角。在这座旧宅的一个角落,有一个小且屋子墙壁被熏黑的荒废厨房。然而,如果这成为我可以独立居住的房屋,这也是天堂,至少我可以不用整日无奈面对父母。这是我辍学还没有到煤城打工之前的事情。

虽然那时三叔比我强壮很多,但是,却无力阻止我在他占据的院落里割地为王。他找来了我的父亲,一个更为强大的暴君。我和父亲发生了激烈的冲突。那时我身材不高,如同生长在最恶劣的土石地里的庄稼那么瘦弱,但是,头发疯长的速度要远远超过身体发育的程度,这让父亲的殴打有了很好的把手。那是我最快的一次发胖的记忆,我的头发受到了父亲死命的揪扯,结果即使是后来他松手后,我感觉头皮足足比平时胖了一指。如同一个发酵良好的馒头,用手一按便会出现一个小小的洼陷。

肆

每次回老家重新经过祖父母那座旧院之时,特别是在夏天,那道已经发黑的大门门槛已接近腐朽,已经无法阻止院内的荒草蔓延出来。如同一个发福的胖子,过于狭小的衣服无法避免胸毛外露。不同的是,前者是腐烂,后者是腐朽。

这座院落的西边隔壁一家本来有个宅院,这是我七爷爷的家最初所在之地。由于后来他的第一个妻子服农药自杀,那个院子也像是中了毒,慢慢地变成乌黑。先是低矮的院墙由于潮湿被苔藓所占据,后来一些菌类植物又爬上了他家的屋檐,再后来整个院落也被杂生的树木所密密麻麻封锁,在白天这里就成为乌黑阴森的地方。

后来慢慢想想,那个与祖父母西边直接相邻的院落,其实最初也是建好了,只是这家里死了一个人后,这座宅院也就完全拆毁荒废了。多少年我甚至完全忘记了这件事情,住在祖父母家中也不感觉到恐惧,只是因为我身边有两位让我内心安全之人。

现在他们都走了,去了一个难以回乡的地方。然而,这片山地住着的农民对这一切都似乎并不在意。草绿了又黄了,庄稼种了又收了。有的孩子出生了又长大了,有人长大了又变老了。即使是死亡也没有人关注太多。只是在晚饭时像是谈论天气一样说:某某多好的一个人,说没就没了。然而,这并不影响第二天起床的时间,该起床自然会起床。也不会影响他们的饭量,该吃多少就吃多少。对于他们,这种生老病死与草荣草枯没有任何区别。

现在祖父母那家旧院一到夏天就成为了草木的王国。有时,我内心十分敬畏这些草木，永远不急不躁从容地生长。然而，只要人稍有懈怠，它们就会抢占人的地盘。不仅可以让一家人的宅院荒芜，也可以让一家人的房顶荒芜。即使我知道可能是鸟帮助了这些草木，让它们爬上了荒废的房顶或者山墙，但是，我仍然认为它们才是真正的强者。只有这些草木，才勉强与时间打个平手，时间也没能真正消灭它们。

即使草木每年都被时间摧毁一次，但是，这只是它们在和时间进行着较量，显示出它们亲自体验过时间的威力而不死，还会在第二个春天重新睁开绿色的睫毛，让雨丝从眼睛里渗透进来，让精力重新支撑身体站起，这本身就是一种力量的体现。

我们不如草木，从来不敢尝试着死去一次再活过来，因此，我们很难像草木那样循环着永生。我们看似都很清楚，然而，实际上却浑然不觉，也许我们自己是自己的敌人，我们自己借助时间燃烧自己。

即使我是一株待燃的草木，也希望燃烧于自己的故宅之中。谁都是被燃烧者，却又可能都是在旷野中被燃烧。如果我在自己的院落之中燃烧自己，那就不是空空地燃烧。

二十八

逃跑者

壹

我是一个逃跑者。堂姑家中是我逃跑路上的一个驿站,是我成年后的第二个家。在我逃跑乏累之时,经常到她家里短暂休息一下。我的双脚多年打工时变得粗糙有力,然而,即使那么结实,也耐不住那么多年的逃跑。

我从小就有逃跑的冲动,在未成年时逃跑到弥漫着硫磺味道的周村煤矿采煤,到树木丛生的青龙山采石,到大雪遍地的奶子山煤矿采煤。然而,并不是只是我一个人在逃跑,在那条无尽的道路之上,我从来都感觉不是自己独行。

多年前的一个黄昏,我经常长时间站在堂姑家的门口向西方远眺沉思。此时,鸡已经慢慢回到树上歇宿,暮色开始逐渐弥漫了我的眼睛。我是一个暮色过多的人,可能都是因为看暮色太多的缘故。

在堂姑门前不远处的土路上，我看见一个人在向北方逃跑，跑的是那么急促，即使我站的那么远，也能感觉他的肺已经不能支持脚在逃跑。然而，他的心还在努力推动着他的脚蹒跚向前。我想一定有危险的东西在追赶着他。那么这又是什么呢？不是死亡，这个地方的人大都没有多少文化，并且因为这点比有文化的人更幸福一些，不会明显感受死亡在追赶。是时间在追赶他吗？好像也不是，在这片山地的众多村庄中，时间追赶得从来没有这么急促，只会让一辈辈人慢慢地老去，然后再以相同的面目重复循环。死亡和时间在这里似乎并不是什么大事。

堂姑是一个知晓当地各种事情的人。她告诉我这个逃跑者是因为恐惧监狱而逃跑。这个逃跑者是砸当地乡政府的人。他的弟媳因为超生被乡政府的生育政策部门抓住，和其他村庄的同类型的人一起，被关在乡政府门外的大院子里。那是个极端寒冷的冬天，再加上看管的是一些比冬天更寒冷的人，在寒冷和伤痛的双重催逼之下，这位妇女没有逃跑成功，就死在那个大院子里。这个农村妇女来自一个强悍的家族，这个家族所在的村庄是一个强悍的村庄。结果，一村人就集体把乡政府砸了。

这绝对是一个值得抓获判刑的理由，也绝对是一个逃跑的理由。我在隔天去那个乡政府驻地去看时，喧嚣一时的硝烟已经平息。然而，在那个相对简陋的乡政府宿舍区，还能看见各种牌子的几个酒瓶碎片，在正午的阳光下闪光，提醒着我这里曾经发生过一场民意沸腾的冲突。路过的人告诉我：那个村的村民从乡政府干部家里搜出来不少好酒，有的砸了，有的带回家了。整个大院子里面的人当时都逃跑了。在我小时的记忆中，这座简陋的大院就是一个高不可攀的城堡，里面住的都是一些威风凛凛的人，为什么他们也会逃跑呢？

贰

　　就是这座大院子，在这个事件更早的几年，那时我还在高中读书，假期也经常住在堂姑家里。我同样也被它追赶着逃跑过。

　　在堂姑的村子中，住着和我同姓的一家人，但是，却没有在宗族方面的血缘关系。他们家从远方迁移到堂姑的村子安家。即使有血缘关系也丢失在这么远的路途中了。由于堂姑为人和善热情，娘家又和这家同姓，就作为本家来走动了。

　　这家人的二儿子当时有两个孩子，为了想要一个男孩，他们又超生了一个。在那个年代，这绝对是一个应当逃跑的理由。

　　在这片山地的很多村庄，超生是当地乡及村干部的第一打击对象。在最严厉的时候，可以采取任何有效的措施。当地乡及村都有专门的负责人员，将超生逃跑者的房顶拆成一个个破烂且空洞的向天仰视的眼睛。这只是针对超生的人家。如果逃跑者不回去接受处罚，就以他家为中心，附近周围几百米的邻居都会受到牵连。当然，这家的亲属受到牵连则更是顺理成章之事。当地生育政策部门最喜欢抓的是超生妇女的娘家人，因为抓婆家人她不心疼。然而，有的妇女为了生个孩子，特别是男孩，无论抓谁也不会回家，就永远地逃跑在路上。

　　这家的二儿子本来因为超生不敢让妻子和孩子在家中生活，就流动寄居在周围村庄的亲戚家，过着居无定所的逃跑生活。然而，在一个晚上，当他回家取东西临时住一晚时，不幸被乡生育政策部门人员堵在家里,并且当晚被押到乡政府的那个大院子里。

那真是一个漆黑的夜晚,本来夏夜在这个地方都是祥和平静的。周围青纱帐都长起来了,夏虫吟诵着自由舒缓的歌曲。然而,由于堂姑和我一起去营救这位本家青年男子,夜色也忽然变得心神不宁起来,虫声也好似没有了平时的章法,急促且不成调地诉说着重重心事。

堂姑在乡政府驻地那个村找了一个朋友,这个人是信用社的人员,和善而有威信。让他爬过墙将那位青年本家放出,即使被发现,强龙不压地头蛇,也不会有太大的问题。

大院里面的人可能也疲劳了。我最后准备接应那位年轻本家逃跑的时候,无意识地看了一下天上的星星,此时星星也开始睡眼惺忪起来。但是,我的浑身却都是醒着的。堂姑对我说:等你二哥跑出来后,我向着一边跑,把他们引开。你们要向着另外一面跑,不要从大路跑,要走玉米地,走河滩。

当那座大院子的大门被打开之时,那位超生二哥如同一股激流冲了出来。感觉这不像是人的力量,而是野兽的力量。里面的人都开始喧哗起来,脚步和脚步叠加在一起,如同沸腾的锅中被放入了饺子。

我有无数次的逃跑经历,无论是在现实中还是梦中。这次真实的逃跑却是我所有逃跑的最真切的模板。在那个夜晚,在那片山地的许多地方本来没有道路,却忽然变得到处都是道路起来。我在陪着那位超生二哥逃跑之时,感受到了玉米叶子在脸上粗糙地掠过,感受到了河水在鞋子中慢慢变热的温度,听见我们逃跑的脚步惊动了野鸟逃跑的声音。整个山地都在逃跑,似乎追赶我们的人也在逃跑。

叁

堂姑家的村和我老家的那个村庄最多只有二里路之隔,由于我经常住在她家里,小时也经常路过她的村庄,于是对她的村的熟悉程度不亚于我所在的那个山村。这两个山村是那片山地并排游泳的鱼。如果是在夜晚,灯火就会将它们并排的脊梁显示在一片黑黢黢相连的土地之上。

我堂姑住在村前的一片旷野之中,那时人家不多,村前只有她家和斜对面的一家。斜对面的女主人是一个热情而多语的人。整日身体内好像有一种语言机械让她不断向外喷发。男主人以前是一个小生意人,身材高大,有一个很显眼的凸出于面部的高鼻子。和那片山地农村的大多数男人一样,他也把生一个儿子作为一生的目标之一。然而,这个目标却白白耗费了他的一生。

在生育政策不严之时,对面的男邻居倒是还悠闲而放松。特别在夏季,当他的小生意不忙之时,在一棵高大的梧桐树下,他会呼朋引伴找来几个人玩牌。由于家中女儿多,最小的那个女儿由他看着。这个小女孩可爱极了,乌溜溜的黑色眼珠,高高的鼻梁,总是在父亲玩牌时捣乱。后来她的父亲可能不耐烦,就把她抱到旁边的一个高椅子上。小女孩想下来,但是,又不敢向下跳,爬下来又不得法,急得在椅子上团团乱转。我在旁边看这帮人玩牌时心中不忍,就把她给抱下来放到地上。她的父亲就在那里吆喝着说:抱下来你给我看着呃。玩牌的众人大笑,我的堂姑也跟着笑,她说:我先给看一会。

　　后来生育政策愈发严厉起来,虽然这家女主人的侄子在当地政府属于有一定名望的官员,但是,却无法抵挡政策的碾压。工作组也准备派人来拆这家的房子。这家女主人此时却忽然发起疯来,像是换了一个人。她疯狂地爬到自己的屋顶,几乎将单薄的上衣撕开,在那么高的地方危险地大吼大叫。那天正好乡里逢集,她家门口的土路则是必经之路,我相信很多人都见到了这一幕。只是这些人都是一群沉默的人,他们有嘴却不能发言,有眼却不能作证。我就是他们的嘴,我就是他们的眼睛。

　　我是一只疲惫的鸟。特别在南方谋生之地疲惫不堪之时,就会到堂姑家里小住几日。那一日我在堂姑对面大门口看到了一个眉目如秋水一般的小女孩。小女孩趴在正在晾晒的花生旁边,牙牙学语。她的妈妈站在旁边笑吟吟地看着。我忍不住上前逗了一下。不料她的妈妈怒目圆睁,对我大骂起来。我怏怏不乐,几步走回堂姑家中说起这件诡谲之事。她恍然大悟一般地说:“你忘记了吗? 这位小女孩的妈妈你当年还抱过呢? 她父亲打牌之时你从椅子上抱下的。不过后来由于她的父母到处逃跑躲避,这个最小的女儿可能受到了刺激,结婚以后老公又不疼不爱,结果精神就出现了问题”。

　　正说着,对面那位当年说话爆豆一样的女主人也到我堂姑家,她语言明显比当年慢了很多,她的脸已经如同多皱褶的橘皮。人就这么容易地老了,她身上的能量已经不足以支撑以前那么快速的语言。她对我不好意思地笑着道歉说:“她大哥,对不住了。我家小五有些年没有见过你了。她精神不好,这段时间住在娘家,精神病上来连我都打。”

肆

倪柱是我同学的父亲。他在我们那个乡担任生育政策负责人多年。因此，很多年他都是一个追赶者，并且是一个骑马的追赶者，权力就是他最快的马，其他被追赶的人都是步行者，因此，他就有更多的助力可以追上那些附近村庄生育政策的违反者。

在我们那个偏僻的乡镇中，在当地人的生态链上，他无疑处于生态链的上游。即使我们都是喝的同一条的河水，然而，大多数人喝的水都是由他首先品尝过的。虽然我们都是在同一阳光下，但是，那些年阳光照耀在他身上的时间，明显要超过其他人，他被阳光照射的面积也要超过其他人。

因此，倪柱说话都是阳气十足，那么多的阳光照耀在他的身上，这也是显而易见的结果。当然，倪柱那时之所以有那么火爆的脾气，并不是他的脾气火爆，而是照耀他的太阳的脾气火爆，他不过是太阳的衍生品而已。

由于倪柱是我同学的父亲，因此，他更加注意在我们面前展示这种火爆的形象。单位那时给他配备了一辆皮卡车，他在那里的土路上都是逆行的，完全不顾对面车中人的诧异的眼光。我几次坐他的车经过附近简陋的村庄之时，都可以看见路边被扬起的尘土溅得茫然的脸。

当倪柱带我同学吃饭之时，我也有幸沾了一些太阳的光辉。在我们吃过饭后，这个乡做生意的几个精明人都站在门前争着买单。而倪柱则在饭店的几个房间里来回穿梭，不是敬酒就是被敬。这是一个不知疲倦的人，似乎永远不会被任何东西追上。

　　这都是倪柱在生育政策负责人的位子上的事情。然而,因为他在执行生育政策中犯了错误,并且因而被开除了公职。我发现阳光彻底从他身上消失了,转移到其他正被阳光宠爱的人身上。在这片山地,阳光从来都不缺乏顾客。倪柱也仿佛忽然被搁浅了一样,从而成为一个逃跑者。

　　即使倪柱的老家也就在附近的农村,以前他也在那个农村无偿承包了很多山场和土地。当他不再担任生育政策负责人之时,以前那些山场和土地上种植的果树还是他的,但是,果子每年却成为当地村民的了。因为倪柱的身份变了,他胯下的那匹无形的马也消失了,仅凭他自己是无法追赶窃取果实的那些逃跑者了。相反,每次当他回老家看望父母之时,都是趁着夜色而去,然后匆匆而逃,仿佛怕被他整治过的那些人追上。

　　即使在我们那个偏僻山地中,猎人和猎物也不是固定的。任何人都可能做追赶者,任何人都可能是逃跑者。

伍

　　我何尝不是一个逃跑者呢?我现在一直内心相信,如果我小时不是生活于家庭争斗的漩涡中,我也不会努力抓住自己的头发,向着漩涡外的激流中逃跑。在漩涡中早晚都得溺水窒息,即使在激流中风险重重,说不定还有一些生机呢。

　　即使我远离故乡数年,如果遇到不顺心之事,我在漆黑的梦中还会奔跑。我的心努力长出翅膀,但是,却没有风将其吹动。我的脚努力向前飞行,然而,脚下却如坠巨石。就是那些粘稠的少时黑夜,让我逃跑了这么多年。

少时我的六爷爷家中曾经有过一匹马，他是一个农村牛马经纪人，这匹马也是他暂时留在家中的寄宿者。在那段时间，逢集时他的儿子都会将这匹马牵到集市上试图卖出去。这是一匹已经有些衰老迹象的马，像我现在的模样。然而，它仍然有着逃跑的冲动。一次我站在一个矮墙上，让六爷爷家的兴旺堂叔扶着我试骑一下。这匹马忽然奔跑了起来，向逃跑一样地奔跑。它没有马鞍，我也从来没有骑过马。然而，我们还是一起在乡间小路上颠簸逃跑。我想这匹马是懂我的，如同我懂它一样。然而，我那时幼小无助，不能帮助它逃跑得更远。这匹马也终究是马，并不是来自神话之中，也无法带我逃到比集市更远之处。然而，自从那次，我真正感受到了逃跑的快感。

然而，我又能逃跑到哪里去呢？逃跑往往就是一个死结，逃跑者往往总是想着逃跑，却永远难以逃跑到自己想要到达的地方。我不知是什么在追赶着我。我从东方逃跑到西方，然后又从北方逃跑到南方，都逃跑得那么远了，命运为什么还是能抓住我呢？我从面孔幼稚逃跑到满脸沧桑，命运又是怎么认出我的呢？

或许命运在暗中对我抱怨呢，已经放过你那么多次了，你还是走那条固定的路，犯着固定的错误。但是，这些迷宫一样的路又是谁设置的呢？

是谁这么长年累月、锲而不舍地在追赶我呢？或许我天生就是一个逃跑者，并不需要追赶也会一直逃跑。

我们或许都是逃跑者，只是逃跑的原因不同。但是，无论是被什么追赶，无论逃跑得多快多远，终究都会被抓住。因此，逃跑的过程就成为了一种值得考虑的问题。

二十九

旧历的新年

壹

对于日子而言，每个日子可能都会孤独。特别在我老家那个地方，人烟相对稀少，日子在那么遥远辽阔的山地到处游荡，真正让日子与一个人迎头撞上，也不是一件容易的事情。因此，大多数的日子注定孤独，这也是它们的宿命。

然而，无论如何，旧历的新年这一天则是日子最不孤独的时刻，因为只有这天，这片山地的众人才不会匆匆忙忙，才会静下心来陪伴日子。新年是众人的节日，也是一年所有日子的节日。

旧历新年之日是一年中所有日子最为欢畅的时刻，因为这一天是所有日子的代表，如同一朵花开到鼎盛的时刻。在这一天，即使是平日愁眉苦脸的人，也会在脸上绽放花朵，否则，就对不起这么一个盛大的日子。假装开心也要装上一天，即使笑容一瞬即逝，毕竟也是在一年的顶峰上笑过。

每个人的一瞬都会发生改变，然而，在新年这天的变化就会感觉特别不同。在新年的那一天，即使是最为病弱的人都不愿意离去。度过这一天，就等于迈过了又一年。即使是再老的人，也渴望看到第二年的阳光。新年这一天是一堵墙，从这道墙上翻过去，就可以看到第二年新的太阳。

我现在还没有到那一天，不知道一边听着耳畔不绝的鞭炮声音，一边听着呼吸在胸腔中挣扎的声音是什么感受。也不知一边听着隔壁邻居少年的喧哗声音，一边感受垂老之人的心脏在心室之中缓慢移动是何种体会。然而，即使我老去之时一年都没有活力，也会集中力气在新年这一天好好活上一次。

贰

旧历的新年是最有年味的年。那时即使是再贫穷之人，也获得了内心舒展一下的机会。母亲总是说："难过的日子好过的年。"贫穷之人难道还不能过个稍微像样的年吗？即使那时过新年时父母也仍可能会争吵，譬如，母亲想把家里买的不大块的肉多分一点，以此作为送给外公的节礼。而父亲则总是抱怨说分掉的那块太多了，于是纷争又起。

母亲与我性格更具有相同之处。即使再贫穷也要努力显示出一点尊严来。然而，父亲的贫穷却是没有尊严的贫穷，是那种看不到希望的贫穷。没有尊严的贫穷就是没有希望的贫穷。因此，即使在旧历年之时，父亲也会因为分给外公的肉稍微大点而争吵。

在印象之中，母亲对我很是严厉甚至是严苛。由于家庭生活贫困，加上与父亲不和，一点小事都可能会让她发怒，有时我们姐弟就会成为她怒火波及的地方。然而，无论如何，我知道她的内心中有个慈爱的声音，只是被生活的厚重屏幕所遮盖而已，或者是被生活的巨石所压住而已。即使是现在，我对母亲感激之处还在于，她是一个有尊严的人。即使她是一个贫穷的农村妇女，也保留了贫穷的尊严。一个有尊严的母亲，就可能有个有尊严的儿子。母亲和儿子互为镜子，即使一生都可以互相照见彼此。

　　——万物皆有尊严
　　有人保卫的是强者的尊严
　　有人保卫的是弱者的尊严
　　有人保卫的是活者的尊严
　　有人保卫的是死者的尊严
　　保卫弱者的尊严
　　就有强者的尊严
　　保卫死者的尊严
　　就有活者的尊严

　　新年毕竟是新年，在这一天，父母还是比平时有了更多的忍耐心。如果真要有大的争吵打闹冲动也可以暂时缓缓，毕竟过了新年以后日子长着呢，有的是打闹的时间。
　　在新年的这一天，根据我们那里的风俗，不能吵架或者争斗，否则一年内家庭会打闹不断。因此，父母就会尽量压住火气，谁愿意一年终日争斗呢。当然，即使这一天他们能够遵守这个风俗，这个风俗也不能保证他们在接下来的一年中不一直争吵。

可以说，只要父母选择了彼此，他们之间的争斗就是没有选择的。特别是在那个离婚非常困难的年头，即使夫妻不和，也得坚持过下去。特别是新年这一天，即使让短暂的和平欺骗一下他们彼此，这也是一种希望。毕竟新年这一天与新生的孩子一样，都是希望。

不知是来自于哪个朝代的传统，也不知父亲是从哪里得到的习俗传授。每到过年那天的凌晨之时，他便激动得无法入睡。于是不顾母亲的抗议，披衣起床将冬日里专门挖来的树根点燃，于是整个房间就弥漫在他的咳嗽和一片树木烟火的味道之中。

算命人水澈曾经在我和父母给他拜年之时专门算了一卦。在我们烤着一年之中最旺的炉火之时，从半夜就开始的外面的爆竹声到早晨逐渐稀落起来。我看见水澈慢悠悠地对父母说：你们夫妻二人属于睽卦，睽卦所在之时为冬天。此时阴气最盛，阳气最弱，阴阳不和，夫妻背离啊。但是你们的卦中有先苦后甜之象。最终你们能转运，卦象应落在你们的子女之上。

我不知是否水澈这次的算卦是母亲最终能够坚持下去的原因。我最初对水澈有记忆之时还太小，还没有资格与他谈论更为复杂的事情。只是在过年之时，他在我的记忆尘土之路上走过，并留下一点痕迹。那时春节是少年们唯一可以从同宗族长辈合法获得一点金钱的时机。这也是唯一一次光明正大且含有亲情味道的金钱赠予。当然，在过年拜年之时，无论磕几个头，同宗族的长辈给的钱都不太多，给的少的就是五分钱，更少的就是一两个糖果。水澈是唯一的能给小辈两毛钱的人，这也包括我。一直多年后我都对他当年的这个举动念念不忘。从那时起我就认为,至少在老家那个村里,他是一个能成就大事的人。

叁

新年中落雪是最特别的雪,即使雪都是六角型的冬天的使者。然而,雪在新年那一天降临会带来特别的光芒。在这一天里,即使是在最冷的冬天,雪也不会寒冷。即使那时少年穿的衣服普遍单薄,然而,在新年这一天,每个人心中的小兽都开始雀跃起来,这会让每个人的心中更加热乎。

如果雪小的时候,我可以登上西山,看雪中的黄草闪着晶莹的光亮。如果雪大了,在登上西山远眺之时,遥望一片银白色的苍茫,则心气会更为舒展。

雪真是一种平等的好东西。无论贫富贵贱,不会因为是谁而多落下一点。只要在雪中行走,都会是雪中人。

在大雪之时,雪将西山四周的一些沟壑填平。我可以看见有小兽的爪印从石坝的一侧跑出,又向着远方而去,这总是能够唤起我的无限兴趣。然而,新年这天是特赦的一天,家中的长辈也叮嘱我们尽量不要去造无谓的杀生。在我们那里的农村,即使是准备过年食用的禽畜都是提前杀好。即使是对于猪狗,母亲都会特别安排一些好的饭食。过年了,每个人的心中都过年了。

在一大早拜完年吃过饭之后,村里的少年们就会在村外临近的平坦之处堆起雪人。此时连平素严肃的成年人也变得活泼起来,也加入了堆雪人的行动中来。由于人多,很快雪人就从一个少年形状变成了一个成年人的形状,最后则成为一个我们面前的巨人,须得仰视才能为其作最后的装饰。

我尽量在雪人身上涂抹心中的自己。我会在雪人身上安装上翅膀。即使那个雪人那么沉重,并且遇到暖的空气就会融化,然而,我还是希望使它飞翔起来。

那时我的手上经常冻伤,冻疮在新年那天也会同样流出鲜血。在制作雪人之时,我尽量不让雪染上血的痕迹。即使雪人可能只是有几天生命,然而,我也努力想让它尽量多纯洁几天。

在北方那么寒冷的冬天,在外面的人形物体,早就只剩下田野里的稻草人了。此时,特别在新年之夜,甚至连平时最勤快的狗也擅离职守,躲进温暖的窝中过个新年。如果没有雪人,稻草人在新年这天想必会更加孤冷。即使雪人堆好后在冬日阳光下很快就有了融化的迹象,在夜里才能停止这种趋势。然而,我懂得稻草人的心情,在这么寒冷的夜晚,就是短暂的几天陪伴也是温暖的,就是在田野里遥望也能减少孤独。

即使是最粗糙的山地农村生活,在新年这一天也变得别致起来。平常爬山都感觉厌恶的村中青年男女,也忽然对雪中的西山有了别样的感觉。人看西山如此,西山看人想必也如此,也含情脉脉起来。

那时西山以西的那位怪人牛拉还在,即使是在冬天最为寒冷之际,他也是这个村委托在山中的代表。正是因为牛拉的存在,这让新年的西山以西多了不少人气。本来牛拉一年也很少动烟火,此时从山顶遥望,他的破旧石屋上方也开始有了做饭的烟气。在新年之时,村里干部会专门送些吃的用的给牛拉。新年里连家中的牲口都过年吃水饺了,何况是这么一个有些仙气的人呢?

此时牛拉比平常更多了一些新年的气息,如果隔着他的院墙向里面打招呼,他和众人的交流也更多,也比平常更为庄重一些。因为平时大家都叫他牛拉,几乎忘记了他在庄邻中的尊称。然而,在新年这一天也得叫尊称,该叫叔就叫叔,该叫伯就叫伯。新年这天连牛都得到了尊重,何况牛拉还是人呢。

肆

在少时新年的凌晨,我在围绕家中的椿树转圈之时,祖父母或者母亲往往让我许三个心愿。我每年都许下三个心愿,然而,直到下一年许愿之时,还是没有看到心愿来看我。

在新年这天落雪以后,即使对老人而言,在雪光之中也好似泛出了一点旧梦的荣光。在祖父去世的前几年,我也在给他拜年之时向他许诺,像对待小孩子一样,像当年他对我许诺一样。我说:"爷爷,如果你能多陪我们过几个新年,等你到百岁大寿之时,我就会很风光地为你张罗个大寿。"

祖父当时笑着应允了。但是,即使我这么诚恳的许诺,也没有让他等到百岁的新年。然而,无论如何祖父还是幸福的。在我对他的挚爱觉醒之时,他感觉到了我的觉醒,也感觉到了我的爱。我是一个亲情迟钝之人,我的亲情常常在暗处冬眠,没有强劲的东风就不能唤醒。

过去我的母亲平时常过得都非常拮据。我曾经在乡里逢集之时看中了一双黑色布面、手纳鞋底的布鞋。那时我年少无知,就央求母亲赶集时给我买来。然而,母亲每次赶集之时都答应,每次回家之时都说忘记了。即使我那时年龄幼小,几次之后也知道母亲这是托辞不买。然而,每次在我大闹之时,都被母亲狠狠地教训一顿。

　　然而,在新年这一天,她也会用家中分到的布票,尽量给我们做一件新的衣服。不仅她是如此,在我们那片贫瘠的山地之中,所有的母亲可能都是如此。这也是母亲的伟大之处。对于那些极为少数的失去母亲者,这一天可能是他们暗淡的日子。因为没有母爱可以给予一点的照耀。可以说,即使母爱再少,至少也可以照亮新年的这一天。

　　在新年这一天,就是石头也感觉外形柔和起来,就是西风也不再那么凌厉。所有人都会有新的希望。衰老重病者有活一年的希望,贫穷者有富一次的希望。少年有长大的希望,年老者有返回少年的希望。即使北方非常寒冷,但是,旧历的新年毕竟是希望之树最为茂盛的时刻。如果不能在这一天抱有希望,那么,我们将是无可救药之人。

回归寂静的山地

壹

即使现在这片山地荒凉，我想祖辈从远方来时这里必定更加荒凉。现在的荒凉只是季节性的，那时的荒凉则可以长达一生，一直到骨头里。我想这些先辈老人当年努力地劳作，一定是想为后代减少一些荒凉，如同我现在一样。

只是在接近村庄的地方，这片山地的路才稍微有了道路的样子，像是人身上受伤之后留下的不明显的伤疤。在远离村庄的旷野，所有的道路都是鸟兽的道路。鸟兽不是人，不需要做什么事情都要有个终点，它们没有终点，它们的终点就是自己。

在人迹少至之处，附近村庄的众人可能要积累几辈的力量，才将一段草木丛生的地方走成了小径。然而，人的力量在这里不如蝼蚁的力量，更不如风雨的力量。可能一群蝼蚁几个寒暑就把这些小径下面的土给拱的松散,然后,雨和风再稍微帮一下忙,一切又需要重新再来一次。然而,每一次都一定不是人的胜利。如果将时间放到一个更长的维度去看更是如此。

道路本身就是一种隐喻,是一种冥冥中安排下的宿命。多年前我不知道这片山地为何很少有通往外界的大路。现在我才明白,这是这片山地专门的设计。大路是一种驱赶,小路是一种休憩,无路则是一种挽留。

一些从这片山地出走的人,往往会产生错觉,以为山地和自己无关,山地并未在自己身上留下痕迹。然而,这片山地的山蝎就可能在他们少年的手指或者身体上留下痕迹。这片山地的蜜蜂可能会在他们的眼皮或者头上的其他柔软地方留下痕迹。虽然这片山地所产的红薯比较粗糙,也会在他们的胃里留下痕迹。有的痕迹是有形的,如同伤痕。有的痕迹是无形的,如同时间。即使时间不会留下明显的伤痕,却可能会造成比伤痕更为深刻的后果。还有的痕迹是处于二者之间,如同食物。

即使这片山地并未留下多少人带来的痕迹,然而,如同人一样,一些最深的痕迹往往可能都停留在内部。

贰

生活在这片山地的人,一般都是豁达之人。在这里,处处都是道路,并不需要后面的人催促前面的人快走。无论多么着急,一个人可能比其他人跑得更快,却不能跑得比其他人更远。

祖父也是一个豁达的人,他早年走过的路太多,把人群攒动之处都走成了山地。在他的眼里,熙熙攘攘的人群与众多的庄稼没有什么区别,都是停留在一把悬挂的巨大闪光的镰刀之下,都是在一定的季节等待被收割。庄稼可能没有意识到收割者的存在,人也没有看到收割的镰刀存在,但是,收割者却永恒地等待在那里。

在祖父上了岁数之后,他才决定将这片山地重新收拾起来。因为每个人都需要归宿,都需要回家。这片山地就是他的归宿,也是我最终的家。

祖父的烟草地就处于这一片大的山地之中,他的烟草地也是他的长眠之地。我认为祖父是一个幸福的人,可以安眠在自己所喜爱的山地,也可以有自己生前最得意的作品陪伴。因为祖父是一生种植烟草的人,每年我的父母还会在这里种上一些烟草,这是一种活人对死者的致敬。如同一位真正的学者,在他长眠之处应当放入他的书。

在最初整理这片山地之时,是在一个夏天,可能祖父感受到了这片山地的寂寞,连续几年都在烟草地旁边搭建了一个窝棚。这是我见过的最为简单的建筑,就是用两捆玉米秆对着斜靠在一起,在上面搭上一片遮雨的东西,里面再放上一张简陋的木床,就成为这片山地的住户。

除了我们这个窝棚之外,在不远处一家人也建造了一个窝棚作为邻居。在夜里那里会有一对兄弟过来看瓜。这是一个饥饿的年代,任何可以吃的东西都需要专门保卫。那时我很羡慕可以有哥弟俩,因为那个弟弟比较招人欺负,经常在夜晚村庄中玩游戏之时,被其他更大一点的一伙调皮少年用手别着胳膊到处游走。而此时哥哥就成为从天而降的神兵,他会将调皮的少年们驱赶走,从而将弟弟纳入自己的保护羽翼之下。

　　我羡慕这对哥弟，他们也可能羡慕我。那时我有一个看起来永远不会老去的祖父，他是这片山地的保护神。在夜晚之中，我们两个窝棚中的风灯彼此相望，这不仅使我们彼此不再寂寞，而且也让这片山地光明起来。我们就像是在一片夜色中互相用光明割据的王。那位少年有位王的哥哥，我有一位王的祖父。

　　在这片山地看护庄稼之时，其实，最为美妙的是在夜色之中。挂在窝棚前的风灯随风摇曳，将整片山地都摇动起来，绿黑色的庄稼也成为一个整体在晃动，我的肉身和心也成为一个整体随之摇曳。夜将这片山地的神秘之处都隐藏起来，无边的山地，以及无边的夜色，延展着我无边的少年遐思。

　　如果下起雨来，也是一种难得的湿热的调剂。我们就会躲在蚊帐之中，此时蚊子似乎也少了一些。即使有蚊子也关系不大。在窝棚前淋不到雨的地方，祖父会点燃我们当地一种自制的蚊香。这种蚊香就是用栗树的花晒干编织而成，如同过去农村的少女及腰的辫子那么长。当这种自制蚊香发出微带刺鼻的香气之时，可以将我的梦境渺渺飘荡到无限舒展之境。

　　那时是一个不需要太多现代事物介入的年代。收音机则成为那时与现代唯一接轨的东西。祖父总是在劳作闲暇之余，将收音机挂在那棵柿树的手指粗的枝干上，一边听着评书，一边让疲惫从脸上悄悄消散而去。

　　下雨时祖父会戴着斗笠、披着蓑衣在烟草地里排走积水，摘掉败叶。如果雨下得大了，附近就会涌出一眼天然的泉水。这更增加了这片山地的灵性。这种地方洗澡没有任何风险，即使是赤身裸体面对整个山地也无需有羞赧之色。如果没有洗衣或者洗澡的用品也没有关系，在祖父的烟草地边的乱石堆之中，长着几株不大的皂角树。这种树上结出了不少的皂角，摘下来用石头捣碎就可以产生洗涤的泡沫，这可以完美地满足我们的所需。

如同这片山地一样，那时这里住着简单的人，说着简单的话，做着简单的事。那时我拼命想着逃离这片巨大而简单的山地，然而，我现在屡次敲响简单之门，却找不到再次进入之通道。

一切事物都有其价码，却可能标注在我们不愿意看见的地方。当我们真正惊觉之后，却发现已经不能购买。

叁

山地是村庄的荒凉邻居。然而，并不是山地本身就荒凉，而是村庄将本来属于山地的东西据为己有，才导致山地成为一片巨大的荒凉。村庄收割了山地的庄稼，搬运走了山地的石头。村庄还会砍伐山地的树木。即使不是砍伐，也可能趁着下雨地里湿软之际，将山地中小的树木绑架后种到自己的院墙周围，从而使这些大的树木的后人成为村庄的奴役。

这是一片贫瘠的山地，贫瘠到无法种植更加柔弱的庄稼。在这片山地，只适合种植一些红薯之类的坚韧作物。如同我降生在家中是一种宿命一样，红薯在这里落地生根也是一种宿命。这片山地是更为耐活之人或物的堡垒，这可以将那些活得更为精细之人或物自动排除在堡垒的外面。

在我祖父母去世之后，可能过于贫瘠，他们的土地村里并未收回，因为收回也没有人愿意去种植。这就全部留给了我的父母。

与外祖父的半生弯腰一样，可能是遗传，更多的则可能是贫穷的遗传，母亲的腰部已经变成了弯向山地的弓。这么多年的精力耗费，她已经无法再有效地射出一支箭。

然而，母亲还是坚持每年春耕秋收，不管山地是否厌烦，只是自己一厢情愿地与这片土地厮守。她可能预感到，如果不能每年收割这里的庄稼，时间将可能会更快地将她收割。如果她每年只是收割虚空，那么，她也会作为虚空被收割。

在记忆中最初那些年，母亲不是一只弓，而是一株行走的树，在这片贫瘠的山地之中，在比这片山地更加贫瘠的生活中，也可以开花散叶。别说是母亲，就是祖父那时也很年轻。

那时祖父的窝棚紧挨着初夏的栅栏。在晨星之下，祖父还在安详地沉睡。周围的白杨树还散发着青春的光泽，祖父没有想过如何老去。即使在凌晨早起，祖父在侍弄那些终生不可分离的烟草之时，在偶然抬头擦汗之际，还会清点黔黑高天之上留下的几颗晨星。与他的烟草和土地一起，祖父曾无数次看着黎明缓缓地降临到这片土地之上。

那时村中的少年还积蓄在村庄的人口池塘之中。在不忙的时候，可见随处看见少男少女们这片山地中割草放羊。在农忙之时，这片山地则更成为人与庄稼互动的河流。特别在风雨来临之前夜里抢收之时，到处是风灯的游动，处处都可以听到交谈的人声。

即使这片山地缺少雨水，然而，雨水也应降临在适当的时候。人的一生应避免被一些事故淋湿。在不适合的时候，庄稼也应避免被雨击中。

肆

在这里，季节来临不是路过村庄，而是直接从山地上面掠过。除了繁盛的季节经过这里，其他时间这片山地就是一片寂静。即使不是寂静的，也是用人所不能听懂的语言在交流。地下的小虫在暗处交流，山石下的刺猬用刺猬的语言交流。即使没有看到它们在大声说话，却也没有听说它们因为交流不畅而误事。即使石头都会说话，却是在人能听懂的频率以外。

自从祖父安眠于地下之后，那对看瓜的兄弟也在多少年前都娶妻生子，也不会在一起结伴看瓜了。他们可能现在都会想起那年月光将夜色浸湿，风灯将少年照亮的日子，却再也不能回到幕天席地的过去了。于是这里就彻底寂静下来。其实，我们当时只不过是在这片山地中投下的四块石子而已，很快寂静之水就会将这片山地变得如千百年前那样寂静。

在这片山地，即使有几只蝈蝈在鸣叫，却不会使这里显得喧哗起来，反而会显得更加寂静。因为蝈蝈的叫声并不能惊动这么巨大的一片山地，可能连晨光中牵牛花上的露珠也不能惊落。

羊们也并不会嘈杂，它们只是在山地更远处安静地吃草。这片山地的唯一主宰就成了寂静。除了寂静，任何力量都不能将这里淹没。

多少年一直都是如此，并且在我的印象之中，这片山地还会逐渐变得更加寂静。在早些年，在这里，还会听到顽皮少年到几棵白杨树上掏鸟窝，并且被众鸟集体驱逐的声音。在这片山地，即使是鸟们也会选择几棵相聚不远的树木筑巢，以图互相有个照应。那么,这些彼此临近的鸟巢是否也是一个村庄,否则,为何会有同仇敌忾的精神。因为每次少年们过来试图掏走鸟蛋之时,就会被几棵树上的鸟们集体驱逐。现在鸟成为了这里寂静的主要见证者,寂静成为鸟的生活之声。

这么寂静的山地,想必是适合永久睡去的土石之床。即使在山地之上,偶尔会见几座土墓。这是一种死者对活者的提醒。否则,如此寂静就会使人忘记山地下面还住着亡灵。

我的祖父可能见过他们,他们也可能见到了更早睡去的人们。然而,现在所有的人都被寂静所笼罩,不论白天黑夜,他们都会沉沉睡去,没有神谕就不会重新苏醒。

如此寂静的山地,甚至可以将这种寂静传递到远处群山之中。这些苍茫的群山是神铺陈在山地四周的栅栏。这么巨大的寂静,可以毫不费力地将人的影子淹没在其中。即使这片山地的众人经过无数代的努力,却从来没有征服过这里,而只是被埋葬。

走出亦难,回归亦难。一个人需要多久才能回到寂静的山地?除非我再次成为这片寂静山地的一部分。

堂姑

壹

在姑母青春年少之时，那时她是村庄中的少见的初中学生。她扎着长长的辫子，眼眸如水，她的思想一定比辫子更长，她的眼睛一定向着水更多的地方遥远地张望。

这片山地山峦比平地多，旱天比雨水充裕时多，贫瘠比丰饶多，人比地多。因此，能够维持自己一家已经实属不易，能够支持他人更是难上加难。即使堂姑结婚生子被困在这片山地之中，她也可能只是想着将自己的生命耗尽在自己的孩子身上，可能没有想到对我会付出那么多的努力。在这片干涸的山地上，我是一片亲情更为干涸的小的山地。在亲情缺乏的相当长的一段岁月里，堂姑为我带来了额外的亲情雨水，这能减少我干渴致死的可能。

如同我的六爷爷一样，这是一个买卖牛马的经纪人，他能从一群牛中选出最好的一头，即使藏在牛群中也可以。牛经纪人和牛之间都有暗号。多年前我在一个初中读书之时，即使以前只是和堂姑见过一面，她就凭借着血缘的直觉，在匆匆回家的一群学生中一眼将我认出。

堂姑和父亲拥有同一个祖父，父亲没有姐妹。即使我和堂姑之间的血缘稍微远些，然而，血缘总会认识血缘。如果没有更近的血缘，这就是最近的。

堂姑的村庄和我老家的村子只是隔着一片几百亩的土地。一到了夏天玉米地就把两个村庄连在了一起。两个村庄的人基本都熟悉。然而，真正能够让堂姑认出我的，却是这条隐形的血缘关系。即使是那么浓密的青纱帐的遮挡，我想一定有个比虫声更细微却清晰的声音告诉了堂姑。否则，即使玉米青纱帐再青葱，那也是别人的。玉米的青翠是别人的青翠，即使整个大块玉米地都冒着夏天的热气，这里却可能是我的荒凉。

堂姑也不是只有我这么一个侄子，为什么能在那么多人中认出我呢？我认为她是一个有远见的人。在附近村庄中，堂姑是第一个建了一家小地毯编织厂的人，也拥有过附近村庄中的第一辆摩托车，虽然这些在零碎的生活中消耗掉了。我认为，堂姑在血缘河流的众多分叉中认出了我，不仅是想拯救我，而是想拯救我们那个破落的农村大家族。

贰

贫苦出身的人是依靠自身磨损获得生活所需。往往是生活增长一部分，而肉身和骨头就可能减少一部分。堂姑就是一台因为操劳过度而逐渐磨损的机器。那么长的时间内,我一直不知道在她那么瘦弱的身躯中,终端的动力来自哪里。我不知她在劳作中磨损坏多少双鞋子,就连脚后跟的肉都磨薄了,不得不穿一种特殊类型的鞋子。

有几条从她的村中向外连接的土路,都被这里的人磨坏了几次。每次行走在那几条道路磨掉的浮土中,里面都掺杂着她生命的影子。这不是浮土,而是那个村庄生灵磨掉的碎屑。

我的母亲也是如此,从最初的挺拔的一株树,到被沉重而繁琐的生活硬弯成一张弓。然而,这张弓的目标却不是自己,或者主要不是自己。母亲是一个无奈的人,只能怪命运的选择。其实,命运也许会抱怨,它并不想折弯母亲。因为命运也有命,这是它必须要完成的事。

堂姑家的房屋后本来没有人烟,后来突然出现了一家两口老人。我问及堂姑,她说:"这两个老人本来有房屋,但是建好后都让给两个儿子了,就被迫在西方的山中盖了一间看山房屋居住。"我忽然想起在远离那个村庄一二里路的西方山窝,在几座坟茔不远处,在一棵粗大的梧桐树下的草木中,还真有这么一间看山的房子,只是我当时以为无人居住。

回到村庄居住之时,虽然这家的男主人已经接近六十岁,但是,除了脸部的皱褶密布外,无论是身体还是内心,都不像是一位老人。他的妻子是一位瘦弱干枯的老太婆,在建造房屋时帮不了大忙。这位男主人几乎是凭借一人之力,建起了三间坚固而墙石排列整齐的房屋。因为房屋垒到一定高度之时,如果上面使用大石,凭借他一个人是无法垒墙的。他就尽量选择小块的青石,一人站在墙石的高处，由老伴将石头放入筐中由他吊上去。后来，等我看到这座房屋之时，虽然比村中其他房屋所用的石头更小，然而，却如同排列整齐的小而细密的牙齿，这无一不证明了男主人的力量及精细。

这位老人是一个强悍的人，有时会与附近的年轻人因为玩笑而发生冲突。那时，他身上的力量足以支撑他所遇到的冲突，他也不止一次地对我夸耀自己的力量。总体而言，他是一个有些暴躁却实际内心和善的人。内心的力量让他有权利暴躁。

这位强壮的老人是一位抓野兔的高手。因为在他们村庄以西就是一片巨大的庄稼地，再向西就是连绵不绝的群山，群山之中密布着各种草木。因此，这座村庄就成为野兔最近的邻居。这位老人能准确认出野兔行走的道路。我起先以为是野兔们不小心自己泄漏了风声，或者野兔中出了内奸。否则，在那么大的荒野之中，对于那么狭细的野兔行走的道路，这位老人为何能知道。他却说，即使野兔的道路再小，也是道路，野兔也会走固定的线路去吃草或者聚会。因此，这位老人就在野兔的必经之路设下不少的套索。这是用简单的钢丝做成，留下拳头大小的开口，就等着请兔入瓮。

然而，即使这么强壮、精细的老人也在一次大病后衰败了。时间之所以没有让一个人那么快衰败，是因为没有时间搭理他，并不是放他一马。无论是谁，都必须要履行和时间的约定。等我再次去堂姑家时，这位老人还是坐在门前的石头上，还是像平常一样准备站起来和我说话，然而，他的腿已经背叛他的心了。他的内心想必努力了不少次，但是，他的腿仍然无动于衷而拒绝站起，只能最后声音缓慢地叹息说："不行了，确实老了。"

在最初的那些年代,这片山地的人没法喂得起牲口,就把自己当作牲口来使用。对牲口的耗费程度,就是对人的耗费程度。而人往往还比牲口更易于老旧。

我何尝不是如此呢? 在周村煤矿下的无边无际的黑暗之中,我丢失了一节手指。在那个漫天风雪的奶子山镇的挖煤之地,我冻伤了自己的肩膀。对于我而言,几乎是每一次行进,都耗费的是自己的肉身,而更深的耗费还在比肉身更深的地方。

叁

我从来没有见过堂姑流过眼泪,但是,我却知道她流过无数次眼泪。因为我们都是同一类型的人,眼泪都是流向内里。我们心中都有一条沉默的河,多少泪水洒在河上也不会溅起水花。多年前在堂姑的母亲去世时,我看见她被一片白色所缠绕着,几乎看不见面容,但是,我知道真实的悲伤往往藏在身体的内部。

姑父的去世绝对是对堂姑的一个巨大的冲击。当她很晚给我打电话告知这个消息之时,她的声音还在努力保持稳定,如同暴风雨中努力坚持的小树。然而,或许是暴风雨刚来,她还没有从这么迅猛打击中醒过神来,或者是悲伤过于巨大,那时还正在一点点渗透她的身体。

堂姑有一儿一女,都在外地定居。在姑父去世之后,为了怕堂姑一人在家孤单,就不止一次地动员她也一起搬走。然而,我懂得堂姑,她之所以坚持还是留在这片山地环绕的村庄之中,是因为姑父还留在这里,她的根须也扎在这里。她在这里生活得太久了,已经与这里庄稼、树木、灰尘、空气、星月都融为一体了。甚至村中的吵闹及喧嚣都已经成为她生命的一部分。即使不知道她地下的根伸到哪里，然而，如果强行拔走，不仅她会筋骨受损，而且这片土地也会孤单。

姑父是一个和善的人。我常年居住在堂姑家里，经常接受他们家的恩惠，姑父从来没有一句怨言。姑父是一个乡村医生，门诊室内总是络绎不绝，其他的医生告诉我，姑父最常见的谈话主题就是我在外面所做的一切，这让他发自内心地炫耀。特别说到兴奋时，就会在脸上泛出红光，让笑容在满脸绽放，如同喝了几杯。

姑父是一个酒量不大的人，却喜欢小酌几杯，喝酒后话就会显得太多。因此，堂姑就有时会半真半假地禁止他喝酒。在我对姑父最后一次喝酒的记忆中，那是一个冬夜，外边的风声使得房屋内更加温暖。姑父抓紧时间从卫生室过来准备陪我喝上几杯。然而，遭到堂姑的拒绝。姑父还是笑眯眯地说：一辈子人还能活多大岁数啊，说不定今天在，明天就没了，能喝一点就赚一点啊。那时他只是五十多岁的样子，虽然生命之树过了鼎盛阶段，却还是挂满青枝绿叶。然而，很快树根就断了。真是一语成谶。人生没有更多的酒让以后去喝，也没有更多的话让以后去说。

在姑父埋上的当天，我从南方谋生之地返回。姑父的亡灵想必已经飘荡到村外山坡之上了。不知他是否会在空中留恋地看着故土，不知他是否还能够听见我的语言。即使听不见我的语言，我想他也想和家人和儿女做最后交流。

我们在他墓前平整了一片小小的沙地，在上面点燃火纸。如果火纸燃烧后看见沙地上有痕迹，说明他的魂灵尚未远离，还是留恋着子女和堂姑，还是留恋着故土。当时在那片小小的沙地上确实留有痕迹,可能他那时还尚未远离。这是姑父亡灵作出的最后一次努力,他以后可能再也没有力气在沙地上留下痕迹了吧。

肆

我感觉堂姑比以前更快地衰老下去。在一个夜色朦胧的晚上,当我叫着一位县城的朋友去她家吃饭时,这位朋友其实和堂姑相差不了几岁,也对堂姑叫姑。起先我感觉有些好笑,随后心头一阵悲凉漫上来,甚至比夜色更为浓厚。堂姑最为青春美丽的样子我没有见过,但是,我见证了她青春的影子。从她认出我的那个上午阳光高照,然后越走越远,直到这个暮色之中,竟然成为一个同龄人的姑了。

姑父走了,到了一个无法返回之地。表弟和表妹也定居在远方。姑母建在农村的大房子平时就只住着空荡荡的空气。在白日,阳光比空气还要安静,无声地照在院子里。在夜里,一个人的灯灭了,星光就孤独地照耀在以前那个人走过的地方。

姑父是个乡村医生,每天需要很晚才从农村诊所回家,当我在他们家里住着复习考研之时,每晚都能听到星光与姑父的相撞,接着就是他关上大门的声音。

现在姑父的大门将其他人都关在了外面。我想,如果一切可以再来,堂姑一定不会再干预他小酌几杯。然而,一个人的生命也就如同一只虫子的生命,即使在夏天那么生机盎然的季节,一只虫子还会旁若无人地死去,完全不会顾及周围的感受。何况姑父在一个冬天远离尘世。即使他在离家只有不足百米的地方倒下,这可能耗尽一生也难以走完。即使姑父是一个医生,却难以挽救自己。人最多只能挽救他人，却很难挽救自己。

无论再大的房屋，也是供人住的。否则，就不再是完整的房子。当姑父走了后，那座房子的魂也就走了一半，剩下的一半在星月下孤独地站着。即使有夜色中的灯火照耀，但这个村庄中，有那么多一模一样的房子，姑父也很难再找到回家的道路。

在这个村庄可见的远处山坡，可见姑父的坟茔在夕照下温暖地躺着。再远处就是他们家的养殖场。姑母雇了我一个堂叔，还有一个傻子亲戚在那里帮她看守。堂姑现在一般不住在这座大的农村宅院里，而是宁愿到山上的养殖场住着。

在那里，即使只有一个傻子，也是一种难得的人气。何况这座养殖场离姑父的坟墓更近。在这个养殖场的不远处，是堂姑村中一个朋友办的另一家养殖场。两座养殖场是山中的邻居，只有一片桃树相连，她们可以通过桃花带来的春天光泽相连，也可以通过桃子的味道感受到彼此的气息。

有时有人的地方就不会寂寞。这是因为，几个人在一起可以将寂寞分担。然而，最深的寂寞可能也是在人群中，特别是不属于自己的人群。因为陌生人会将寂寞偷偷传递。

当然，当堂姑居住在那个养殖场之时，周围都是可以信任的人，这可以摊薄她的孤独。这个养殖场又处于山坡向阳之处，能比下面的村庄更早获得阳光的温暖。这么多年里，堂姑都是用心在温暖别人，而没有发现自己身上的温暖已经逐渐减少，她也需要获得外部的热量来温暖自己了。

孤独的牧羊人

壹

那时他还没有那么多羊，那时看起来也似乎稍微年轻些，这个牧羊人不少年前就在这片山地西边的山峦之间出没，如果不是他看起来有着简单的面容及眼神，在成为一个熟悉的陌生人之前，一个远方的陌生人闯入异地的荒芜山野之间放羊，就很容易被认为是一个逃犯。在这个牧羊人最初选择在这片山地放羊之时，附近的村子中也传言这个人可能吃了官司，从外地逃到此处避难。但是，很快便无人再去关心。这里的日子比树叶还要琐碎，比山间的石头还要沉重，谁有闲心思再去关心别人的事呢。

山中的村民更不会注意到牧羊人的衣着或者打扮，其实，这也不用注意，我感觉这位牧羊人五冬六夏就是穿一身衣服，只是厚薄不同而已。这位牧羊人在天热时总是穿着单的黑灰色的衣服，在冷时总是穿着棉的黑灰色衣服。

可能因为牧羊人长时间在野外山地活动,他是一个衣着邋遢甚至有些肮脏的人。然而,他却对羊有着洁癖。在他的羊群中,都是清一色的白色的羊。即使他的羊群有时减少有时增多,却不见一只黑色的羊。即使是半黑半白也不行,他非常在意在白羊身上有黑色的渣子。

在牧羊人赶着羊经过山野之时,就如同赶着一片白色的云。每次见到他都是和羊群一样缓缓而过,这么多年了,他已经学会了羊的步伐。多少次我都情不自禁地想,这位牧羊人一定可以用羊的语言交谈,用羊的笑容去微笑,用羊的呼吸去呼吸,用羊的梦境去做梦。

我在这片山地读书之时,他在这片山地放羊。我在放牧自己,他在放牧羊。他在山的那边建造了一个小小的营地。因为一个人力量有限,只是建造了一个较为狭窄的羊栏。一次黄昏我回家之时经过那里,我说你的羊栏太小,已成了羊的牢笼,羊在晚上根本没有活动的自由。他是个沉默的人,不会说太多的话。他说:你的笼子也只是更大一点。

贰

没有人知道这位孤独的牧羊人来自哪里,甚至没有人知道他的孤独。孤独都是由孤独的人所发现。这里的农活过于繁琐与沉重,又没有牲口可以驱使,人们只能暂时替代牲口的角色。本来就够烦恼的了,牧羊人是否孤独不关他们的事,农村人没有空去孤独。

　　我是一个执着的人，一直试图给每件事找出点意义，给每个人找出点特点。我认为这个牧羊人的出现并不是仅仅为了出现，他的目的藏在出现的背后。

　　我一直认为这位牧羊人是真正的孤独者，我也一直希望真正的孤独降临到我的肉身之上，不是那种让人窒息的小的孤独，我需要大的真正的孤独。这种孤独是自由的前驱，如果它来了，自由也就跟着不远了。

　　因为那么多的真相逐渐出现在我的面前，让我一一品尝甄别，我逐渐才明白，孤独其实是一种选择。如果你想选择自由，那么，就必须接受孤独。

　　牧羊人很少前往这片山峦以外的地方，即使是附近的村庄也很少去。他现在反客为主，成为这片连绵山峦的主人。我多次在这片山地与这位牧羊人相遇，也试图从他嘴里掏出一点感兴趣的东西，好似我努力在探寻一些来自上方的天机。然而，我最后知道的真相只是一鳞半爪，真正的真相永远藏在真相背后，当然，人们都是和我一样在徒劳。

　　最终我只是努力地知道了这位牧羊人来自河东，至于是哪个河东，到底是来自黄河以东，还是来自淮河以东，或者最有可能是来自我们这里的迦河以东，却都不是这位牧羊人回答的问题。要知道，他是一个孤独的牧羊人，他的沉默就隐藏在孤独之中。因此，即使我经常在山中遇到牧羊人，他却从来不愿意回答我关心的问题，一直到他的儿子来看父亲，我才通过牧羊人的儿子对牧羊人有了一些了解。

叁

即使牧羊人脸色被阳光镀过无数次的光，比山中的黑色石头也不逊色。然而，却仍然可以看到其年轻时清秀的影子。这种影子也反射到牧羊人儿子的身上。看来语言可以欺骗人，行动也可以欺骗人，而血缘从来难以欺骗人。

儿子长得像是更加年轻的父亲，父亲则是祖父与儿子的中间版本。只要有后代在延续，仿佛就没有人会真正死过，只是在黑夜中离去，走了很远的路程，在一个早晨鞋子上沾满露珠后重新回来。

牧羊人的儿子多年后才来这里看望父亲。牧羊人的儿子告诉我：他的父亲最初是一个民办教师。然而，在那个年代，民办教师只是一个中看不中用的行业。不要看他们比附近的村民名声好听一些，肤色也似乎更白，这些白色其实只是粉笔灰尘染白的而已。民办教师是村庄中的两栖动物，在农忙时爬到山地的岸上，在农闲之时跳入乡村小学的少年的水里。两边却都不够他们获得充裕的呼吸，也不能保证他们完全的温饱。

后来我逐渐从牧羊人的儿子那里了解到其父亲喜欢诗歌，还发表过几首诗。他的儿子还将一张不知多少年前皱巴巴的报纸拿给我看，上面有牧羊人写的两首短诗。直到此时，一切才豁然而解。这就可以理解牧羊人为何放弃在农村中还算体面的职业，前来陌生的山地放羊。正常人不会做出这种选择。诗人本身就超出正常人以外。他们是正常人中的异类，是家养动物笼子外的野生动物。

由于我也喜欢舞文弄墨，就会有意无意地谈到诗歌的问题。然而，牧羊人说："我不关心写诗，我现在只是关心我的羊。我的羊就是我的诗。我的诗已经死了，现在只有这些羊还陪着我。"

有的人选择活的作品，有的人选择死的作品。有的人选择动的作品，有的人选择静的作品。有的人选择时间更长久的作品，有的人选择时间较为短暂的作品。然而，在一个永恒的大野之中，到底如何选择，也只是个人的选择，可能很少有人能准确地知道，是否自己的选择比别人的选择更为好些。

最终让牧羊人放弃民办教师这份纸做的体面的职业的是，他在向公社粮所里交公粮时发生了一场冲突。对于牧羊人而言，他认为土地是自己的，自己自收自支，本来向公社交公粮就是额外的付出。然而，当粮所验收公粮的人对他趾高气昂地呵斥之时，他们说：你种国家的地，就是国家的人，就应交皇粮国税。这并没有击中牧羊人作为乡村教师的底线，而是击中了他作为人的底线。他决定不再种地，而是到我们这边的山地放羊，过一段时间将养羊的收入寄回补贴家用。

肆

那些年是依靠布票及饭票的时代。即使我只是经历过这些年代尾部的影子，然而，这些影子坚硬有力，硬度可以与我的骨头媲美，可以轻松割疼我的肉身。除了这些布票和饭票以外，印在那些年最深的印记还有，每年都要向国家交公粮。祖父以及更老的人已经适应了这种交公粮的活动，这成为暗生于其血液的一部分。祖父管交公粮叫做"交皇粮"。至于"皇"到底是谁，则不是他关心的对象,反正谁说了算谁就是"皇"。"皇"永远在他们看不见的地方,但是,却永远在云端之上控制着他们的一言一行。

我们家不仅没有牛马等牲口,就是连个地排车也没有。至少地排车两个轱辘,不会左右倾覆,也可以装更多的粮食。因此,每次向公社粮所交公粮之时,就只能把人套进独轮车上去服役。那些年的道路太过于崎岖,甚至一直暗示了我的一生。有时父亲就推着独轮车,在独轮车的最前面绑了一根绳子,由母亲在前面拽着,否则,就很难爬上那条没有平坦过的北向之路。只有经过这里再过山过水,才能最终到达公社的粮所把应交的粮食交上。

在我稍大之后,父亲也会在独轮车前再绑上一根绳子,让我和母亲一起在前面拽着前行。在上最陡的坡之时,即使我不情愿,但是,共同的危险却把一家人绑架在一辆独轮车上。这种车子稍不留神就会左右倾倒。当然,最危险的是,如果不用力向前推拉,则会从山坡上向后碾压。当我幼小的身体努力向前倾斜之时,我忽然感觉自己就是一只蚂蚱,在拖拽着一辆秋天的战车前行。我是拖着这辆战车,也是努力将自己拖向更为寒冷之地。

我理解这位牧羊人为何因为交公粮而决定离开土地。因为这意味着不仅要将自己一年所得的主要部分上交,而且也需要穿山越岭推着独轮车前去上交。同时,粮所的验收粮食质量的人成为了质量是否合格的最终决断者。如果不合格则必须退回,或者是减去很多分量,往往还要受到无数的口水喷溅及厉声厉色的呵斥。是交公粮者养育了这些收粮人,然而,却还要赔着小心让他们笑纳自己的汗水浸透的粮食。

伍

老辈人经常说：天下七十二行，一是充军，二是放羊。意思是说这两个行业是人间最苦的行业。这可能只是将羊当成了羊，只是将这些或白或黑的羊们当成了吃肉挤奶的对象，没有将羊当成伙伴。殊不知这些羊都是从我们魂灵中跑出的，白色是白袍的法师，黑色是黑袍的巫师。

我认为放羊绝对是一个人间的好职业，既可以享受自由，又有羊群相伴，这可以避免让牧羊人一个人孤独。在一群陌生人中可能要比在一群羊中更加孤独。

不要以为只是牧羊人在放牧羊群，羊也可以放牧牧羊人。在他们行进之时，并没有一定要区分谁先谁后。其实，无论谁先谁后，羊比人更清楚，都不会差距太多。

如果不是这些移动的羊，如同流水一样移动的羊，如同剃刀一样切割的羊，那么，这片山地将会更加荒芜。特别是现在很少有人上山割草之时，如果没有羊来消灭荒草，就可能由山火来消灭，这可不是一个小的事情。

满山的荒草不仅会让人迷失方向，让山独自在那里割据称王，而且还可以使经过的人心中荒芜。

羊群有时代替了火的角色，这是一种不会燃烧的火。特别是白色的山羊而言，其带有很大的迷惑性。有时我们深陷于羊群之中，并不会明显感受到这是在燃烧，等到这群羊走远以后，它们就可能把经过道路周围的一切荒草都带走了，只是剩下土石干瘪的骨头。其实，我们的肉身和骨头也是在慢慢等待着干瘪。

陆

在牧羊人的周围,我看到一群白山羊从黑色的山石上走过,如同一缕缕从黑夜中溢出的光明。比黑夜更永恒的事物都不能染黑它们,比世俗再高的尘土只能到它们的脚趾,这是一群遗留在人间的神。

无论我们是肤色白,还是肤色黑,我们下面的血肉应当没有太大的差别。我们血肉或者皮肤承受时间冲刷的硬度应当差不多。在一阵接一阵的时间浪潮之下,我们都会剩下大致相同的骨架。无论是外表漂亮一些,或者是丑陋一些,这都不会有任何的额外影响。

然而,这个牧羊人天性中就是喜欢白色的羊,这并不是白色羊的肉煮熟了比黑色羊的肉更加可口,也并不是白色的羊产白奶,黑色的羊产黑奶,而是这位孤独牧羊人天性中的选择。如同他喜欢自由,自由可能不会保证他过得更好,反而是到处流浪,看上去甚至反而比同类更差。

白羊都是白袍的僧侣,因为黑色的山羊而让他们显得更加纯洁。这是混入人间的有灵的生灵,有时不是人在放养它们,而是被它们的白色所净化。和牧羊人一样,这些白色的羊群总是面容平静不发一语。

我们看到的也许都不是真实的,我们看到了孤独的牧羊人,看到他被羊群所困,被连绵不断的群山所困,其实,谁又不是处于困局之中呢?只是换了不同的围困形式而已。我们或许只是看到了这个牧羊人的孤独,谁又能看出众人所苦苦寻找的自由就藏在他的孤独之中呢？其实，孤独就是自由。没有真正学会孤独的人，是不可能真正自由的。我们都被喧嚣所淹没，没有办法孤独，因此，就无法真正走上自由之路。

山羊没有坦途，它们本身就是坦途，它们也是险峻的山峰。牧羊人陪伴着它的山羊走在崎岖的山道上，它们的脚步只走在一寸宽树枝那样的距离。牧羊人和羊群都知道生和死之间的距离，只有紧紧跟随才是坦途。

在尘世上的一切都可能是不能完全相信的，因为我所信仰的都飞升到天上了。牧羊人是人间的使者，白色的羊群就是一部天书的宝典。只有抓住这些透明的角及纯洁的羊毛，才能找到向上的道路，才能找到通往真正自由的道路。

山地里的稻草人

壹

这个稻草人是我祖父立的，即使它没有祖父的年龄，却天生就带有沧桑的味道。一些东西是可以传递的。如同儿子长得像父亲，而祖父则又是父亲的老版一样。与南方的稻草人不同，那是真正的稻草做成。北方的稻草人只是借用了它们南方亲戚的名字。叫稻草人的不一定是稻草做的，就像是白马王子不一定骑着白马。

稻草人这么多年就这么冷漠地站着，它有着石头的内心。但是，很少有人知道，在夏天这么富裕的阳光之下，不仅晒热了人心，稻草人的石心内部也是温热的，这是它在夏天最热之时保留的种子。然而，这些有限的热度只是留给最亲近的人，这个人就是将这个稻草人建造者。稻草人和建造者有着隐形的血缘关系。

在稻草人的不远处的山路上，会庸庸碌碌地经过不少路人。

在春天暧昧的风中,它也听过不少来自远方的关于山盟海誓的消息。然而,像是这么冷静的稻草人,它已经知道了大多数都是逢场作戏而已。多少年前,当稻草人刚被祖父建好,它还相信,现在它已经不再相信那些让内心颤抖不已的秘密。

这是一个孤独的稻草人,即使有熟悉的麻雀经常呆在它的头上,但是,这不是它的同类。这稻草人的脚步太沉了,即使它知道自己的同类都在南方,却努力了很长时间也无法迈动脚步。当然,南方那些同类或许只是表面上与它相似而已。那些南方的稻草人都是有着稻草的内心,而这个稻草人的心却是石头的。

因为稻草人比正常人站得更高些,因此,它能从高处俯视经过之人的灵魂。也只有站到它的高度,才能懂得那个高度的东西。这个稻草人见过了有知识的人,也见过没有知识的人。然而,即使它经历了那么多年的思考,也接受了无数霜雪的点拨,却认为有知识的人并不比没有知识的人更聪明,或许只是一种固执的愚蠢而已。他们将自己坚固冰冷的内心掩藏得更深。即使这些人面带笑容,然而,稻草人知道他们的内部是不笑的。他们或者她们整日吃饭做功,在很大程度上是为了维持这种悬挂在脸上的笑容不迅速地滑落而已。

我不知道黑夜里这个稻草人会不会发出声音,在整个白日它都沉默地站着。即使最大的风吹过也不会唤起它的话意。因为周围众人的声音太响了,即使它的声音再大,也叫不醒他们。它也从来不大喊,喊的声音再大,它还是一个稻草人,很远都没有一个同类,谁也听不懂它的语言。

贰

在稻草人附近,它看到有一家贫穷的人家,这家的儿子及其一家人都在遥远的地方谋生,在生活苦海里扑腾。在儿子的幼小儿子五岁那年,就被领回故土去看看。趁着年幼,还能唤起幼子记忆的根须,以防止永远地失落在异乡。幼子还小,由另外一个房间居住的奶奶照看。一天奶奶早起,五岁的幼子哭泣着到处寻找,他的父亲就把儿子抱回自己的被窝里,温言哄劝,等到儿子转哭为笑之时就和父亲闲聊说:"爸爸,我怎么总是不见你笑啊。"父亲吃了一惊,这不是这个年龄应该说的话语啊。或许他的苦涩不仅雕刻在自己的脸上,也掉进孩子的眼里。于是父亲不管笑容是否配合,就努力地驱赶一些到脸上,并且用全身的精力支撑着笑着说:"爸爸也会笑啊,不过你有时没有注意吧。"儿子自顾自地说:"我问过爷爷,这是你小时候吃苦太多了,就笑不出来了。"

有一年稻草人看到了村庄最西边的两家邻居的争斗。东边一家人多势众,家族门户更大,西边一家只是有一个懦弱的男人,和一个长着狐狸眼睛、狐狸脸颊的女人。他们的三个孩子那时尚幼小。女人在受到隔壁强悍邻居的欺负后,在一个深不见底的黑夜里服毒自杀了。其实女人是一家真正的房屋梁柱,她死了,这个家就塌了。三个年幼的子女落入了父亲粗糙的大手中,注定会进入一段很长的孤寂生涯。这家将房屋拆毁,搬到了村庄的另外一个角落。欺凌者的院墙也孤零零地无法独自站立,最后也拆掉搬到大村去了。在一种相邻的关系上,无论是欺凌者,还是被欺凌者,谁伤害谁,都无法得到善的结局。

在老家之时,以前我出大门一眼西去,就毫不费力地可以看到那个稻草人。它多年前就守候在那里,即使在冬天也是如此。我不知它在冬天到底在守护着什么。因为此时庄稼已经到达它们的目的地了。麻雀也已经心灰意冷,准备在村庄的周围找些残羹冷炙。或许稻草人只是在守护着自己,因为很多人都想偷走这个名字。

在稻草人附近的不远处,在我的一次梦中,唯一的一次梦见一位仙女就从那里冉冉升起,再冉冉落到远处河滩附近的悬崖下。然而,我的身子却比稻草人还要沉重,用尽了全身的气力却难以起来追寻。

我不知这是不是天机,然而,却一时嘴快说出。村东的一位村民闻知后,就在仙女飞升起的地方建了一座高大的住宅。因为和我家紧邻,这让我家减少了夕照的时间。即使是夕照,这一点温暖也是不容易获得的。这可以让我冰冷的骨头多一点安然过冬的保障。更可气的是,这座入侵的宅院切断了稻草人与我视线相连的道路。其实,遥远的相望也是一种慰藉。此后,不仅我感受到了冰冷,稻草人身上的薄霜也来得更早,残雪也消融得更迟。

然而,自从这家在我梦中仙女飞升的地方建了房屋之后,家里就接二连三出事。后来找到风水先生看过,说因为是普通人家,担不起这种好地,破解之法就是不留屋檐的檐角。后来这家人就将自家屋檐的檐角砸掉,于是就只剩下光秃秃的房屋。

这家人还是太简单,他们以为所有的东西都是可以抢先争夺的。但是,对于一些命定之物,是你的就是你的,不是你的就不是你的。

叁

在稻草人最初被建好之时，其和当时的祖父没有太多差别。最初它戴着祖父用的斗笠，穿着祖父的蓑衣，在日光和风雨中为这块山地守护着庄稼。在时光的照射之下，斗笠慢慢变坏，一开始是小的孔洞，空洞再扩大为大洞，最后整个斗笠就成为了空洞。这样稻草人就成为秃头的了。蓑衣也是如此，即使我们家每年都会增加，然而，后来会编织蓑衣的人都渐渐没了，斗笠也逐渐少见，最终这个稻草人就只剩下石头的身子，以及干裂泛着白光的两只木棍手臂。

这么多年来，这个稻草人都站在那里，已经成为这片山地的一部分了。它和一株树，和一块石头都没有什么区别。即使是再愚蠢的麻雀也不会将它作为一种威胁，一开始只是在稻草人的四周盘旋，最后落在稻草人身上嬉戏及进行调戏。

祖父如同一个耐老的稻草人，然而，在风吹雨打之下也逐渐地衰败了。在他年少强壮之时，由于是家中的老大，在夜里他跟着太祖父赶牲口贩卖粮食，即使是最强壮的骡马也是他手下的败将。然而，后来即使是麻雀飞到他的拐杖之上，他也懒得去赶开。祖父最终明白了。一生总有赶不走的东西，赶走了这样，就来了那样，又何必多费精力呢？

稻草人可能也开始慢慢明白，在这世上，并不存在谁一定能吓住谁的问题。以前稻草人把麻雀吓住了，以后可能麻雀就吓坏了稻草人。这么小小的柔软的东西，为什么长了羽毛就可以飞过那么坚硬的时间，这些时间比建造稻草人的石头还要坚硬。

肆

在我们这片山地生产一种谷子,也随之生产大量麻雀。在谷子成熟的季节,整个空中都传递着麻雀狂欢的信息。山地的麻雀如同山地的人,有着更强的野性。这里的谷子成熟之时,需要整块地上都罩上网子,同时也要配备上稻草人进行守卫。

由于这里种植的谷子的产量低,村中的众人逐渐地放弃了种植。然而,母亲这几年却忽然想起种植谷子来了。同时,近几年来,我能明显地感觉到母亲有了变化,她更喜欢说话了,也更喜欢说邻居的好话。以前她很少考虑我离开家乡到南方去做什么,吃什么。最近她关心多了,并且说:"我们这片山地产的小米好吃,多少年也没有人种了,今年一定种一些你带走。"我多次劝说她也不听。

那是一个极热的夏天,我回家经过稻草人所站立的地方去找她。稻草人还是漠然地看着我,然而,我知道它正在慢慢地将自己的石头内心晒热,以便应对将来的寒冬。

在我家的那块土地之上,这也是祖父种植烟叶的老地,那是这么多年我第一次见到家中种植的谷子。在漫天的热气之中,这些谷子外面罩着密密的网。然而,还是抵挡不住四面八方来收获的麻雀。而母亲就站在那里,周围没有一棵树,她就是谷子地旁边的唯一一棵瘦弱的树。她不停地用手挥舞着吓唬麻雀,如同一面衰败的旗帜。我喊了她两句才听见。我大声地嚷嚷着说:"这么热的天,你也不怕中暑。买点小米能花多少钱? 你这么做中暑了还不够药钱。"母亲则回答说:"买你能买到这么好吃的小米? 就是这些年没人种谷子了,麻雀都集中到我们的地里。如果我不站在这里,今年就等于是为麻雀种的谷子。"

慢慢地我感觉多年冰冷的内心在一点一点地融化。多年冻僵的手脚也开始冒出热气。是啊,即使是最寒冷的季节都过去了。在这么热的夏天,建造这个稻草人的石头都变得热气腾腾。因此,我的心也应该热起来。如同稻草人一样,我也必须趁着母亲还在之时让自己浑身热起来,否则,就无法一直独立支撑着度过冬天,也无法独自度过漫长的下半生。

清明

壹

即使是同一个日子,少年时和成年后清明的面孔逐渐改变了。少年时,清明并无特别的含义,如果家中的长辈到家族坟地去上坟,我也可能陪着一起去。看着长辈们点着火纸,特别是清明风大的时候,往往烧着了附近干枯的草木,我也会欢呼雀跃地帮着一起扑打,帮助一起消灭这些造反的火焰。

我认为,将清明安排在春天是有特别含义的。如果清明节安排在深秋或者冬天,特别是在阴雨霏霏或者大雪飞舞之际,生者祭奠家中的逝者,可能就无法承受这么沉重巨大的悲伤。

清明扎根于春天,即使是稍微有些春寒的初春,即使是在北地,这也是万物复苏的时光,有无数生的力量在繁衍生息。这些生的力量我们看不见,但是,却能够感觉到,这些力量能够和我们一起托起悲伤。

那些逝去的家人我们也看不见，然而，我们能够感受得到。因为我们都生长在同一棵血缘之树上。即使相隔数代，却仍然有着一些相似的特征，我们还可以感受到彼此的根须相连。我们都在同一条河上漂流，从水中跳跃起的姿态，就可以认出彼此。

贰

少年时的清明平坦无比，春天也阔大无比，这也是竹木做成的风筝获得生命的时节。家中的长辈不会做风筝，无钱也无心买任何一件玩具，当然也不会买一件风筝。

但是，少年时即使没有风筝，我的心也会高飞于春天的原野之上。村中的孩子们有的家人给做了个简单的风筝，然而，无论多么简陋，也能高高地飞起，这就能背起众多少年稚嫩而快活的心。那些风筝有的不幸被缠在大树上，那时的少年都胆大，家人也不会管，就有爬树技艺高超者上去解下来。

也有断线的风筝，就在上空飘摇之时，不知受到了什么外力，不知远方有什么诱惑，就挣脱了少年们控制的手，义无反顾地从那片山地上空飞走了。越飞越远，直到消失在群山的巨大阴影中。

叁

少年时我对清明没有特殊的感觉，这只是万千纷杂日子的一天而已。清明其实是和逝去的亲人联系在一起的。如果没有至近亲人去世，清明注定只是一个记忆中放风筝的时光，或者在记忆中一马平川，没有什么特别之处。

自从祖母去世之后,接着多年后祖父也随之而去,清明就成了一个大的土丘,以前可以轻松迈过,现在突然发现变得坎坷无比。以前的温暖现在却变成了天人相隔。以前的声音言犹在耳,现在却成为含混不清的风声。

少年时母亲最常对我说的是谁家又生了孩子,现在每年回家短坐之时,母亲最常告诉我的是村上谁又走了。人都是被绑在生与死的巨大车轮之上,任何人最终都会被碾压。生者可以通过清明去默念逝者,逝者可以通过清明去遥望生者。生死是人间最大的天堑。生者和逝者之间距离渺茫,中间可能只是连着一个清明。

肆

清明在少年时是一个欢快的日子。多少年后,清明又成为家中逝者高兴的节日。毕竟在地下沉睡那么长的时间,有家人前来祭奠,即使是阴阳相隔,却能感受到彼此的呼吸,听到对方的语言。生者给死者以火烛,逝者给生者以温暖。

清明也是一个充满希望的日子。从少年时就是如此。在清明时分,冬寒渐渐隐退,慢慢不再受到冬天钢铁巨手的束缚,此时可以脱掉单薄简陋的棉衣,浑身都会舒展开来。从这天开始,春天原野上可以慢慢看到星星点点的野草花,如同隐藏在黑暗天幕中的星辰开始闪烁起来。

在清明这天,只要到原野上走一圈,就好似当年的风筝依然飞翔在天空。这是新生的风筝吗?还是以前漂泊在外的风筝重又飞回?此时可以暂时从名利的束缚中解脱出来,从千重万道的尘世之网中脱离出来,做一次自己。

小重山.清明

杜草茵茵罩柳烟。

市声山野外、两重天。

扁舟短楼耐春寒。

东风渐，临水处、杳无边。

岸阔缈云间。

清明邻里酒、笑中干。

且携童子放竹鸢。

人情了，披发去、过函关。

淹没在荒芜中的自行车

壹

　　我的第一辆自行车掉进记忆的深水中很长时间了,大多数时间我都甚至不知道它的存在,只是最近记忆中的深潭由于干旱露出了水底,才显示了出来。但是,这只是暂时的,被淹没是它的宿命,早晚它还要与成千上万的往事一起沉没。

　　那辆自行车是我祖父买的。它的年龄太大了,我不知是否祖父感觉他们都是暮年,是因为同病相怜,才决定选择了它。或者是仅仅因为价格,我估计祖父一定是以最低廉的价格才购买的,或者是没有花钱,别人送给他的。因为我知道祖父的性格。祖父是一个极会过日子的人。那时他在枣庄做小生意谋生。作为煤城,那时枣庄比周边的地方还是富裕不少。因此,在祖父最初租住的那个小房子周围,经常有人将过期的一些鱼肉扔出来,祖父就将这些东西捡回家，再加工一下，最后吃掉。然而，那辆自行车在那时对我还是很新鲜的，因为我那时还年青，眼中的一切都是新鲜无比。

有次记者在采访我时说，既然祖父愿意给我买一辆破自行车，为什么不愿意资助我读书呢？事实上，我当时没有想到过这个问题。直到此时，我思考了很久才似乎有些明白。我是祖父的唯一的孙子，在那个特殊的年代，他也尽最大可能地帮助了我。但是，他是一个半农半商的很小的商贩，也只是那种勉强能够获得温饱维持一家生计的人。在我们那个年代，读书是看不到什么希望的。这可能是他最终没有帮助我读书的原因。因为这里有个沉没成本的问题。他不愿意将自己微薄的收入投入看起来没有任何意义的事上去。

贰

那辆自行车实在是太破了。我不知道到底经历过多少风雨把它损耗成这个样子，只要一骑上去，它就会发出吱吱嘎嘎的声音。那辆自行车没有前后挡泥板，在晴天时倒是挺拉风。在下大雨骑时则会搞得一片狼藉。我们那时都是泥土路，在积水的地方，当我没处避雨用力骑车时，因为车轮没有挡泥板的遮挡，泥水就会小瀑布一样不间断地洒在身上。如果遇到不积水却很黏的路面，则更让人犯愁，因为那时既骑不动，也扛不动。在那个车辆和人来往还不多的土路上，就成了我和一辆老旧自行车的战争。

马军那时还在人间。他年龄比我大不少，属于复读生。他为人强硬豪横，却颇有江湖义气。他力气比我大不少，当他看到我在黏稠无比的泥路上挣扎时，就会过来将我拯救出来。

除了祖父以外,马军是另外一个与那辆自行车联系在一起的人。马军后来成了村里的干部。在我大学毕业后接近大半年没有分配工作的时间里,实在没有办法,我就准备考律师资格。我就让他在村里的一个荒废的村委大院里为我找了一间房子。因为他是村干部,有些特权,用电不花钱,也为我扯了一根电线。我们就成了半年的邻居,只是隔着一道四面透风的墙。

在那段寂寥的日子,由于马军和我隔着一道墙,即使石墙是坚硬而冰冷的,但是,毕竟我能想象隔壁住着一家人。他们有温暖的炉火,有生的气息,这可以给我一些安慰。因为那时正是冬天,这个大院子周围似乎都很荒凉,大院的后面是一条大河,那时已经基本上结冰凝固了。在夜深人静之时,能听见清晰的咔咔声音,我不知道这是结冰的声音,还是在闹鬼。这条大河的河岸是个经常有人说闹鬼的地方。

叁

这个大院子我后来又去过一次,已经卖给了本村的村民。因为现在治安很好,白天农村也不会锁门。我推开大门后发现没有人,就径直向我当年住过的房子走去。即使这间房子已经易主,但是,好像没有人住过。可能这座大院子的新主人的房子不少,靠近边角的这间房子就闲置下来了。里面还是有着蜘蛛在墙角和屋顶纵横交错地织着网,不过这些蜘蛛可能已经是我当年住时蜘蛛的多少代子孙了。

从这座大院子的西墙探过头去观望,这座石头墙并不高大,可以看见西边马军住的那个院子完全荒废了,已经成了鸟兽的乐园。

树木也在疯长，横七竖八地扩展着地盘。在院子里有一根不知拴了多久的绳子，上面竟然还挂着一件破旧的衣服，不知是不是主人偶尔遗忘，后来风吹日晒才变得破旧如斯。马军前些年听说得了重病年龄不太大就去世了，他的家人也不知去了哪里，这里就成为他曾经的家了。

那辆自行车我不知道最终去了哪里，我很长时间都以为那辆自行车本身附有不好的咒语。最初为我买那辆自行车的祖父去世了，在记忆中与那辆自行车有联系的马军去世了。但是，后来想一想，并不是那辆自行车上的魔咒让他们如此，时间是一个最大的魔咒，毕竟人都要走，那辆自行车也要走，这里只是咒语早晚生效的区别。

父与子

一

听到父亲出事的消息后,我急忙调整了手头的事情准备返乡。当时还在发烧,由于疫情的原因,担心坐高铁不让上车,我就准备开车回去。因为需要开长途车,我就临时让一个恰巧回老家的老乡搭了我的车,说好是轮换开车。

夜行驱车出发动身之时,一起开车的那位老乡看上去并不是一位有趣的旅伴,加上家中的父亲的事情,我内心更是一片茫然。这位老乡已经六十多岁,虽然他在部队做过团级干部,也在转业后担任一定的领导职务,但是,岁月却不管这些,已经在他的脸上明显地打上了烙印。接他上车后他就说如果晚上开长途车,一个小时就要打瞌睡,我心里有些失望,本来说好的轮换开车,可能要变成我单独开了。

但是，出乎我意料的是，交谈之间，感觉这位老乡至少是有一定观察力的人。我没有明确提及父亲的危急情况，但是，他却能看出。同时，也聊到他去老家的医院看望他自己生病的母亲，恰巧他要去的医院也和抢救父亲的医院是同一家。

开车一路北行，我感觉陷落于一片茫茫的夜海之中了。在乏味的长途开车中，我们有一搭无一搭地闲聊着，以防止瞌睡。我没有聊到父子关系，他却主动地聊到了与儿子的关系，说总感觉儿子和自己不亲。特别是自己年龄越来越老，越需要关心时更是如此。他说为儿子提供了力所能及的最好的教育条件。同时，这位老乡说在儿子小的时候自己对他并不严厉，也尽力地希望保持好与儿子的关系。但是，却总不能得到儿子感情方面的回馈。因此，他特别不理解儿子与自己的隔膜。又说自己年龄大了，在市里买了一套房子归儿子，自己住郊区很偏僻的地方，总是希望儿子关心一下自己，但是，儿子关心的却是自己的儿子。

我不知道为何这位老乡在那么多的话题中选择了这个，难道这位老乡是位高人？他在一直暗示我和父亲之间的微妙关系？

父子之间的关系看似简单，却也是人生最复杂的关系之一。这是一种天生的互相缠绕。无论父亲如何，这都是上天的安排，你专门去找不行，专门躲也躲不开。

父与子是最熟悉的人，也可能是最陌生的人。对于这位老乡而言，他自认为非常努力地营造与儿子的关系，但是，却仍然感觉二人之间有着一层厚厚的隔膜。即使他作为父亲一方采取了努力了解对方的方式，但是，由于有着隔膜，他们看不见彼此的神情，也无法及时做出回应，很多父子之间真正袒露心扉进行交流的机会就失去了。

我何尝不是如此。父亲是一个离我最近却是距离遥远的人。我们来自同一条血缘河流,虽然这条河并不宽阔,却永远难以到达对方。

二

父亲从家中石屋的台阶上跌落,这座石屋是他和母亲努力建的。他要通过这座石屋来一点点抬高自己的命运。但是,他的命运升高最多两米就跌落下去。

父亲登上石屋只是为了晾晒一把在山后悬崖上割的制作扫帚的野生植物,它们小小的一把,轻飘飘的,晒干不到二两,然而,却成为彻底颠覆父亲命运的一座大山。这些年我经常回家探望父母,家中的经济条件也逐渐好了起来,父亲原本不需要做这些,然而,长时期艰辛的生活让父亲不放弃任何可能增加一点经济收入的东西。这些已经融入了他的骨髓。他的生命丧失来自这么一把草,这是命运之力,不是人力所能挽回。

一个如此熟悉的人在我面前迅速地消失了,比我想象的还要迅速很多,快得好像这个人在世上没有存在过,快到让人感觉不真实。即使我不知道父亲为何来到这个世界上,然而,他却实际上活生生地活过了七十多年。

我老家村庄那条向西的山路上无数次走过的人消失了,雾气一般。比一阵狂风吹落草尖上的一粒种子还要简单。然而,种子隔年还有生根发芽的希望,父亲却永远地被大风吹走了,吹到了一个永远难以返回的地方。上苍就是如此残忍,他花费了那么多的功夫塑造成一个人,然而,却用快到难以理解的时间消灭掉。上苍让一个人完全长成可能需要花费数十年之功,但是,毁掉可能只要瞬间。

第一天父亲倒下了,如同上苍的巨斧砍倒了一棵枯瘦的老树,第二天这棵老树就被送到一个让人变成骨灰的地方。前一天这个人还和众人一样鲜活地生长、呼吸,后一天这个人就永远地长眠于村西那块父亲及祖父无数次劳作的山地上。

即使我曾经对他有过怨艾或者不满,但是,他是我的父亲,他的去世还是给我带来了巨大的伤痛和失落。人长成的过程也是逐渐陷落的过程。当家族中一些生命开始从四周的土地塌陷,家族之树的外皮逐渐剥落,我裸露的树皮不得不独自面对风雨寒暑。

三

父亲辛苦一生,他的脚步将村西那条至今仍然是碎石的道路磨去了一层。在干旱时,上面的浮土中都漂浮着他艰辛的影子。在那条山路上,他的脚步叠加着脚步,层层叠叠,已经成为路的一部分。

父亲是低效率地在那片山地上劳作了一生。他以最大的力气获得了最少的收入。他似乎被宿命固定在那片土地上,几乎每天不停地完成类似的劳作动作,这些动作熟悉到几乎不用思考,不用大脑指挥,而只用惯性就行。

父亲近些年来身躯也逐渐感觉变矮。在这片山地上,即使是一个坚硬的铁的农具都会被磨损到更小,直到最后残破不能再用。但是,农具磨损后可以找铁匠重新加入铁打造再用。人的悲哀就是如此,磨损掉了的肉体,无论加入什么物质也不能再用。

父亲曾经两次脑部受过严重摔伤,做过两次开颅手术。我记忆中两次为他流泪。他仅有的一次尝试从粗重的农业劳动中解放出来,是他到江苏东海县贩卖咸鱼,但是去了几个月后音信皆无,也和家中联系不上。那时通讯极不发达,我们家里人都以为他回不来了。我在夏季的傍晚躺在祖父家门前的大石头上昏睡、做梦、流泪,以为再也没有父亲了。后来父亲却带着一些有些变质的小咸鱼回来了。第二次就是这次父亲从石屋上摔下,由于摔伤严重,手术也无力回天,这直接导致了父亲的离世。我一边写下这些文字,一边泪流满面,这次是我真的没有父亲了。

四

我在童年及少年时,无数次在黄昏或者深夜时听见父亲的深深叹息,如同大石下困住的动物一样,是那种无法挣脱的绝望叹息,这源于生活的重负以及他与母亲关系不睦。

或许是粗糙生活的沙砾极大地磨蚀了他的父爱。或许是父亲获得的爱太少,身体太冷,因此,难以反射到我的身上,这让他的父爱的河水细微。

父亲可能缺乏温情表达的能力,或者不会以我需要的方式表达。在我的记忆中,他从来没有嘘寒问暖过,即使是我在周村煤矿打工挤断了手指,他也从来没有问过。他只是以一个北方传统男人的方式独自行走在自己的世界里。

在我幼小时期,我曾经回忆起父亲几次想要抚爱的动作,这是他内心父爱的涌起,但是,这稍纵即逝,由于我当时年龄的原因被忽略了，也被当时恶劣的家庭环境狂风迅速地吹散了，我很难抓住一点东西。

后来我从教书的南方城市长途跋涉回老家看父母时，父亲也做出了和解的姿态，我内心的坚冰也逐渐融化，但是，很快就会被一些生活琐事所阻止，我们始终无法彻底地接受对方，也无法袒露心扉与对方交谈一次。

我很少能感受到父亲的爱，难道我是一个绝缘体吗？自我感觉又不像是。是我对父爱要求过高了吗？也许是我经历的严冬过长，内心的冰已经层层累积，些许的爱意已经难以融化。

由于幼小时期家庭贫困，因此，很多时间我都是生活在条件稍微好点的祖父母家里，这是我和父亲之间感情断流的开始。当我和父母住在一起时，由于父亲还是困守于传统伦理道德中的父子关系模式，这更是让父爱的河流逐渐枯竭。他这种模式已经很难适应现代生活方式了。然而，他一生都在坚持，也在很长时间内都在我们之间修建一道看不见却逐渐升高的墙。

五

我回老家奔丧后，在最初随着农村繁琐的丧葬程序运转之时，我似乎并没有感觉到那个枯瘦的老人永远离开了。我一直没有流泪，以至于一个旁边的本家叔叔善意地劝着让我哭。只有到了火化车回到村头，父亲的骨灰盒从灵车上放下，让我背在背上，似乎还有一丝温热的感觉。我背着这轻飘飘的骨灰盒，就是背起了一个贫苦困顿父亲的一生。我忽然泪如泉涌，为父亲而哭，也是为我自己而哭。我为父亲辛苦一生而痛哭，而且为自己从未感受到父爱而痛哭。

　　我忽然想起父亲也曾对我好过。在一个瓢泼大雨的深夜,他用独轮车推着我,我发着高烧,母亲在旁边扶着,独轮车费力地走了几里颠簸不平的山路,最后才到了农村卫生室,然后他又背着我进入卫生室的房门,那时他背上的温热,似乎也和此时他的骨灰盒的温度一样。

　　人可能会终生受困于自己。父亲就是那种极度节俭的人,他的意外死亡也和这种极度节俭有着直接的关系。然而,即使他终生辛劳,也没有获得多少东西。我最近一次回家看望父母时,父亲正在田里劳作,见到我后他露出我一生见过的最灿烂的笑容。当时,他在和邻居一起用最原始的农具种麦子。我问他家里的麦子能够吃多少年,他说最少能吃十几年。但是,他和母亲却似乎总是一直在与什么搏斗,他们一定要积攒最多的麦子。或许那些年我们家吃红薯吃怕了,父亲人生的最大目标就是麦子。

　　父亲所获得的每一分钱都渗透着苦力的味道,外面都包着白花花的汗渍。因此,父亲会竭力地保护他的每一分钱,即使是亲生儿子也不行。在他去世之后,我好好思考过,他不是不爱我,他只是不舍得自己的每一分钱,因为获得这些钱对他而言太不容易了。他以前每年秋收后都去捡红薯。在别人收割完后,他需要在土地里挖很深,才能找到别人家一点残缺的红薯。往往是一整天才能捡到半个小篮子。

　　在我到吉林蛟河打工时,他不愿意支持我,我借一百块钱当路费他都不借。我答应以后再还也不行。我读书包括出国留学,以及在上海安家,家中几乎没有出过钱。我当时不理解。但是,我后来想到父亲的难处，也逐渐在内心中与他和解。当然也是与自己和解。因此，以后即使我在南方一个遥远的城市教书谋生，在没有疫情的时候，每个月都会回家看望父母。

六

人总是在失去之时才感觉到遗憾，彻底失去之时才会彻底遗憾，然而，这已经没有挽回的可能。我只有在父亲去世之后，才感觉到对他的温情。母亲也是如此。

母亲与父亲争吵一生。我在童年、少年时就一直在父母争斗的洪水漩涡中无所适从。由于彼此之间恨意的累加，我很少看到过母亲直接对父亲表达过温情。然而，在父亲去世后的几天里，由于悲痛，母亲几次昏厥，这让我对父母之间的感情发生了怀疑，可能并不是我想象的那样，原来父母之间一生争吵也是有感情的。因为等到没人和母亲争吵的时候，她就不得不独自面对一院子的寂寞。

父亲的去世也引起了母亲巨大的恐慌，她变得有些惊慌失措。母亲忽然失去了争吵的对象，如同两个终生对手，失去一个另外一个也感觉失去了生活的意义。这还是我和姐都在她身边之时。如果我们都离开回到自己的家里，我相信她更难以抵御这座空荡荡农村大院子的寂寥。那时四周的青石墙必定会更加清冷，月亮下孤独的脚步更会让她胆战心惊。

母亲不愿意到我目前工作的城市和我一起生活。她倒是愿意到老家隔壁一个小城与姐住在一起。我们全家商议后，以后母亲可能会很长时间甚至永远离开这个她生活了大半辈子的家了。这座院子的院门也将封闭,不仅与四周封闭,也会把我拒之门外。即使父母亲的生命力这些年逐渐变得衰败,但是,有他们都在,这里还是一个完整的家。父亲走了,母亲将无所依从,这里很快就会变成一座荒宅旧院。那片山地村庄的很多人没有区别,都最终可能会让自己的土地荒凉,让自己的院子长满荒草,也会让自己的一些活生生的事迹成为别人谈论的往事。

七

或许父爱就在那里,我内心由于长期的悲凉,已经感觉不到些许父爱的温热。我最大的遗憾也是如此,没有获得父爱和没有感受到父爱的人都是悲凉的人。我写过那么多的文字,内心却曾经无数次拒绝写我真正的父子关系。但是,如果不真实地描述下来,这既是对父亲的不负责,又是对自己内心的煎熬。

按照我们那里农村的风俗,儿子要在去世的父亲的骨灰盒旁边留点东西下葬,于是我把自己的书《人道沉思录》给父亲留下一本。这里面有篇《论父母之爱》,这篇文章既有对父爱的想象,也有对父爱的反思,更是对我缺乏父爱的内心治愈。这是我为他留下的最后纪念,或许只有这次才是我们之间的真正和解。但是,一切已经太晚。父亲虽然文化有限,却也是一个喜欢看书的人,我的第一本课外书《三国演义》就是来自他。希望他在闲时还会看我的这本书,明白我的内心世界,或许这也可以解决他生前对我们父子关系的困惑。

在我幼小时,父亲从来没有给我买过一件任何玩具,也从来没有说过一句温暖的话。然而,我慢慢理解了其中的原因。或许父亲也爱我,只是以他认为的方式爱我,或许是以我不理解的方式爱我。也许是我比较愚昧,不能理解父亲对我的爱。或许我也理解他对我的爱,我一直以为他是以极低成本来表现他的爱。我只是怨恨他付出的成本过低。

父子之间互相不能理解是人生最大的悲哀之一,然而,这却是世上最普遍的悲哀。父子之间总是感觉隔着一道墙,彼此总隔着这道高墙观察对方,却不能感觉到墙那面的温热。

我几乎在最长的时期内困扰于父子关系,也用最长的时间思考父子关系的答案,或者我是徒劳的,父子之间的关系本来就没有答案。

图书在版编目(CIP)数据

我是一个异乡人/宋远升著. —上海：上海三联书店，2022.1
ISBN 978 - 7 - 5426 - 7624 - 5

Ⅰ.①我…　Ⅱ.①宋…　Ⅲ.①散文集－中国－当代
Ⅳ.①I267

中国版本图书馆 CIP 数据核字(2021)第 239590 号

我是一个异乡人

著　　者 / 宋远升

责任编辑 / 徐建新
装帧设计 / 一本好书
插　　图 / 赵红云
监　　制 / 姚　军
责任校对 / 王凌霄　任晨雨　张　亓

出版发行 / 上海三联书店
　　　　　(200030)中国上海市漕溪北路 331 号 A 座 6 楼
邮购电话 / 021－22895540
印　　刷 / 上海颛辉印刷厂有限公司

版　　次 / 2022 年 1 月第 1 版
印　　次 / 2022 年 1 月第 1 次印刷
开　　本 / 890mm×1240mm　1/32
字　　数 / 220 千字
印　　张 / 10.25
书　　号 / ISBN 978 - 7 - 5426 - 7624 - 5/I · 1750
定　　价 / 70.00 元

敬启读者，如发现本书有印装质量问题，请与印刷厂联系 021－56152633